U0855217

四海流云·壹

拉拉，剑网3项目组 著

新星出版社 NEW STAR PRESS

序

西山居副总裁、《剑侠情缘网络版叁》制作人　郭炜炜

我一直觉得出版《剑网3》官方小说是一件奢求的事情，这几乎已经是多年的执念了。

今梦想成真，幸甚幸甚。

在开始做《剑网3》的时候，我便踏上了一段寻“侠”的漫漫长路，也没有想到这一路走来就是十二载。

最早进入游戏行业时就发现网络游戏中的剧情并不简单，因为在网游中根本没有主角这个概念！以前喜欢的武侠小说也好，电视剧也好，单机游戏也好，都是以具体故事形式展现给观众，让读者与主角感同身受，全部情感也都寄托在主角身上，通过曲折的故事线和情感交错让人对整个江湖联想翩翩。但主角叙事的方式却无法带入到网游世界里，因为在这个武侠世界中，玩家成千上万，没有谁是真正的主角，没有绝对的你错我对，甚至没有

小说中那么分明的善恶。也许“侠”是种很微小的体验，对于网络游戏中的每个玩家而言，“侠”都是不同的。在网游里的武侠是去体验设计好的故事呢？还是和别的玩家一起去创造自己的故事呢？没有人能说得清楚这两种方式哪种更迷人，我也相信各有各的独特与精彩。

但很多时候，网络游戏更加注重的是玩家间的交互，这导致大家都忽略了游戏本身如何让玩家去了解这个武侠世界的“扮演规则”！在初期创造《剑网 3》这个江湖的时候，我们创造了很多不同的势力（这些势力有的变成了门派），也是因为这些势力让游戏世界的武侠元素逐渐丰富起来。创建这些江湖势力时，最有趣的部分就是挖掘这些势力和对应人物的信仰。可以说就是由这些势力和人物的信仰组成了《剑网 3》江湖基础的骨络经脉。

在过去几年中，我在面试新人设计师时最常问的一个问题就是：“你觉得超人和我们中国武侠中的大侠有什么不同？”其实这个问题问的是对东西方“英雄”文化差异的解读，没有正确答案。但作为华人，我们能清楚地分辨出这个是武侠，而那个是超人，无论在影视还是小说还是游戏作品中，因为这些都是中国文化的点滴，被深藏在我们心底。

天策的金戈铁马，铁骨铮铮；
少林的古案青灯，舍身入世；
丐帮的幕天席地，逍遥坦荡；
长歌的剑胆琴心，相知莫问；
……

这十二年来寻侠的路上并不孤单。和大家一起创造了《剑网3》江湖和其中形形色色的人物与故事，我深信这完全得益于中华海纳百川的文化和源远流长的历史，这些才是我们最宝贵的财富。

我希望通过《剑网3》系列人物传记小说的出版，能对这个江湖中的部分角色诠释一二，也希望能有更多极具才华的玩家参与其中，一起构建这个几乎永无止境的武侠世界！

武侠是个永恒广阔的话题，任何一部作品都难以偏盖全去探其本质。但我希望玩家也好，读者也罢，都能在《剑网3》的世界中找到一处属于自己的武侠——因为这江湖早已流淌在我们血脉之中！

楔子

就在去年，也就是大唐中宗神龙二年，原是风调雨顺、天下承平的一年。

距离天下之母则天天后去世，不过刚刚一年多。这天下历经十九年的翻覆，终于又姓了唐，李家天子坐金殿，天下想望风采，哄然称治，以为太平可期。

然而如今登基的天子李显，却是个不折不扣的平庸昏聩之帝。自前年被重臣们拥立，重登帝阶，他对则天天后依旧畏惧，甚至不敢去见母亲临终的最后一面。待得则天天后驾崩当日，他便下令将则天天后改名则天，剥夺了曾经为帝的母亲生前的一切名号。看上去要彻底消灭武氏在朝中的影响——转过背来，不过三、五日，却又阻止中兴众臣要杀尽武氏家族的请求，进而与皇后韦氏一起，重新与武三思欢好胜初、同榻相戏，丑声闻于中外，执掌天下十余年的武氏转眼间便卷土重来，中兴六王却被他下诏流放，一个个凄楚无比地死在流放地。皇后韦氏和女儿安乐公主更是日日催逼，要当本朝的“天后”和“太平公主”。

皇帝亲手将母亲打倒了，却和表亲鬼混；拥立大臣不要了，却和当初欺压自己的人和好如初；刚打倒一个女皇帝，自己的老婆却赶着要当“新天后”……刚刚因为恢复唐号而兴奋不已的天下人心，顿时又如坠冰窟。

则天天后御极天下垂三十年，李氏皇族、宗族中有名望及才干者被屠戮一净，其余都远远地流放岭南，州县官们希承旨意，一个个因为虐待流徒而升官，流徒境遇凄惨无比，活下来的十不存一。当今天子自己也曾被流放房州十年，甚至一度听见“圣旨”二字就要上吊自杀，对皇族们的遭遇自是感同身受，继位后立刻便下诏恢复这些皇子皇孙的爵禄，召还旧封，甚至还动了将皇族全部召回京师的想法，只是即位之初，这位皇帝受惊不小，身体时好时坏，这事儿便耽搁了下来。今年五月，天子御体略有康复，便下诏在七月七日七夕之日，召见天下皇族，共庆盛京长安。

这本来是当今天子体恤宗族之不幸，欲安抚宗族的善心之举，但天子无戏言，一句话下来，就变成了不可违逆的诏旨，中书省随即下达传诏令，天下的皇族必须在六月底之前齐会盛京长安。中书省催迫各州、郡，州郡便只得去催逼那些迟迟不肯动身的皇族，前往长安的道路上一时间车马辚辚，尽皆显贵。

这些忙忙赶路的皇族们似乎忘了，二、三十年前，他们也如此这般地奔走在长安通向各地的驰道上。当日人头乱滚、家族覆亡之状，凄惶惨绝，难以言述，一晃二十年过去，今日则欢欣雀跃地再走上这条路，却不知等待他们的究竟是何命运？

第一章

六月三十日，辛未。益纳吉、上梁，忌出行。杀生日，诸事不顺。

一朝兴盛一朝衰，正是红尽冬雪来。

诗人的这句辞，原是笑那隋朝父子两代由极盛而灭，诗中的“红尽”一句，说的却是长安东头的枫华谷。只因此地漫山遍野，枫树繁茂，夏竭而秋至，枫叶尽赤，红得醉人眼目，待得枫叶凋零之时，便是秋尽冬来，繁盛之世，统统掩埋在皑皑白雪之下。

不过此时正是夏至刚过，满山满谷的枫树绿影婆娑，凉意袭人。穿过枫华谷的长安东道上，见不到一个人影。本来，从长安出发，这一百二十多里长的官道上，就只有枫华谷这三十多里山路有森林遮蔽，前后的道路都烈日炙烤。要在这个时节赶路，要么凌晨，要么等到太阳落山之后，这条大道上方能看到些行旅的影子。

官道穿过枫华谷正中的山谷，在一座两、三丈高的缓土堆边拐了个弯儿，分做三路——向西的一路，直通向盛京长安，向东南的一路，通往神都洛阳，向东北的一路，则通往华山。

因为是几条路相交的地方，正是人间聚散之所在，小土堆上便建有一座小小的驿站，这家驿站只是一个打尖的场所，并不住人，规模也不甚大，不过一屋一院而已。休息打尖的客人可在回廊中休息、用餐，马匹通通拴在坡下，大车、行李便可堆积在回廊围成的院中。

时当正午，万籁俱寂，在最不会有人来的时刻，偏偏却有人来了。

未时初刻，林子里的知了正叫得有气无力的时候，从东面驿道上，慢慢地来了二人一骑。

当先一名身量高挑的男子，头戴平天冠，身穿素色长袍，背着一只不大的包袱，徒步而行，牵着一头健壮的大青驴。青驴上坐着一位年纪尚幼的少年，也穿着素色袍子，头上无冠，却也不是总角小童的打扮，而是长安显贵家族幼子常见的分脊包头法式，头发用一根金发圈挽成一束，固定在脑后，显得比普通小孩成熟稳重得多。

这二人穿着十分朴素，但若隔得近了细看，便能瞧出那男子身穿的素袍乃是黑线勾边，银披内衬，背后的阴阳鱼图案更是用厚厚的蜀绒绣成。这是御赐的道袍，当时天下只有少数几座御赐道观的修行者被允许穿着此袍。那小孩儿身穿的袍子与男子相仿，没有阴阳鱼图，当是寄名修行，或者是长安哪个富户之子——仔细瞧，他所穿袍子的袍角、领口、袖口，用一种在太阳下几乎瞧不出颜色的淡黄色线，绣着不断头的云龙纹。

这恐怕就不是普通富户敢用的图案了。那匹大青驴毛色油亮，四蹄修长，也不是一般的凡品。

那二人不知已走了多久，饶是枫华谷中阴凉，也抵不住大夏天正午赶路。人就不说了，连那大青驴都已汗得一路淋漓，小孩也没啥精神，歪头搭脑地骑在驴背上，似乎随时都会睡去。忽然，那小孩坐直了身子，伸手一指道："师兄，有间驿站！"

那青年停下脚步看了看，道："嗯，这里应该就是二十里铺了。想来穿过前面那座林子，就看得到长安城的城头了。"

那小孩擦擦脑门上的汗，道："师兄，还早呢。穿过前面的树林，还有两道山冈，到最外头的山冈上，才看得见长安城呢……师兄，我好渴，我们去驿站喝点水再走，成不成？"

那青年稍一犹豫，看了眼小孩和驴子，便道："好吧。且歇上一歇，喝点水再上路。"

那小孩兴奋得两眼放光，却不敢大声地喊出来，只低声道："是！好！师兄！"

那青年摇头而笑，牵着青驴来到土堆前。正要走上那条青石板铺就的小路，却见驿站大门"咯吱"一声开了，一名身穿青衣的仆役出来，匆匆跑下小路，拦在二人跟前一躬身，道："哟，二位仙长，您二位赶路啊？"

"我们要歇歇脚，"那青年牵着驴往上走，也不客气，"再找个人给驴子洗刷洗刷，我们喝了茶就上路。”

那仆役往后让了一步，却还是站在青石板上拦着去路，赔笑道：“哟，好教二位仙长得知，顺着这路下去六里地，姚家铺子，百年的老字号打尖铺子，茶水、饭食都是现成的。”

那青年一怔：“什么意思？”

那仆役再往后退一步，牢牢地拦在面前，脸上的笑容亦是牢不可破：“二位仙长留步。咱们这小店，今天实在不能接待，还望二位恕罪则个！”

那青年见小二拦得如此强硬，不由得气冲入顶，皱眉道：“怎么，贵店没开张？”

“说句打嘴的话，小店确实开张了，”那小二被青年冷冷地扫了一眼，顿时爆出一背的冷汗，强笑道，“但今日小店确实已经客满，堂上堂下都没有多的座儿。二位仙长仙风道骨，百年道行，咱小店总不能拿牛棚马圈给二位仙长休息吧？那得造多大的孽！”边说着还连连哈腰赔罪。

青年回头看看无精打采的小孩，倒被这小二一句“百年修行”逗笑了：“听听你这杀才的话。百年修行怎么敢，你真当我们是神仙吗？”

“不敢不敢！”

“但你既叫了仙长，我少不得教你个乖，”那青年冷哼道，“我等乃是钦造纯阳宫中弟子，先帝、当今下诏，天下官民不可怠慢，便是大明宫也进得。你这驿站有几分颜色，就敢阻我等进店？”

那小二连连打躬作揖，头都几乎要叩到地下，连声道：“哟，哟！二位爷……啊不，仙长！二位仙长打远远的一露头，小的就瞧见了。这长安道上，除了纯阳宫的爷爷，哪里还有如此体面的仙长呢？小的哪敢怎么没眼色！要真敢惹了道爷，不劳道爷发恼，小的家主就把小的倒吊着打死了！”

那青年见话都说到这份上，这小二居然还敢挺着腰子不让过，倒真有些奇怪了。

华山山麓的纯阳宫虽然建造不久，但因为是先则天天后下令钦造，其创建者吕洞宾、先祖钟离权百余年来与数代先帝都有交往，是当之无愧的数代皇家帝师，待纯阳宫成立，吕洞宾得则天天后赐奉“先天神通元师”之号后，已是傲视天下的道教领袖，无论皇家、江湖，几乎无人敢无视纯阳宫的赫赫威名。

这家驿站既然敢在华山通往长安必经的枫华谷中开张迎客，绝不会没有眼色到这地步，此中必有极为特殊的原因。那青年心中怒气渐去，倒提起了小心，道：“那……却是如何？”

小二自知纯阳宫中一只耗子都比他金贵，这青年气势更绝非普通弟子，苦笑着哽了半天，才道：“二……二位仙长请见谅，本来这……这是打死也不能说的，不过二位仙长既是皇家尊客……也不是外人……那小的斗胆……”

“讲来！”

“回二位仙长，今日……”小二压低声音道，“今日乃当今太子殿下回銮之期。本店已经被包下，作为太子爷的歇脚之处，神策军早有令，自文武百官以下，无关人等一律……一律不得容留。”

那青年顿时又怒气冲天，大声道：“岂有此理！我等……”

“师兄！”那青年回头看了眼小孩，小孩已在驴背上坐直了身子，脸上尽是掩饰不住的惊惶之色，“师兄……咱们走吧！”

“重茂？”

“师兄，咱们走吧。”那小孩哀求道。

那青年讶道：“重茂，是太子。太子来了，难道不见你……”

“师兄！”那小孩打断他，扫了那小二一眼，扭转缰绳，将青驴拉着转向大道。那青年赶上几步，却似乎对这小孩的执拗性子十分忌惮，不敢拉转青驴，只得跟着他去了。

那小二见状，哪里还等发话，忙一溜烟跑回门内，“咣”的一声将大门合上。

从小坡上退下来，穿过那条两丈宽的黄土大道，往西走了不过一箭之地，便是一片竹林，竹林下面潺潺声响，却是一条穿越枫华谷的小溪。那小孩听见水声，忍不住拿起挂在青驴背上的皮水囊晃了晃。

那青年抢上一步，从他手中接过皮囊，道：“别走了。你在这里等等。就算人受得了，驴也要歇歇喝口水了。”

那小孩热得满脸通红，道：“嗯，是，师兄。”

那青年叹了口气，拿了皮囊下到竹林深处，待重新回来，小孩已下了青驴，在一块四周竹林环抱的小空地中坐了下来。

那青年将水囊递给小孩，用另一只皮囊喂着青驴。听得身后小孩喝水喝得咕咚咕咚的，他忙道：“重茂，慢点喝！你体气不足，又晒了太阳，小心喝急了凉水伤胃。”

那小孩忙放下皮囊，喘了两口气道：“是，师兄！”

那青年喂过青驴，抬眼望天。此时已过未时末刻，正是一天中日头最毒的时刻，无论如何也不便继续赶路，便将青驴拴到旁边竹下，过来那小孩身旁，盘膝坐下。

那名叫做“重茂”的小孩一直在偷偷打量青年的脸色，见他脸色平静，并无怒色。重茂最知道这位师兄的脾气，极是易怒易冲动，且一肚子的打抱不平、无视权贵，眼下脸色平静，只不过是强忍着不发——被人赶出驿站，师兄想来并无甚纠结，但师兄最疼年纪幼小的自己，看着自己热天暴日头的被赶出来，师兄只怕一怒之下将驿站烧了也是有可能的。重茂想到此，便凑到那青年身旁，低声道：“云流师兄，您别生气了，我没事，一点儿也不热。嗯，说不定进到那驿站里，还要热上片刻，现在这里多好，又有水，凉风悠悠的又不热。咱们坐一会儿便走了，可好？”

那青年闭嘴不语，过了一会儿才叹道：“唉……师兄送你回来，一路上无车又无马，害你只能骑驴。你本来元气就虚，这么大热的天……”

重茂抓住他的手，摇了摇道：“没事，师兄，真的没事。这么热的天，坐在车里闷都闷死了。我个头小，又骑不得马，这驴刚刚好呀。倒是师兄，陪我走了整整两日。”

那青年破颜一笑，道：“那又如何？我这会子正在修炼冲阴阳，到了第二层，正好师父说这一层功法要诀，力从根起，走冲阳、伏兔、气冲，从足阳明经入关元气海。这么走上几百里，胜过我在宫里打多久的坐呢，岂不正好？”

重茂点点头，颇有些感慨道：“师兄武功日益精进，宫里其他的师兄们拍马也追不上，只因他们谁也不肯大热天的出来，在长安道上来回走上两遭。师兄，只是你这番修炼，恐怕不太像咱们本门内功修炼的法门吧？”

那青年朗声笑道：“是吗？你有进益啊，连这也瞧得出来。不过既然你都瞧出来我的功力日益精进，难道不知道正是因为我修炼法子的不同？你放心，我这法子虽和师父教的有所不同，却并未出本门武学的范畴。你须知，本门武学乃是太师父钟离仙师和师父二人，从浩瀚的道藏经书中发掘梳理出的内功本源法门，其博大精深，难以言述，可以说道藏有多深刻，咱们本门武功就有多浩淼。师父平时教给咱们的修行法子，只不过是其中之万一，待你内功上到一定层次，领会自有不同，到时候便自然而然地循着道藏的指引，去寻找更好、更快的法子了。那与我此刻，又有何不同？”

重茂听得心神荡漾，两眼放光地看了青年好一会儿，忽然间头顶一阵风过，竹林索索摇摆，他的一脸兴奋之情又黯淡了下来。

他垂下头，低声道：“可惜，这次父皇征召我们众兄弟还朝，只怕……一时半会间再也来不了纯阳宫了。”

青年脸色顿时一暗。这下子，竹林里彻彻底底地安静了下来。

这少年并非凡人。他姓李，在天下数以千计李姓家族中，他的家族毫无疑问是排名第一。在他的家族中，亦有数以千计的李姓同族，然而他的名“重茂”，可以让他在这第一家族中排到第一列中——在这一列中的人名，一双健全的手便能扳着指头数下来：

天子，李显；相王，李旦；太平公主，李令月；太子，李重俊；温王，李重茂。

是了，在李氏皇族中，他年纪虽小，却不折不扣地排在仅次于太子的位次上，因为他就是太子李重俊唯一的亲弟弟，六个月前刚刚受封为温王的李重茂。

重茂虽是当今天子最小的儿子，却和太子李重俊一般，并非韦后亲生，乃是庶出，因此并不得皇帝、皇后的喜爱，因为和太子并非一母，连太子也不怎么看得起这个小弟弟。加之他从小命运多舛，百病缠身，是以年仅十岁上，便被送往纯阳宫中作为俗家记名弟子修行。彼时皇族中女性出家修行乃为常态，通常外戚入佛寺，宗亲入道观，权倾一时的太平公主、安乐公主等都曾入道观寄名，宗族中男子入道观的倒是甚为稀罕，由此亦可知李重茂在皇帝、皇后心中地位如何。

上个月初，皇帝征召天下族人进京，诏书如羽，分驰四方。华山地近长安，可是纯阳宫中的李重茂直到三天前才得到诏书。诏书来得出奇的晚，从小便谨小慎微的重茂可不敢耽搁。韦后正找不到理由收拾他们这些庶出的儿子们，若是误了日期，重茂身为皇次子，一样在劫难逃——三十年来李氏皇族被诛戮殆尽，血淋淋的情景尤在目前，朝中官员素来党附皇后、武氏，谁把这些真正的天潢贵胄放在眼里？

因此接到诏书的第二日一早，重茂便向吕洞宾辞行。吕洞宾深知眼下李氏、武氏、韦氏围绕皇位之争愈演愈烈，便命纯阳宫大弟子谢云流亲自送重茂下山回宫。

那谢云流也非凡品。他乃吕洞宾中年之后收下的第一个弟子，亦是纯阳宫创建时的长门大师兄，年纪虽不大，今年满打满算才十七岁，却已深得吕洞宾真传，自十五岁起便代表吕洞宾在纯阳接见江湖人士，虽未曾行走江湖，但武功卓绝，但凡见过一面的江湖中人，都已不敢以“纯阳小子”之类的眼光来看他。

重茂的生母早在则天天后时期便已身故，皇室原也没人看得起他，入纯阳宫说穿了乃是避祸于道观。但吕洞宾偏偏十分疼惜这没娘的孩子，虽是外室弟子，不入纯阳弟子名录，但还是令自己的大弟子谢云流寸步不离地保护他、教导他，是以他和吕洞宾乃名义上的师徒，和谢云流却是事实上的师徒。只是他年纪幼小，身体又先天不足，谢云流名为教导，实则是在调养他的身体，所传授的不过是入门的培本固原的炼气之法。

重茂心知谢云流心中对自己回京充满担忧，不欲在这无可奈何的事上多说，笑着岔开话题道：“师兄，这无妨的。师兄你这次只怕也要在长安耽搁一段时间，咱们倒可时时见面，也算不错了。说不定等到秋天，父皇恩准，我又可随你一同回宫，岂不正好？”

谢云流沉吟半晌，才道：“不错，此次送你进京，我是有心要留上 段时间。我对师父说，乃是为了在长安看顾你一段时间，但却并非真是为此——你一入宫，只怕就只有你找我，我毕竟无名无分，却也不能随时入宫看顾你。”

“正是。”重茂神色黯然，接口道。

“你我情如手足，我不敢对师父说的事，却也不瞒你——我打算在京师里，好好找找咱们本门的失传之物——”谢云流缓缓道，“纯阳别册。”

重茂讶然道：“难道师兄真相信有这东西？！”

“那是自然，”谢云流沉静地望着远处，“我刚说了，本门武功，源自道藏。道藏恢宏如海，不得其门而入者，就是阅遍道藏也难免入宝山而空手回。咱们祖师钟离仙师自辟蹊径，从武学入手，最终找到一套能穷天化地的本事。他老人家仙去之前，曾经将一生的绝学写为三本精要，那便是《开元典论》、《大统典论》和咱们本门的《纯阳心法》”

重茂点点头。这是事关纯阳和皇家的秘辛，作为皇室核心子弟，他自小便知道这其中的瓜葛——《开元典论》是纯阳创始师祖钟离权在差不多一百年前送给太宗文皇帝的治世要典，《大统典论》则是十年前由纯阳真人吕洞宾亲手交予当时的大周皇帝则天——有这两本与天下治制息息相关的密册，纯阳宫与皇室之间的关系自是超越世间一切寺、观、院，是真正的国师所在。

《开元典论》和《大统典论》，本是钟离权以道藏为本，推演出的政治治化之道，与武学浑然无关。而那《纯阳心法》则是钟离权穷其一生所得的武学精要，吕洞宾将之发扬光大，以一生二、二生三、三生万物之道，推演出了太虚剑意与紫霞功两套武学。纯阳宫建宫未久，弟子尚不昌盛，然而已入宫的弟子已经开始分修二学，将来假以时日，以二学继续推而广之，不愁纯阳宫将来不成为与少林寺一般的天下武学之宗。

太虚剑意与紫霞功创建未久，已初露天下武学绝顶之峥嵘，但纯阳弟子中却还在传着一些传说……传说，钟离权当日一身无可描绘之武学，并非全部写进了纯阳心法……传说钟离权在写出纯阳心法之后，又独自在华山千尺幢上的小洞中，一住十年，之后武学更是大进，已臻化境……传说，他将这十年的所悟，统统融入了一本随手写就的小册子中……

这本册子，便叫做《纯阳别册》。

这册子显然不在纯阳宫中。吕洞宾教授学生从无藏私。太虚剑意与紫霞功，只要弟子修为到了，便依次教授。但他从无一言一字，言及纯阳别册。偏偏越是这样，弟子们传得越是有鼻有眼，都说是钟离权在面见太宗文皇帝，转交《开元典论》时，已将纯阳别册一并送予太宗。彼时正是隋末乱世，钟离权既给予当时还年幼的李世民以治国重典，又将平生武功绝学传授，希望太宗文皇帝能以此打造出一支强大的军队，荡平天下。

这些零零碎碎的传说，重茂在纯阳也听了不少，弟子们之中有信，也有不信的，偏偏谢云流就是其中最相信的。谢云流武功在众弟子中并不是第一——众弟子已经不再与他比较武功。他所学既多，进益又快，最近一段时间来，重茂总是听见他在抱怨纯阳剑法的缺陷。

一个学武功已经学到了挑毛病地步的弟子，自然是不会安于眼前所学。谢云流觉得纯阳剑法中，总有言之不尽之处——修行到那个境界，却发觉不对，遍寻剑法，也找不到解决之道。此事在纯阳宫中并不是秘密，谢云流多次在吕洞宾面前演练剑术，指出其中心法不足之处，宫中弟子都是亲眼所见。

奇怪的是，被大弟子当众指出纯阳剑术中的破绽，吕洞宾却是喜上眉梢。不过他并没有给谢云流任何解惑，只是赞他学艺进步，肯动脑筋——如此而已。

以谢云流的冲动脾气，能动脑筋早就动了，自是找不着方法。吕洞宾既不肯指点，谢云流只得另辟蹊径，但一门一派的武学，岂能随便乱学？只能从根子上去寻求答案，眼下能动脑筋的，便只剩那部传说中与本派息息相关的《纯阳别册》。

重茂看着谢云流，咽了口口水。他年纪虽小，历阅人事却远胜谢云流，心中自是清楚——谢云流打算去寻一本失踪了八十多年，甚至根本不被承认存在于世间的书，这和他此番回京妄求能躲开皇室内部争斗而安安静静活下去，难度只怕在伯仲之间。

师兄弟二人都有些痴心妄想了，重茂心情沉重地想。

这世上，哪得如许便宜之事！

竹林中凉风习习，不过稍稍坐了那么一会儿，已感透心般的清凉。重茂自从知道太子随时可能驾到，不敢多坐，喘匀了气便站起来道："师兄，我已经休息好了，咱们走吧？"

谢云流看一眼大道上冉冉升起的热气，叹了口气，道："好吧……这样吧，我瞧下面小溪边也有条路。咱们就走小路，或许没这么热，如何？"

重茂只求能在太子来之前离开，自无繁言，当下二人牵了青驴，穿过竹林，下了一道浅坡，果见小溪边有条狭窄平坦的碎石路，沿着小溪弯弯曲曲地通向下游。

彼时日既已西斜，竹林中亦不见天日，凉爽透风，走起来自然快了许多，半个时辰后，小溪穿出竹林，又绕回了枫林中，在这里与官道重又相交，穿过一座年代久远的石桥，向一片乱石滩流去。

二人上了石桥，便见桥东头空地上，沿溪水建着几间小小的木屋，木屋前面用牵牛花矮墙围了一圈，离大路只有两丈远的大门上挑着一张旗子，绣着大大的“姚”字，却是一家酒家，离着还有十余丈远，已经闻得到一股浓郁的米酒香味。

二人走了大半天，也就早上吃了些干粮。谢云流倒也罢了，那重茂自小锦衣玉食长大，又正在长个头的年纪，如何吃得饱？早已是饿得狠了，闻到香味，顿时忍不住咽了几口馋涎，肚子咕咕咕地叫起来。

走在前面的谢云流回头看了重茂一眼，道：“好了，走了又差不多十里了。咱们在此处歇上一歇，打打尖再走吧。”

“师兄，我没事！”

“瞧你这点儿出息，那还是你嫡亲的哥哥呢，”谢云流横了他一眼，“再说了，这么热的天儿，你当太子爷很乐意坐在车厢里流汗么？他们既然包下了前面的驿站，当是要等到日落后再走，咱们歇歇就走，不会害你跟太子爷磕头的。”

重茂涨红了小脸，嗫嚅地说不出话来。谢云流牵着青驴下了桥，便向路边的姚家铺子走去。

那店门前的黄土道上，趴着一只大黄狗，正在下午的微风中睡觉，谢云流牵着青驴往酒店前的小路一拐，黄狗就汪汪地叫起来。

大门里头人影一晃，一个矮矮胖胖的中年人迎出门来，见二人走近，那胖子忙踢了大黄狗一脚，喝道：“大黄，滚！没眼色的畜生！没见到贵客来了吗？二位——这么大热的天，您二位辛苦！”

谢云流在门口稳稳当当地站住了，道："贵店今日生意可好？"

那胖子脸上堆满谄笑，道："还好，托二位的福，还好！"

"是吗？"谢云流道，"既然你们生意好，那我们可就不叨扰了。"

"哟！"胖子吓了一跳，"二位爷这是怎么说？"

"我们先问问清楚，你们这儿有没有什么太子啊，皇——"谢云流硬生生刹住，改口道，"公主啊打这儿过，还要包下你们店面不迎外客，我们就不敢打扰了。"

"瞧瞧！"胖子脸上顿时笑开了花，"您二位也是从前面被赶过来的？二位，咱们这店小，难入大神，又怎么会入太子爷的法眼？您二位里面请吧——小黄，来客二位，看茶！"

店里面应声出来一个十八九岁，呆头呆脑的青年，憨厚地笑着，却不吭声。胖子道："傻笑作甚？滚，快滚，快去端茶。"

"等等——"谢云流指着那青年道，"这位叫什么？"

"他？他姓黄，贱名儿狗腿子，客官您叫他小黄或者黄狗腿子，都行！"

"那你刚刚叫那狗——"

"大黄呀，"胖子面不改色地道，"正宗的上蔡黄狗，看家，下酒，都好，都好！"

重茂憋不住"噗"地一声笑出来。谢云流道："那，敢问——"

"贱名老黄，"那胖子没皮没脸地笑道，"您老叫我狗头，也行！"

谢云流哈哈大笑，直道有趣儿，跟着老黄进了屋子。这家客栈店面不大，也就两进的小格局，屋里黑黑的，摆着几张桌子，倒没有什么人。老黄将二人引到屋里边坐了，便见呆头呆脑的小黄端了茶上来。

重茂坐着不动，见谢云流先端茶喝了，不动声色地点点头，才端起茶喝了一口。茶是下等的渣茶，又苦又涩，只比吐蕃人的砖茶稍微好上那么一点儿，但在这荒郊野外，喝到这样的茶才令人放心。

老黄笑吟吟地站在一边，等二人都放下了手中的粗陶茶盅，才道：“大热的天，二位爷还在赶路，必是要连夜进京的，小的我就不多嘴了。二位要点些什么，小店赶紧给二位张罗了，不耽误二位的行程。”

“这话我爱听，”谢云流道，“我们吃素，不拘什么的，弄一点面来便可。”

“得嘞，”老黄笑道，“一看二位爷就是纯阳宫的高人，我这就去灶上盯着，保准叫他们把锅刷得清清溜溜的，不让二位爷沾这些荤气儿！”说着赔笑着去了。

重茂看着老黄的背影，低声道：“师兄——”

“嗯。”

“这……这是掌柜？”

“看样子，是。”

“这里不是姚家铺子吗？”

谢云流放下茶杯，道：“看样子，是换了掌柜。”

“换了人？”重茂奇道，“这样的小店，还有人愿意买？”

“这有何奇怪？”谢云流道，“这店面虽小，却是长安东头的必经之道，前面有驿站、十里铺，后面有五十里铺，它在这正中间，正是做生意的好地方，虽然是小本生意，能吃多少代呢。再说，说不定东家姓姚，这掌柜只是请来看店的，也未可知。”

重茂抿紧小嘴，一副不大相信的样子。谢云流冷笑道：“你无须在意。这家店铺，管他是白店黑店赤店蓝店，你只管坐稳了，难道师哥还护不住你？”

重茂心底里叹了口气，不敢再有言语。他对这位师哥的脾气最是了然。谢云流心高气傲，行走江湖以来顺风顺水从未失手，正是少年得志之时，再加上他自认这半年来于武学上又大有进益，若是有人找他们的茬，那倒还真是求之不得了。

但重茂出身皇家，年纪不大，坎坷经历可比一帆风顺的谢云流多得多。他心里既担心遇上太子，又对这家老黄、大黄、小黄的姚家铺子颇多疑虑，手捧着茶杯忐忑不安地坐着。

忽然“嘣”的一声巨响，重茂吓得手中茶杯弹出，热茶飞溅出来，谢云流端坐不动，袍袖一挥，杯子和热茶被劲风扫过，摔进小屋的角落中，一滴茶也没溅到重茂身上。

重茂却顾不得这些，忙转身过去，便见小屋隔壁的另一间屋子房门打开，一股子浓烈的酒肉味儿和着放肆的笑声透出来，接着便见七、八条大汉从旁边的小屋里打着饱嗝出来，看打扮和模样是山里的打柴人或猎人，背着长长的弓、粗大的砍柴刀。重茂微微一惊，但见谢云流纹丝不动地坐着，他便不敢乱动。

那几名猎人说着长安以西的土话，声音吵闹得重茂耳朵都嗡嗡地响，不一会儿老黄出来，这几人跟老黄打着哈哈，骂了几句贼热的天，转过来又为几文酒钱争吵了好一会儿，才骂骂咧咧地结了账。

谢云流冷眼看去，只见从他们破破烂烂的腰带中掏出来的，都是被磨得几乎看不清字迹的“贞观通宝”钱——这是乡下人才用的老钱，如今的大城中已经见不到高宗以前的钱币。八个人，一共付了二十七个贞观通宝，好说歹说又从店里拿了一小壶酒，这才摇摇晃晃地相互搀扶着上路，走出店面，几个人唱着山歌，消失在大路另一边的树林中。

重茂见谢云流一直盯着那些人，低声道：“师兄，怎么了？有何可疑？”

谢云流摇摇头，重新端起自己的茶杯，道：“没什么。”

“二位爷，等久了吧？”老黄乐呵呵地从屋外进来，提着一壶茶。重茂慌忙看自己面前，却不知啥时候被谢云流又从旁边桌上拿来了一副新茶杯。

老黄赔笑着给二人面前的杯子满上。重茂还是一动不动，待谢云流喝了一大口，这才从容捧起杯子饮下。

谢云流看了眼老黄，随口道：“刚才那些人好吵。这都是附近的猎户吗？”

老黄放下壶，拍拍手笑道：“那不是附近的猎户——枫华谷虽大，却是东西往来的大道，还有天策军营在此，天子时常驾临围猎，这附近就是地下的老鼠也早就捕杀一空了！这些都是东都来的应役户，在京里供奉太子、公主府上打猎的，如今已经服完了役，这就要东去了，咳！都是些破落户，饭钱都出不起，也不知道在京里挣的钱都塞哪个窑子胡同了——”他忽然吐吐舌头，虚拍了下自己的脑门，赔笑道，“打嘴打嘴，我在二位爷面前胡说！”

谢云流微微一笑，道：“无妨。”

老黄提了茶壶，转身又过去打茶。乡下地方，茶都是放在门前的一口大茶缸里，得一壶一壶打出来，再倒到碗里。老黄慢吞吞地用大铜提子打着茶，又慢吞吞地转回来，谢云流的目光一刻也不曾离开他。

“两位爷是纯阳宫上的道爷，”老黄拉过一张小凳，在他们桌旁坐下来，笑道，“这乡野粗茶给二位道爷喝，真是简慢了。”

“只要是干干净净的茶，都解渴。”谢云流道。

“那是那是，”老黄一张胖脸上全是油汗，手里拿着把大蒲扇只是扇，“咱这老店，好东西没有，就是干净——就在溪水边，什么都干干净净的，二位爷不嫌弃，那就好！”

“这溪水倒是甜。”

“甜！怎么不甜！”老黄笑道，“这里的水还算次一等的，往上游走十里路，那里的水可是历代进贡皇帝爷的水，啧啧，又甜又解渴，当年前朝的文帝就好这口水，要不，还没这么片枫林呢！”

“哦？”重茂奇道，“难道这枫林，还是杨坚所植？”

“恰恰相反，”老黄笑着给他添了茶，“咱这谷啊，一百多年前还是片荒山呢！只有沿着溪水有竹林，其他地方都荒着，我爷爷说，草有人胸口那么高，就是没有树。树都上哪儿去了呢？都被隋文帝砍了去修新长安城了。”

隋文帝杨坚建立隋朝时，嫌弃旧长安城制度狭小，无以彰显新朝之盛，下令在旧都旁建造新城。新长安城于隋开皇四年建成，虽然只花了差不多一年多一点的时间落成，却是穷尽天下城郸之精华，高大雄伟，堪称数百年之盛，直到今日，长安城的内宫还是在隋代基础上加以扩建而成。重茂点点头，这是家事，他自然清楚得很。

“那这一片枫林……”

老黄喝了口茶，微笑不语。

“枫树本就难得，这一片山谷，怕不得有上万株吧？”谢云流也忍不住道，“谁会花那么大力气，栽如此多的枫树？”

老黄叹了口气，道：“夏去秋来，枫叶好看么？”

“好看啊，”重茂道，“由绿而黄，落地而红，好看得紧，父——咳咳……听说当今天子就很喜欢枫叶。”

“当今天子圣明，”老黄微微抱拳一举，道，“但有一人，喜欢繁花红叶，却是千百年来人所罕比的，却不知二位可知？”

谢云流皱紧眉头。他从小所学的皆是武学、道藏，于历史、人物实在知之甚少。重茂微一沉吟，忽然一拍桌子，道：“啊！是了！是隋文帝的儿子，炀帝杨广！”

老黄罕见地长叹一声，道：“可不是么！”

枫华谷位在长安城外六十里处，原不过一处寂寂无闻的贫瘠山谷。前隋大业六年，炀帝欲伐高丽，在华山脚下检阅天下士马，彼时应征而至的天下军民共十道六十四万人，自汉武帝以降，天下军马莫此为甚。

炀帝性好奢华，但彼时枫华谷却已被其父修建长安城而砍伐一空，以杨坚之性，又如何能容忍在一片荒芜中接见天下士卒？

于是便下诏令各路进京人马皆献树种一株，带至行在栽种。炀帝好五彩花木，天下谁人不知？于是六十万军民带来的，竟然不约而同都是叶脉殷红的枫树。

炀帝自然大喜，便令尽数种植在行宫所在的山谷中，数十余万株树木繁盛如古来之森，遮天蔽日，连同周围六山十一谷都统统种植上了枫树。

新移植的枫树，没有那么快开枝散叶。数年之后，大业八年，炀帝率军出征高丽，数十万大军滚汤泼雪一般丧失在冰寒北方，当日植树之人，没有一人见到谷中枫树的长成。

而始作俑者炀帝，自高丽败后就偏安于东都，任凭天下大乱，不闻也不问，再也没有回过长安。当大业十四年，他在东都行宫里被宇文化及用腰带慢慢勒死之时，这片山谷中的枫树已巍然成林，殷红一片，恰如炀帝那垂死眼中望见的血色。

时去岁来，沧海已化桑田，百余年来，被称为“枫华谷”的这片山谷，已成连接盛京长安与东都洛阳之间的一条必经之路。自高祖、太宗年代起，帝舆逐年经过此谷往来两京，谷的左右，还分布有拱卫京师的天策军营，此乃距离长安最远的一处天策营地，正是自高宗时代以来闻名遐迩，一直是天策军首脑所在的天策北营，。炀帝自称千古帝王第一人，虽然贻笑大方，但其人还是颇具眼光，今日的天策营地便建在他昔日行在之所，位于湖边高岸，居高临下，易守难攻，只需在营地上登高望远，整个枫华谷东西走廊都在目前，确是难得的要地。

“……所以论起炀帝，眼光、气魄、能力，那确是数百年来一等一的人物，只比他老子杨坚差上那么一点儿，”老黄说完，叹息一声，“也就只有这样的人物，糟蹋起他老子千古难得的基业，才如此得心应手，咳，隋由极盛而至灭，可不就像这枫叶一样，待得红尽，已是凛冬，再好看的叶子，也得腐朽化泥了。”

谢、李二人都未曾听过这样的故事，一时都听得痴了。过了好久，忽地远远的一声马匹嘶鸣，打破了溪谷中的寂静，三个人才同时回过神来。

老黄笑道：“瞧瞧，我给二位爷讲些什么呢！咱们大唐国，自高祖、太宗以来，都是贤明当国，再不会出这些妖孽的。咳咳！该死的小黄，给二位爷的面下好没有！”后一句却是冲着厨下喊的。

那小黄含糊地答应了一声，却也没见端什么东西出来。老黄用蒲扇起劲地给二人扇了几下，道：“怠慢了，怠慢了，我这就去催催看——这死东西，又懒又笨，赶明儿老子让大黄来下厨，你给老子滚门口看门去！”

话音未落，又是一声嘶鸣，这一声却隔得近了，听声音已经到了小桥另一边，坐在屋中瞧不见外面，只听蹄声如雷，转眼间就过了小桥，三人望向门口，一团红云飞驰而过，奔雷般的啼声向着西方疾驰而去。

就那么一晃眼的工夫，重茂和谢云流二人都瞧得清清楚楚，那是一匹高大的军马，骑者身穿鲜红的明光铠，盔上长羽如雪，正是羽林军千骑的打扮。

二人对望一眼，重茂脸色有些发白。这个时刻，羽林军士不惜马力地飞驰而过，只有一个可能——为太子銮驾开路。

难道太子真要在毒日头底下赶路？谢云流微一沉吟，站起来道：“天色已晚，贵店磨磨蹭蹭的也不知道啥时候做得好面。干脆给我们带上一点干粮，咱们这就出发了。”

老黄讶道：“二位爷——已经下锅了呀，怎么这么匆忙？太阳还老高的，二位爷……”

谢云流从怀中掏出六七个“乾元通宝”放在桌上，道：“我们赶路的人，不敢多歇，今晚要赶到长安。要是太子爷来了，道路一封，可就走不了了。”

老黄讪笑道：“也是，那……那我赶紧去给二位看看有什么可以带着路上吃的干粮。”

话音刚落，又一阵雷鸣般的马蹄声起，这马来得极速，转瞬间便轰然地从门前掠过。蹄声还未消退，小桥边蹄声又起，不过半炷香的工夫，连续五匹烈马雷鸣般地掠过小店门前的官道。

重茂喃喃地道：“净道了……”

“什么？”

“太子的銮驾马上就要到了，”重茂抓住谢云流的胳膊，小脸微微发白，“这些是开路的千骑，后面……后面净道的人马上就要到了，店门前会被封闭，所有路上的行人都得原地跪候……”

谢云流眼中闪过一丝愠怒，却听重茂道：“我们不能出去。我……我不能向太子跪拜。”

旁边老黄的八字眉，闻言挑了起来，谢云流咳嗽一声，老黄的眉毛又赶紧归位，恭恭敬敬地道：“二位仙长，可是有什么难处？”

谢云流道：“不瞒大叔，我这位小师弟也是长安富贵人家，小时候撞了风邪，身体虚弱，这才送来道观的。若是太子爷人马众多，我怕小孩子受惊，能不能……”

“风邪？”老黄皱眉道，“那……倒确是不能被这人多马鸣的吓着了。咱们这位太子爷不好风月，却好游猎，手下带的都是羽林军的千骑大将、千牛备身这些粗汉子军爷，可别真把孩子惊了……唔……”

他沉吟一下，便道：“二位，还是到里面屋子去吧。这里头清静些，太子爷的军将们就算要进院子来要口水喝，也不至于惊了小孩子，如何？”

谢云流看一眼重茂，忙道：“如此，可多谢大叔了。”

“二位爷赏脸叫我一声老黄，那便是客气了。”老黄笑着，将二人引出小屋，往后院转去。这酒家虽小，只有三间小屋，分成前后院儿。进了后院，只有一间低矮的小屋，老黄推门进去，却见这小屋正是临溪水而建，几面大窗开着，窗下便是潺潺的溪水，站在屋里，正见小桥横在十余丈外溪水之上。

此时金乌西斜，一束阳光正透过窗户，照得小屋中通亮。老黄将撑在外面的窗扇放下，那窗扇乃是时下流行的透雕窗，即便放了下来，外面的景致也看得清清楚楚。

第一声号角响起，立刻便有雷鸣般的蹄声作为回应。

那一队重装骑士出现在林道上，端得是威风凛凛。当前四匹黑马排做一列，黑甲黑披的骑士手持长戟，阳明盔上两根长羽迎风颤动，后面一排四名骑士，却是人手一杆三丈长的黑色大纛，两排骑士之后，一名红甲红披的骑士，骑枣红大马，高举一杆镶金边的白色大旗，上书斗大的“李”字。

老黄远远地瞧见，不由得叹息一声，道：“作孽哟。先太宗皇帝一举擒讨了王世充、窦建德，午门献俘，金甲游街，高祖皇帝才赐他如此旗帜一面，现如今儿孙们出门游猎，也打这旗帜。咱们这大唐朝啊，咳……”

大唐太宗文皇帝以骑兵起家，横扫天下，常常一日一夜间奔袭数百里，靠的是轻装骑兵，穿的不过是软皮甲、轻羽盔而已。如今的羽林军、神策军，却全都身披用蜀锦包裹、雕满兽头云纹的明光铠，无论重量还是价格，都不知比当日的软皮甲翻了多少倍，以至于走几十里地便得脱卸装甲，好好喘上几口气。太子的这队打山猪、狍子的猎队，比太宗皇帝灭薛人举的大军昂贵十倍，战力可低了不止十倍去了。

那九名骑士缓缓地下了河岸，向着小石桥而去。后面跟着一辆六匹马的黑红色四轮大车，那便是所谓的格车了，只有天子或者身为国家储贰的太子，才有资格乘坐。格车后面，隐隐的又有不少旌旗，看样子太子此次出行，确是游猎而来，队伍中除了两辆大车，其他的全是重装骑士，以及随行的手持木棍、头上歪戴白色包头的“白头役”，一个宫中仆役宦官都没有带。

那格车到了河岸之上，便停住了。此时正是盛夏，似乎不久之前，小溪刚刚发过一次洪水，洪水没有冲垮石桥，却将石桥与林中官道之间的河岸冲垮了一截，从官道下到小桥，须得从一面陡峭的坡上下来。骑兵骑马倒是可以轻易地纵跃而下，马车则是十分的艰难，那格车比普通的马车大了足足一倍，几乎到了无法下行的地步。

当然——那是对普通人而言。

队伍中响起了尖利的哨子声。跟随在队伍中的白头役们排成两列，纷纷下到河岸。早有人将格车的御马卸下，数十名白头役围在车两旁，将车稳稳地抬起，向前传递。巨大的车头刚刚露出河岸之外，下面的白头役们高举手中短棍，将车头架住，慢慢地向下传递。

重逾千斤的马车，居然在两排白头役的共同传递之下，稳稳当当地滑下了一丈多高的陡峭河岸，瞧那架势，大概端坐其中的太子，连摇都没摇几下。谢云流不由得摇头赞叹，道："这些仆役的身手且不论，但腰力与臂力，当不在千骑之下。皇家仆役，果然非同凡物。"

"这些人自然不能与世间普通仆役相比，"老黄笑道，"此乃皇家白头役，那都是自高宗初年起，为了高宗亲征高丽而特意选拔的健仆，高宗皇帝最后虽然未能亲征，可是这些健仆却留了下来，高宗皇帝还亲自为他们挑选高个、健硕的宫女为妻，世代为皇室之仆，那自然都是家传的手艺——就这一千多斤的格车，这么陡的坡放下来，太子爷要是睡着了，都不一定摇得醒呢！啧啧……"

重茂抿紧了嘴，想要开口，却又将一肚子的话咽了回去。这样的格车，他也坐过，别说这么多人往下抬，就是在平整的路面上跑，也没法睡得着。车子被抬下河岸，是件危险的事，通常情况下车里的人都是要下车的，就算是当今皇帝出行，也断不会如此托大，坐在摇摇晃晃的马车上被人抬下陡坡。

太子李重俊与重茂虽然不睦，却好歹也是在一起生活过数年，太子的脾性，重茂深知。太子极好游猎，常常终日与千骑们一起在林中奔驰，也曾半个时辰内从明堂宫单骑奔驰到长安城外的神策营中。为此天子屡加严叱，太子也毫无改意。这样的时候、这样的树林，太子会呆在车里？断然不会。

他向河岸上的林子望去——现在河岸上被拥挤的白头役所占满，挡住了后面千骑大将和千牛备身们的身影，还看不见太子的身影，不过毫无疑问太子就在那后面乱哄哄的人群之中。

片刻间，格车便被稳稳当当地放在了桥头。九名骑士已经到了桥西头，大声指挥着白头役们推车过桥，挤在岸上的白头役往两边散开，让后面的千骑下河。看样子，至少需要小半个时辰，庞大的太子銮驾才能顺利的渡河。

太阳西斜，一束阳光从西方矮矮的竹林上方投下，正好照亮了小溪和小桥。溪水反射金光，小桥上鎏金镶玉的格车、千骑们坚硬光滑的明光铠也尽情地反射光芒，一时小溪谷中万丈光芒，夺人眼目。

便在这时，谢云流忽然“咦”的一声。

老黄和重茂顺着他的目光望去，也同声“咦”了起来。

溪水从东北方向流淌而来，顺着潺潺溪水淌下的，还有一片片落叶。落叶在溪水中形成一条青绿色的长带，从上游一直蔓延到桥下。

此刻，青绿色的落叶正被劈开。一团磨盘般大小的乱草团从上游快速漂下，向着小桥漂去。这乱草团中乱七八糟地支楞着枯枝，像是从山中滚下的枯叶团。

在盛夏的小溪里，这本并没有什么奇怪的。山上的砍柴人有时会将柴薪打捆，顺水漂下。也有被山洪冲积到一堆的乱草，偶尔也会顺水漂下。

但是在这团乱草后面，不到二十丈远的水中，又一团相同大小的草团跟着漂下，在它后面二十丈处，是第三团，就在老黄和谢云流“咦”的同时，第四团乱草也出现了。

四团几乎一模一样草团，相距各二十丈，在太子銮驾渡河时出现在小溪里。这就不由得不让人“咦”了。

“有人谋夺太子！”这个念头在谢云流脑中一闪而过，他却本能地后退一步，一把抓住重茂的胳膊，道：“咱们快走！”

“来不及了！”老黄哆哆嗦嗦地道。与此同时，桥上也是一阵喧闹，桥上桥下的千骑、千牛都已经看见了溪水中的异常。

队伍中立刻想起了尖厉的哨声。大唐军制，只有在对阵交战时才使用号角，围猎与紧急调动都使用哨子。众千骑、千牛备身，虽说和开国时代相去甚远，毕竟也属于帝国军队的精华，刚刚乱成一团，一听到哨声，立刻安静下来。

有人在队伍中高声下令。河岸上的白头役们向林中退却，二十余名千骑却下马来，弯弓搭箭跳下河岸。桥上的白头役们一起发力，奋力将格车推向桥西头——一切都是井然有序，只可惜格车沉重，体型又大，在狭小的石桥上缓缓移动，一时还下不了桥。

哨声再次响起，立刻便是一阵急如密雨般的“嗖嗖”声。羽林军千骑、千牛都是弓马娴熟的精英，立时便将四团水草射得刺猬一般。

草团中本就支着枯败枝条，这数十支箭射入，不过是多了些枝条而已，水草团继续排开溪水中的落叶，向石桥漂去。

哨声连连吹响。跳下河岸的千骑们毫不迟疑地将手中弓箭丢下，站在河岸之上的千骑们摘下悬在马上的长戟，向他们扔去。那些站在河岸下的千骑们头也不回，反手便将同袍们扔来的长戟抓在手中。

远处的谢云流、重茂都不禁暗赞一声。这般紧密如一的配合，实在不愧是天下最精锐的羽林军士。老黄却是大声击掌，道："好一个鹞回头！太宗文皇帝传下来的武阵之法，倒也没被这帮爷们丢光，嘿！"

接到长戟的千骑们双手持戟，紧密地肩并肩靠在一起，摆出临阵对决千军万马的架势，等着那些水草团底下潜藏的刺客登岸。石桥虽不甚高，但要从水中直接跃到近两丈高的桥面上也绝非常人所能做到，若水草中真有刺客，从河岸登陆是唯一的选择。刺客们显然没有料到千骑们反应如此之快，已然失尽一切先机。

在一片静默中，第一团水草缓缓地从一排明晃晃的戟尖下漂过，撞上了石桥东头的桥墩上。

出人意料地，水草团在桥墩上碰了一下便远远弹开，顺着溪流继续向下游漂去。

桥上、岸上，连小客栈里的谢云流、重茂等人，统统都愣住了。

第二团水草撞在了小桥西头，也是轻轻那么一碰，便即弹开，向下游漂去。小溪以石桥为分界，石桥之东溪水较深，水流平缓，过了小桥则是一片乱石滩，溪水在乱石中奔腾下泄，那两团水草瞬间就被湍急的水流撕扯成碎片，卷入水底。

河岸上，刚刚还警惕万分的千骑们站直了身子，有人开始呵呵大笑。眼看着第三团水草穿过小桥，滑入乱石滩，河岸边的千骑中，一人忍耐不住跳到桥下溪边的一块大石上，手举长戟，看着最后一团水草漂过来，便高举长戟，用力捅了下去。

草团先是向下一沉，接着，一团红光乍然亮起……

谢云流眼前一片茫然，耳中嗡嗡作响，什么也听不到、看不见，嗡嗡的鸣响仿佛充斥天地间一般……好不容易才回过神来，才发现自己双膝微曲、双手护在面前，总算还没有倒下去。

他内力深厚，已臻江湖一流高手之境，只略晕了一瞬，丹田搬运气息，顿时灵台清明，一切音声又重新恢复过来。

眼前一片混乱，整个屋子中全是迸飞的碎竹片、窗花纸什么的，他感到肩头微疼，低头一看，却是一根寸许长的竹签插在肩头。谢云流心中一股怒气上涌，肩头微一用力，“啪”的一声，竹签箭一般地射出去，整个没入了几尺外的木墙之中。

“重茂！”

“师兄！”

立刻从角落里传来了回答。谢云流大喜，将翻在身边的床榻抓起一扔，便露出角落中的二人。

老黄和重茂，一起歪在角落中，虽然都在瑟瑟发抖，可是阳光照进来，二人脸上身上都没有血迹。刚才那一下爆炸来得极其猛烈，谢云流内力深厚，巨大的冲击波没有将他掀翻，却直接将安放在窗台下的竹榻掀翻，将站在屋子中的老黄、重茂二人砸倒。但也正亏了并不沉重却结实的竹榻挡住了迸射的碎片，两个人都未受伤。

谢云流抓住重茂的手，想要将他扶起，老黄却气喘吁吁地道："不、不要慌……且瞧瞧外面……"

和想的一模一样，河岸上已是一片大乱。

那名用长戟去捅草团的千骑，已是无影无踪。彼时站在他身后的十余名同袍，则是躺了一地，站得离河岸近的三、四人身上的金黄色明光铠都已不知去向，取而代之的是说不清道不明的红、黄二色，谢云流只看了他们一眼，便知躺在那里的十余人中大半都已是死人。

他的心，怦怦地跳起来。

身为纯阳门下大弟子，谢云流并不是第一次见到死人，但他还从未有过下手致人死命之事，自然也不是什么见到尸横遍野眉头都不皱一下的江湖老手。此刻在河对岸，除了千骑，那些河岸上的白头役也是伤亡惨重，他们比身着明光铠的千骑受伤更甚，可能被炸蒙了的原因，直到现在，哀嚎之声才开始从那么颤抖着的血肉之躯上传出。

但这还不是最惊人的。

石桥——用三尺宽、六尺长的青石砌成的石桥，现在已经消失了一半。草团几乎是在石桥的正下方爆炸，其上方两丈长的石桥东头直接就化作了数百块散落溪谷两侧的碎石，还顺带给河岸上的白头役、千骑们增添许多伤亡。至于当时正在桥东头上的白头役——

谢云流及时止住了去想象他们下场的思路。

作为纯阳宫中大弟子，熟读道藏经书多年，谢云流自是知晓烈性到如此程度的“硝火”会造成怎样的杀伤。硝火能如雷霆般爆炸，数十年前孙思邈所做《丹经》，算是开启了以硝火为武器的时代，十七年前，洛阳闲阳观道士清虚子便曾向当时的则天太后进献过“硝火霹雳”，作为当时的千骑大将黑齿常之进攻西域之用。这是正式被朝廷采纳的火器，而事实上民间、江湖中使用火器早有成例，蜀中唐门便是其中的翘楚。

蜀中唐门竟然妄图刺杀太子？！

谢云流用力甩了一下头，将这荒谬的想法扔出去。

如今太子才是最重要的——太子呢？！

桥西头，巨大的格车歪在石栏杆上。居然没有被掀下石桥，格车的重量可想而知。围在格车周围的白头役都已不知去向，前面的九名千骑都被惊马颠下马背，却都没受什么伤，一个个迅速地靠向格车。

“太子受伤了？！”

“不！”一个声音立刻反驳道，“太子不在车上！”

“重茂？”

“太子不在车上，”重茂从竹榻下探出身来，大声道，“太子爱骑射，常常自比太宗皇帝，出游时穿轻铠，乘骏马，他现在一定是混在千骑和千牛备身之中！”

“阿弥陀佛！”老黄颤巍巍道，“什……什……什……什么人胆敢……敢……”

“听！”谢云流忽然道。

三人一起噤声，侧耳听去——在一片乱麻麻的人喊马嘶、呻吟咆哮、哨子金甲声中，一个极轻微却清晰的声音由远及近，破空而来。

远远的石桥上，一名千骑刚刚爬上倾斜的格车，忽然浑身绷紧，紧接着，一个跟斗从车上摔下，直直地摔入石桥北面的乱石滩中，湍急的溪水顿时将他冲向下游，消失不见。

“刺杀，”谢云流喃喃地道，“开始了。”

箭，是从桥西头射出的。三尺长的短矢，从距离桥头不到四十步远的枫林中射出，在人还未能看清之时便已到了桥上，直接穿过那名千骑的咽喉。

其余千骑们反应不可谓不快，一个个不管身在何处，立刻便去抄别在腰上的小圆盾，然而第一箭射出后几乎没有任何停顿，“嗖嗖嗖”连声，从枫林中密如骤雨地射出了三、十四支，桥头九名千骑根本无处可避，“啪啪啪”一阵乱响，每人身上都至少中了六七箭以上。

小溪西岸上惊魂未定的千骑们齐声惊呼，但除去格车上那名喉头中箭立时倒毙的外，另外八人都只能算是受了皮外伤而已。明光铠可不是只有“明光”二字，这样的铠甲，是为了抵御突厥人六尺长的铁箭而设计，自不会轻易被这般猎箭所伤。

枫林中的弓手准备充分，第一轮箭雨过后立刻又是第二轮、第三轮，箭雨劈劈啪啪地打在格车和千骑们仓促举起的盾牌上，三轮之后，桥头上还站着的便只剩下四人，一个个被射得刺猬一般，好在都用圆盾护住头面，便不至于受太重的伤。

小溪西岸上再次响起哨声。林中的千骑们迅速集结成团，只不过一眨眼的工夫，便已全体挽弓、搭箭。

“扑簌簌”一阵密集的响声，一片箭雨射入对岸枫林之中。千骑们射箭速度和强度都大大超出枫林中的刺客，连续两轮箭雨后，枫林中便沉寂下来。

这番应对，连谢云流也不仅暗自在心中叫了声好。论到武功，眼前这些千骑根本没有入他的眼，但战阵的威力却远远超出他的预料。

尖厉的哨声又响了起来，河岸上，还能动的白头役们慌慌张张地开始搬运遍地尸骸，救助伤者，千骑们则分为两队——一队不停地弯弓射箭，用箭雨将枫林中看不见的刺客牢牢压制，另一队则列队下到河岸，看样子，是要不惜一切代价地抢到桥西头。

眼见那四名未死的千骑，顾不上尚在地下呻吟的同袍，立刻又聚集到格车的周围，谢云流忍不住转过来道：“太子真的不在车上？”

“……”重茂小脸上全是不可思议之色，喃喃地道，“我……我不知道……”

“重茂！”谢云流忽然大喝一声。

“啊？是……师兄？”

“如果太子在车上，”谢云流定定地看着他，“你当如何？”

两边来来往往的箭雨“嗖嗖”地掠过溪谷，流矢“啪啪”的落在小屋顶上。重茂小脸发白，随即又转通红，大声道：“自然是奋不顾身，保护太子！”

“果然不愧是纯阳宫中人。”谢云流道。

第一批千骑已经下到河中了。然而小溪比表面看上去的汹涌湍急得多，水下暗流涌动，几名千骑四仰八叉地摔进河中，立刻就被冲到了桥的另一面。有人在队伍中大声喊道："卸甲，卸甲！"于是众人又匆匆卸去身上的明光铠。

就这么稍一迟疑，桥西头已然大乱。

四、五轮箭雨之后，枫林中便不再有箭射出。兀自还挺立在桥头的千骑也只剩下两人。这时，正对着桥头的林子中，冲出来两辆二轮的柴车。

柴车上堆满柴薪，遮住了推车的人。河东岸千骑大声鼓噪，箭如雨下，却始终伤不得柴薪后的人。枫林到桥头不过三十步远，等到河东岸的千骑改用吊射，柴车已近桥头。

站在格车前的一名千骑，扔下手中圆盾，从身旁倒地的同袍身边捡起一把长戟，大踏步上前，厉声喝道："鼠胆匪类，竟敢偷袭殿下的车驾，想被诛——"

柴车中一箭激射而出，洞穿了他的咽喉，将他剩下的话统统堵在腹中。那千骑喉中汩汩做声，兀自向前走了两步，"啪啪啪"，又三支箭透过他的身体，他浑身一震，僵直地向前倒下。

柴车所能提供的遮蔽本就不大，后面的人绝无弯弓搭箭的空间，这是从劲弩中发射的矢，隔着两丈多的距离，连明光铠和肉体一起射穿，端得是强劲无比。

另一名千骑悲愤不已，大叫着举起长戟，用力掷出，"啪"的一声，长戟深深扎入柴车中，力道之强，透车而出，车后黑影闪动，四条黑影终于忍不住被这一戟逼了出来。

重茂"啊"了一声。那四人身着朴素的猎户之装，正是适才从姚家老店中出去的那群猎户！

那四人中，二人手持短弩，二人手持长剑，同时纵跃出来的一瞬间，两只短矢便已射出。那名千骑早有防备，长戟掷出，便已圆盾护住头面。“啪”的一声，一只短矢稳稳地扎在圆盾上，另一支却穿透了千骑左膝。

那千骑惨呼一声，顿时跪倒。

身后嗖嗖之声爆响，河对岸的千骑几乎在那二人出手的同时便已劲弓齐射，矢入膝弯，这边箭雨亦到，两名持短弩刺客身上仅着布袍，如何挡得住？顿时被射得刺猬一般，钉在地下。

但是河岸边传来的还是惊叫！惊呼声中，那两名手持长剑的刺客早已前冲，躲过箭雨，一左一右从那千骑身旁掠过，似乎什么也没碰，但那名千骑喉头处鲜血狂喷，向前扑倒，却是已被一剑抹开了咽喉。

只不过跨前两步，两名刺客同时跃上了歪斜的格车。千骑队中哨声大作，只是这一次不是催促放箭，而是严令停手——所有箭还搭在弓上的千骑都立刻将弓放了下来。

太子真的在车上？！重茂已全然忘了纷飞的冷箭，站在窗边探首望去。

“师兄，万一——”

没有人回答他。他回过头来，屋中冷冷清清，老黄哆哆嗦嗦缩在床榻之下，哪里有谢云流的影子？

不过，他很快就重新找到了谢云流。

屋外。

小溪谷。

断桥！

只不过一瞬之间，谢云流修长的身影扑下溪谷，穿过竹林，轻飘飘地掠过十余丈长的河滩，已然身在断桥之下。溪谷两岸上百双眼睛，竟无一人看清他是如何到那里的。

等到看见时，谢云流已离桥西头的桥墩不到一丈。

千骑中又是一片喧哗。刺客！？立刻便是十余人搭箭。重茂看得真切，尖声惊叫道："师兄！"

谢云流长提一口气，向着桥墩猛扑过去，看那架势，倒像是收刹不住，要一头撞死在青石桥墩上。不料他身影刚一接触青石，双手轻轻在石上一撑，向前猛冲之力化作升劲，修长的身影箭一般向上蹿起，竟然一下高高跃过了近三丈高的桥墩。

十余只箭"叮叮当当"落在桥墩之下。格车微微向下一沉，两名刺客抬头一瞧，一个身影挡住了歪斜的夕阳。

"两……"

那个身影开始说话，两名刺客根本不等他说出第二个字，手中长剑同时挥出，那身影微微屈膝跃起，又落回原地。

"位……"

两名刺客长剑分开挥出，那身影只好第二次跃起，躲过第一剑，落下时右脚先落，"啪"的一声将第二剑牢牢地踩在车顶上。

"好。"谢云流终于说完第三个字。三个字的功夫，三人已过两招，快得对岸的千骑根本就没看清楚。但现在三人都已在格车之上，千骑们已无法再射箭。

刺客用力回夺长剑，哪里回夺得动？不过这刺客见机亦快，立刻松手回撤，哪想谢云流比他更快，脚下微微用力，长剑似箭一般射出，剑柄重重撞上刺客额头，那刺客仰面便倒——僵直地倒向三丈之下坚硬的河滩。

另一名刺客疯狂地再度挥剑，谢云流却已不在格车之上。

河两岸同时发出惊叫——在那电光火石的一瞬间，谢云流一个筋斗从车上翻下，向着河滩扑下去，在空中追过了仰面倒下的刺客，反身一脚踢在被剑柄撞到的刺客背上，将那毫无知觉的身躯踢回桥面，自己轻飘飘地落回到桥墩之下。

纯阳教义，敬天法古，岂得杀生？纯阳大弟子手下，可还没有一笔命债。

重茂提得老高的心刚刚放下一半，立刻又高高悬了起来。

第二名刺客没有顾及自己同袍的生死——根本就没有看上一眼，谢云流一离开车顶，他立刻向旁边一转，转到了格车车尾。

只需要拉开车门，太子就在他剑锋之下。

而谢云流却因为那一脚之力，落到了桥下。待得他再上桥来，一切都已晚了。

从河岸另一边传来尖厉的哨声，千骑们疯狂地搭箭弯弓——已经顾及不到是否伤及太子了——然而也已是来不及。

刺客剑柄下击，干净利落地将格车门上的玉锁撞落，一手抓在了门把上。

身后刺耳的尖叫，刺客并未放在心上。本就已抱必死之心，管他乱箭齐发？他只消开门斩断太子之喉，一切便结束了。一切。

在所有人惊讶的注视中，刺客在车门前忽然停住，手撑在车门之上，似乎在低头思索。

箭雨到了。“噼里啪啦”，密密麻麻地插在格车之上。

刺客呆呆地站在格车门前，背上插满了箭羽。长长的箭透胸而出，几乎将他钉在了格车门扇上。

小溪两岸忽然间陷入了一片可怕的寂静之中。连谢云流在桥墩之下，都忘了返身跳上。

阳光西斜，正照在小桥之上。桥上所有能反光的东西都闪闪发光。人人都看得清楚，杀死刺客的不是那密密麻麻穿身而过的箭，却是一柄又细又薄、从车门正中的缝隙里透出来的剑！

“扑通”一声，老黄一屁股坐到地上，重茂双手抓在窗台上，紧得都发了白，目光转也不敢转一下。

稍一停顿，细剑倏忽抽回，刺客身躯缓缓歪斜，终于直挺挺地从格车之上翻了下来，撞下桥栏，落到桥北面的乱石滩中，顺水漂下。

不过已经没有人注意那具僵硬的尸体了。格车门分左右，一个人影从中闪出，却不是传说中身材高大的太子，而是一名修长苗条的宫装女子。

桥下的谢云流、店中的重茂、河岸上下，数百名千骑、千牛备身、白头役们，目瞪口呆地望着那宫装女子，阳光照在她的侧脸，几乎瞧不清她的面容，只见长发垂肩，身形婀娜。

谢云流呆呆地望着她，浑然忘了自己双脚踩在溪水中，身后“咔咔”连声，一人厉声喝道：“大胆刺客，还不束手就擒！”

谢云流侧脸瞧去，狼狈不堪的千骑们终于渡过了小溪，四五人手持长戟将他围住。他冷冷一笑，左掌在脐前微微旋转，待要一招“九转归一”将这几个不长眼的千骑震开，却听头顶有人道：“窦约，不得无礼！”

领头的千骑抬头，惊道：“殿下，此人——”

“没长眼睛吗？”那宫装女子怒叱道，“若非此人相救，就凭你们，救得下我？”

“这……”

“滚开！”

几名千骑不敢说话，低头退开。那领头的又道：“殿下，现在情势未明，刺客还在左右，请殿下速速渡河，回到大队之中！”

“是吗，渡河回去？”那女子冷笑一声，道，“为什么？”

“刺客尚……尚在近前，殿下千金之躯，岂能……冒险……”

那女子哈哈大笑起来。谢云流忍不住抬起头，看了看这桀骜声音的主人。宫装女子站在格车之上，任由溪谷中的微风卷起她乱发，似乎根本不在乎会不会从身后的枫林中，再射出一支冷箭。

“刺客！不过是跳梁小丑罢了！你睁眼好好瞧瞧，太子马上就要渡河了，正是太子难得的狩猎之机，你还想往回逃？还不赶紧搜索这一片林子，待会儿又冒出四川唐门的人来伤了太子，你拿什么来承担！”

领头的千骑终于低下头，道：“是！”随后转身呵斥众人，“还傻愣着干嘛？！封锁枫林！今日谷中的刺客，一个也不能逃走！”

大批千骑终于开始慌不迭地渡河，小溪中塞得满满的都是人马。谢云流向溪对岸望去，果见大队在明光铠外罩着赤色罗巾的骑兵出现在河岸上，这些人、马比前面的千骑更加高大威武，衣甲鲜明，盔上长羽足有五尺之高，正是天子、太子专有的亲卫羽林军千牛备身。

那一堆挤挤攘攘的千牛中，一名年纪不到三十岁的年轻人下半身着重铠，上身却只穿一件轻薄的明黄色绸袍，且偏袒着左肩，一脸难以言述的傲慢，周围的千牛备身紧紧将他围在中间，若不是正好在下河岸的陡坡上，寻常是绝对看不到他的——若没猜错，这位便是如今大唐太子李重俊。

因为重茂的关系，谢云流对这位传说中蛮横十足的太子并无好感，只远远望了一眼，转身便走。

桥墩旁边有一条狭窄的土路通向桥头，此刻自是挤满了人马。谢云流右掌在桥墩上一拍，身体借力陡然升起一丈，再一掌击出，轻飘飘地便越过三、四个人的脑袋，落到了桥头的路面上。几个已经上到路面的千骑不意他骤然出现，吓得同时拔出腰刀。

谢云流掸掸衣袖，看也不看众千骑一眼。

“干什么？我说过的话要再说一遍吗？”

众千骑讪讪地休刀还鞘，向谢云流身后的人行礼，转身便走。

谢云流亦不回头，向前便走。

“重茂……他还好吗？”

即便身后是太子亲声召唤、或者再一个硝石霹雳弹响起，也不会比这句话更令谢云流震惊。他的脚步蹒跚了一下，回过身来。

那宫装女子站在格车前。谢云流这才看清楚，她大约也是十六、七岁模样，和自己差不多大，穿着一身靛蓝底蜀绣德万字的宫装长袍，却没有如时下宫中女子一般剃去眉毛，点胭脂眉，也没有挽着贵妇们流行的金步摇，齐腰长发仅用一圈金箍挽在脑后——不施粉黛的模样与庄重的宫装都是如此显眼，明艳不可逼视。爬上路面的千骑们一一在她面前深深行礼，面对着她后退十步以上，方敢转身走开。

“不知……”

“你是纯阳宫弟子——从溪谷跳上桥的这一式，是纯阳心法中的梯云纵，那必是纯阳宫中顶尖的弟子，”那女子用不容置疑的口气道，“这时节你在这里，必是送纯阳宫中的李重茂回京，是也不是？”

谢云流不善作伪，脸上表情极其精彩的挣扎了一下，忽然间不知说什么好。

“重茂，他还好吧，”那女子走上一步，抖抖沉重的袍袖，“他在哪里？”

“……”

“他就在这附近？”那女子皱眉道，“你——你没陪在他身边？”

她回头看了一眼，太子雄伟的马队正在渡河，河中一时金紫耀眼，上百名骑士、战马，发出轰隆隆的喧嚣。

她回过头来，道：“重茂不在这里，对吧。”

这并不是什么问句，谢云流听得清楚，想得明白，只好点点头。

“敢问阁下是纯阳宫的——”谢云流正要开口，那女子却忽然举起手，自问自答道，“啊，你不用说……原来是纯阳宫大弟子谢云流，谢大侠。”

“正是在下，”谢云流被她这一举动弄得一怔，似乎一切都被她看得清清楚楚，只好抱拳道，“敢问……”

“我是重茂的姐姐。”

谢云流大吃一惊，不由自主地上前一步。

旁边轰然躁动，四匹高头大马从河岸下一冲而上，周围的千骑们忙不迭地闪开，给这些骑马渡河的太子私属千牛备身们让开。狭窄的桥头路面上顿时被挤得满满的。

那可是将近两丈高的陡峭河岸，千骑们需得下马将坐骑拉拽上来，这些千牛备身却是纵马一跃而上，即便如此不惜马力的冲上高坡，依旧保持了队形，气势甚是惊人。

千牛备身们源源不绝地涌上，三十多骑之后，数名身披千牛校尉官袍的长官集结成团，簇拥着一人上到路面。那人一露出面目，路面上所有千骑、白头役一起跪下，高呼千岁，马上的千牛备身们立身举手，高声呼喝。

谢云流站在众人之后，冷眼看去，但见太子李重俊一脸傲然地乘坐马上，似乎因为被水打湿的原因，他索性将上衣整个褪到腰间，赤裸的上身上背着一张长长的猎弓，甚至看得见胸口、肩头几处破了皮的伤口。

有传闻说当今太子李重俊，性格最类太宗文皇帝，从小便在羽林军中厮混，最爱游猎、打围，常常不顾生死，亲自下场与野兽搏斗。当今天子重新登基后便被册封为国家储贰的太子，两年中留在长安的日子不过三个月，其他时候都在外统领禁卫、羽林、神策等军，游猎不休。

若是在太宗、高宗时代，哪个皇子如此玩弄禁军，早被抓捕下狱，换作则天天后时代，那更是早已身死大牢，子孙死无遗孑。当今天子性格柔弱，皇后弄权，朝野昏乱，谁又管得了这么多？

震耳欲聋的呼喊声中，李重俊驻马格车前，看看宫装女子，道："哟！华婉，辛苦你了！"

宫装女子一直站着，待李重俊开口，她才盈盈下拜，道："华婉不敢当。"

"可恶的无胆匪类，"李重俊道，"竟敢用这样卑劣手段偷袭孤，哼！华婉！你没事吧？"

李华婉淡定地道："殿下，华婉无事。"

"幸得有你在前，无胆鼠辈们以为是我，嗯，嗯，真是可恶至极，"李重俊说话略有些混乱，"竟敢炸孤的格车……可恶的东西！抓到了吗？！"

一名千骑在路边跪倒，大声道："报殿下——竹林中发现六具尸体，都是被咱们射倒的贼人！"

"就六个人？！"

"小人等正在追捕！"

"哦……"

见太子忽然陷入沉思，一直跟在太子身旁、在场唯一一个明光铠上罩着紫色飞鹰服的中年男人向太子一拱手，道：“些许毛贼，坏不了大事，且交给小的辈去办。殿下既然安然无恙，咱们这便上路，早一步返回长安，以免陛下、天后担忧。”

李重俊斜睨了他一眼，道：“回京？呵呵……嘿嘿，哈哈哈哈！孤堂堂太子，在京师旁边三十里地，遭遇刺客袭击，就这么回京？让天下人……让姓武的看孤的笑话吗？李多祚，这就是你的主意？”

左羽林大将军李多祚从容地道：“殿下，此乃大庭广众之下，请慎言。”

“孤忍了很久了！武家小儿，竟敢光天化日之下，害我天家骨肉！李多祚！此其可忍、不可忍？！”

李多祚冷眼看看周围，众千牛备身轰然一声，齐齐退开数步，人人都深深低头，不敢听、不敢看、不敢说。

“李多祚！你是大唐的羽林大将军，还是大周的将军！？”李重俊勃然大怒，从马上立起。

李多祚长叹一声，抱拳道：“多祚得进用于朝廷，乃高宗陛下简拔于行伍，生生死死，自是大唐臣子！”

“那就好！那还有何多言？！”李重俊大喊道，“今日不回长安了！传令下去，以三十里为限，立刻开始围猎，就以今日造反作乱的贼子为猎物，一枚首级，军功三转！”

“殿下！”李多祚忍不住抗声道，“三十里地，已在长安城下！开国以来，即便是突厥入寇，也未曾有军马进入长安城下，殿下这是要把造反的把柄，交给姓武的小儿手上吗？！老臣誓死不敢奉命！”

李重俊死死地盯着李多祚，不意目光一滑，却看到李多祚身后、一大片千牛备身的重甲之间，露出一张从未见过的年轻脸庞。

“唔？你是谁？”

十余名千牛备身见太子爷马鞭指过来，吓得轰的一声慌忙闪开，露出身后的纯阳宫弟子。

谢云流正不耐烦地等着太子爷结束无头无脑的发脾气，早点带人走开，不意却被太子一眼瞪上。他看一眼周围惶恐不安的千牛备身们，心中冷笑，上前微一躬身，道：“在下纯阳宫弟子谢云流，见过太子。”

“哦？哦？”李重俊皱紧眉头，似乎听到纯阳宫三字，想起了什么。

“是天后、陛下钦造的观，乃当今皇家道观。适才公主殿下的格车遇袭，这位小兄弟出了大力，倒是有功。”李多祚在旁边道。

李重俊冷冷地嗯了一声，身体后仰，端坐马上，道：“是么？华婉，是么？！”后一句话却是大声向着李华婉说的。

李华婉端端正正行礼，道：“正是，殿下。”

“他是怎么干的？”

“他跳到小妹的车上，踢了一个人下去，又把那人踢了上来。”

“哦？是吗？哈哈，真有趣！那刺客呢？”

一名千骑在地下深深行礼，大道：“刺客四人，二人被射死，一人被殿下亲手格毙，另一人服毒自尽而死！”

“小妹，你能耐见长啊。”李重俊讶然道。

李华婉掩嘴轻笑，道：“不敢，皇兄那么英武不凡，小妹岂能让人欺负到头上？”

李重俊哈哈大笑。自从则天天后残杀宗室之后，李氏皇族中年轻一辈一改上一辈的柔弱，无论男女尽皆尚武，亲手杀个把人，实在寻常。亲眼见过刚才那电光火石一刻的人都听得出来，李华婉故意将极其危险之局说得轻描淡写，将谢云流那近乎神来之笔的凌空倒踢忽略掉，但这是公主殿下亲口说出来的，谁敢插嘴？一个个都把头深深低下，生怕太子爷想起来，问到自己头上。

好在李重俊目光闪烁，似乎总也无法停在一个地方，目光跳来跳去，又落到谢云流头上。他盯着谢云流看了好一会儿，谢云流站得笔直，目光平视，既不与他对视，却也不低下目光。

“好，确是好男儿！”终于，李重俊拍了一下马鞍，大声道，顺手从腰带上摘下一块小小的锦囊，向谢云流掷来，道，“赏你了！”

这锦囊扔得不重，眼看便要在谢云流面前两步处落地——这原是太子爷赏赐人的规矩，受赏之人弯腰捡赏赐之物，顺带就给太子跪下谢恩。谢云流脚在地下轻轻一踏，那锦囊还未落地就被一股劲风激起，弹跳到他手中。

谢云流腰也不弯，微微拱拱手，道：“举手之劳，无须太子赏赐。”

“给你就接着。你本事不小，到京里来吧，隔几日就是孤的寿辰，你可跟着来瞧瞧，”李重俊道，“有这玩意儿，你就有进宫的资格了。”

他不待谢云流再说什么，转身对李多祚道：“羽林大将军！”

“臣在。”

“你还在等什么？”李重俊脚下微微用力，坐骑开始慢慢向前。他高举右手，大喝道，“以此地为起点，十里之内，严加搜查！抓到刺客一名，军功三转，上首级一枚，军功一转！”

众千牛备身、千骑齐声道：“遵旨！”

“搜查刺客，非是搜查外域，此地乃长安地界！”李多祚须发皆张，厉声喝道，“有敢杀良冒功者，老夫必上奏天子，诛除九族！”

“遵命！”

李重俊对李多祚似乎也不敢多有放肆，重重地哼一声，打马便行。众千牛备身如众星捧月般紧紧围在他和李多祚周围，其余跪地的千骑慌忙上马，追赶而去。

转眼之间，挤得水泄不通的桥头便空了一大半，只有谢云流、李华婉、几名千骑和大部分的白头役留了下来。

李华婉注视着远去的洪流，良久良久，才缓缓吐了口气。

如果格车下到桥头的时间稍稍晚上半炷香的时间，就会和半个桥面一道上天了。如果谢云流不在此地，两名刺客一近格车，李华婉也是凶多吉少。这刺杀是冲着太子而来，太子爷心里清楚得很，可是他却对帮他承受了伤害甚至是性命之忧的李华婉，半句慰言都没有。李华婉面色如常，好像刚才遇险的不是自己，而是别人。

她转向谢云流，脸上已换回盈盈浅笑，道：“太子爷走啰。

重茂在哪里？带我去见见他。”

谢云流性子极其自傲，即便面对国之储贰的太子，也不曾低头。李华婉这句话说得轻佻，直如指使下人一般，谢云流却偏偏呛不出声来，哽了一下，道：“他在前面的店中。”

留下来的千骑头领——窦约——大声呵斥道：“大胆！此代国公主，不得无礼！”

“窦约。”

“是，公主……”

“退下！”

窦约吓得躬身道：“是！”

李华婉走到谢云流面前，道：“劳烦谢仙师，带我去见见我那可怜没人疼的弟弟吧？”

谢云流拱手道：“不敢当。在下不过是纯阳宫中一弟子，不会念经，更不吃素，当不起仙师二字。”

李华婉背着手，边走边笑道：“你那一脚一踹，果然也不是吃素的，哈哈，真是精彩！”

谢云流不知不觉地和她并肩走起来，道：“那一脚，我也想不到，我也吃了一惊。但我门中规矩，不可杀生，我拼了命也不能让他死在我手里。说起来，那还真是惊险，若谢某因为救一个刺客，而让公主殿下受伤，真是罪莫大焉，回到宫中，师父一定会狠狠责罚我，唉。”

“不妨事，”李华婉无所谓地道，“天意如此，李华婉岂会死在这等宵小之手？”

忽然之间，谢云流觉得，穿着宫装、随意的挽着长发的公主，比之千军万马中铁甲铮铮的太子更为英武豪爽，霸气干云。

小酒店就在桥边，二人随意地走了几步便到。门前十余名千骑挺枪而立，见到代国公主过来，忙一起躬身行礼。这些人身穿的铠甲与太子亲率的千骑、千牛备身略有不同，想来是李华婉的亲随。

店门内，老黄和小黄弯腰站在一边，大黄亦规规矩矩趴在地下，见到二人进来，老黄忙上前深深作揖，道："原来是代国公主驾到，小小小老儿多多多……"

李华婉瞥他一眼，道："贵店家，打扰了。"

老黄顿时笑得鼻子不见眼睛，道："公主安然无恙，真是吉人天相！刚才真是吓死小老儿了……这些该死的刺客，一个个死不长眼……"

李华婉微微一笑，却见后面小院里竹门开处，一个小子蹦跳出来，一见李华婉，顿时大喜过望，叫道："三姐！"

李华婉伸手将重茂揽过，抱在怀中，道："一年不见，你高多了！给三姐瞧瞧可有长胖？"

重茂欣喜若狂，抬头给她瞧。谢云流心中深觉惊讶。代国公主李华婉，他此前也曾听说，乃是当今天子亲弟弟、也曾当过天子、如今的相王李旦的第二个女儿，在家中排行第四。重茂和她，不过是堂姐弟，和李重俊才是同父异母正牌子的兄弟。可是重茂怕重俊只比怕老虎好上那么一点儿，对这位堂姐却是真心喜爱，相王李旦和当今天子兄弟二人，这十几年来时而这个为君，时而那个为帝，关系糊里糊涂，下面子女的关系也是糊里糊涂的，真是搞不清楚。

姐弟俩叽叽咕咕说了几句，李华婉瞥向谢云流，重茂从她怀中挣出来，站到二人中间，慎重地道："这是家姐。"

"谢云流有礼了。"

"这是师兄。"

"华婉见过师兄。"

"不敢。"

适才二人别别扭扭，一个是公主，一个是纯阳宫弟子，地位相差玄远。可是有重茂在中间介绍，彼此以家人礼相见，气氛顿时便和谐了许多。

重茂叽叽咕咕地给李华婉说起纯阳之事，又说到谢云流送他西回长安。这边李华婉却道，她和安乐公主年前奉诏去洛阳，代表天子、相王，慰见了刚刚从流放地返回洛阳的众宗亲女眷，安乐公主见过宗亲便返回了京师，她却受父亲相王之命，在洛阳待了大半年，为那些十余年间流离失所的宗亲们张罗住所，直到半个月前收到诏命，才匆匆赶回京师，结果正好在路上碰到了太子，便和太子一道结伴回京。

当今天子和相王，都曾先后在则天天后时代登基为帝，是高宗时代存留下来的硕果仅存的皇族，由他们的子女出面安置那些流离皇族，确是题中应有之意。重茂却道："可是姐姐为何受袭？袭击姐姐的人，好生残暴！姐姐的车若是稍稍……吓死我了！"

李华婉将他搂在怀中，拍着他脑袋道："姐姐招谁惹谁了？不过是凑巧罢了。还要多亏谢大哥，不然，你可是真见不着姐姐了。”

“是太子……”重茂低声道，声音微微发颤，“他们要刺杀的是太子……一定是他……是他……是姓武的……”

“重茂！”

“姐姐？”

李华婉将他脸抬起来，严厉地正视着他道：“这事，不由你管，回到京城之后，也不准你乱说，你明白吗？”

重茂低下头，道：“是。”

谢云流在一旁，直看得背上发寒。重茂的反应，和太子一模一样，但是李华婉显然是对的。重茂因为不受父皇母后、太子之喜，远远地被发配出来修行，以他的地位，根本无法撼动如今重新掌权如日中天的武三思，回京之后，这些话但凡从他口中漏出一星半点，只怕太子、武三思毫发无伤，他李重茂就要倒大霉了。

李华婉看上去年纪比谢云流还要小上一岁半岁，重茂年纪幼小，但这些皇家出生的孩子，一个个从小便从极其残酷的环境中打拼长大，不仅是见惯生死，而是要拼命地将自己的生死和别人的生死都握在自己手中……这份数十年如一日的拼搏，其心智、决断、坚韧，使远非谢云流之流的凡夫俗子能比。

正说着话，便见窦约过来，向李华婉行礼，因见重茂也在，少不得跪下磕头，然后才起来，道：“殿下，呃……二位殿下，天色已经不早了。太子爷带了大队去抓刺客，末将说句该死的话，咱们这儿就一个队的骑兵，万一有刺客此时乍然杀到，两位殿下蹭破半点油皮，末将就是粉身碎骨也承担不起。咱们还是早早出发，回到长安，才得心安啊。”

“你慌什么？纯阳宫大弟子在此，还能让宵小之辈混了进来？”李华婉笑道，看一眼谢云流。谢云流不敢跟她对视，忙转过头去。

窦约看了眼谢云流，可怜巴巴地道：“谢……谢大侠在此，当然不怕。呃……可是若能早回京师，咱们也不用麻烦谢大侠。公主，您就当是可怜末将……要是天黑之前不回到京师，相王殿下怪罪下来，末将可就……”

“唔……”李华婉略一沉吟，道，“好罢，若是被太子先回京，还不知道父王怎么责备我呢。咱们且先回去——谢大哥，咱们这就上路，可好？”

没有问谢云流去还是不去，直接就安排了行程。这位公主说话一向直白，根本没有商量余地。谢云流皱了眉头，竟然不知该如何回答。

重茂道：“三姐，师兄本来就是要陪我回京，在京中暂住。您也知道，我回京以后，必得回宫中，师兄住在哪里，三姐可能帮弟弟想想？”

李华婉大喜，道：“那还不简单。城南神道东厢，我有一处宅院在那儿，又没有人住，且请谢师兄不要嫌弃简慢，暂住一时可好？”

谢云流忙忙摇手道：“我本出家之人，岂可入住繁华之地？长安城中紫金观，与我师门有些渊源，出来时，师父托我带些东西到紫金观中，正好便暂且挂单在紫金观中。”

李华婉拍掌道：“唉哟，我当是哪里，原来是自家的道观。

那正好，正好。”

重茂见谢云流面露惊奇之色，便道：“师兄。紫金观是我家的家观，先高宗皇爷爷年轻时，也曾在紫金观中寄名，所以……”

谢云流眼中闪过一道不易察觉的光，道：“原来如此……之巧！”

李华婉笑道：“寒家距离紫金观，倒也不远。既然已经定了，咱们这便上路，趁着落日，早点入京吧。”

窦约忙招呼白头役们，牵来数匹高头大马。那格车虽然完整，但却卡在桥上拉不下来，自有白头役们去处理。李华婉带了重茂共乘一骑，谢云流、窦约等人跟在后面，带了十余名千骑向着长安而去。

那李华婉性子极是随和，又颇大气，见闻既广博，言谈又有趣。一路叽叽咕咕说话，不知不觉间，三十里路倏忽即过，抬望眼见，天下之都长安城高大恢宏的城墙，已出现在灰蒙蒙的暮色中。

第二章

一望无际的平原上，火红的太阳正在缓缓下沉。天空、大地，所有被夕阳照射之处，无不绯红如血，挡住阳光的林、木、残缺的城墙，则变成漆黑的剪影，一动不动地矗立在黄昏中。

一切假得像梦中一般。

在这片假的画面中，还有许许多多的细节。冒着青烟的枯树，歪斜的战旗，一动不动的人影和孤独的战马。夕阳缓缓下坠，天上云朵聚了散散了聚，大地上光影流动，如雾如梦，惨白的脸庞、血肉模糊的躯体，时而化作剪影，时而清晰地袒露在阳光中。只有战马，偶尔移动，鬼魂一般在战场上游荡。

这一切都不过是梦而已。

那幼童躺在一堵断墙之下，背对着夕阳，默默地注视着眼前炼狱般的世界。他一动也不动，一方面，是因为他已经饿了三日三夜，除了眼球，全身早已失去动弹的能力，另一方面，是因为他被十余具交叉横叠的尸身压住了下半身，以他小小的年纪，也根本挣脱不出。

或许，死在他眼前的这些重重叠叠的成年人，正是他还活着的原因。但是临时之前拼死遮蔽他的这些大人，看样子只不过比幼童早走那么几日而已。

几只不知在哪里啄食了死人的乌鸦，扑棱棱地飞过来，落到倒了一半的墙头上，呀呀地叫着。

听着头顶乌鸦的声音，幼童那几乎凝固了的眼神，忽然又活动起来。他吃力地从身旁的女人身下抽出手，捏着一块小石头，向上抛起。

可惜他的力气实在太小，石头只往上抛了不到一尺就落下来。

乌鸦们本能地跳起，呀呀地叫着。人说乌鸦乃鸟中最为狡猾，专食活人的眼珠，只要人还有口气，乌鸦就不会靠近，可是人在落气前的一瞬，乌鸦就会扑到人脸上，活生生地把眼珠子扯出来。

幼童知道这传说。即使已经无力动弹，但他还是坚持着，将那块不停落回他身边的石头捡起来，吃力地向上扔。

每扔一次，石头都比上一次更低。每跳一次，乌鸦都比上一次更加欢悦。越来越多的乌鸦，从四面八方聚集过来，像一团乌云般聚集在断墙之上。它们轮流扑打着翅膀，挤挤攘攘，喳喳呀呀，时而升起，时而俯冲。

幼童的挣扎越来越无力。他现在只剩下动动手指的力气，一双眼睛却睁得大大的，盯着天空。天顶上越来越红，夕阳大约已经落到地平线上了吧？再过一会儿，天就要黑了，那时候伸手不见五指，他看不到乌鸦扑下，也就不知道何时会被啄去眼球。

乌鸦比他更清楚他何时会断气，所以……所以他必须坚持到看见乌鸦扑下的那一刻。

有一刻，乌鸦叫得特别凶残，已陷入半昏迷中的幼童挣扎着抬起头，眼前一片黑云，乌鸦们扑面而下……

到时候了。幼童坦然地想。他仰起头，等待带着血腥恶臭的锋利鸟喙插入面孔……

暮色四合，乌鸦尖声嘶叫，羽翼扑打声仿佛暴风来袭，四下里一片血肉撕裂之声，温热的、腥味十足的雨，打湿了幼童的面孔。

他一动不动地仰面等待，等了很久，终于忍不住睁开了眼。

眼睛还在。他还能看见天顶最后一抹绯红的云霞。正是这抹云霞微弱的光照亮了大地，才让他看清自己周围——

乌鸦的尸身、血和羽毛，布满了他身旁，连他背靠的断墙上都全是淋漓的血迹和羽毛。乌鸦的脑袋、内脏，抛洒得满地都是，腥臭扑鼻，幼童呆呆地看了许久，终于忍不住吐了出来。

当然他其实什么也吐不出来。

一只大手抓住他的肩头，把他的头从污秽的泥地中抬起。幼童摇摇晃晃，意识在生与死的边缘徘徊。他感觉到自己正在升起，仿佛灵魂正在脱离，晃晃悠悠地飘荡在空中。可是过了好一会儿，他又清醒过来。

他的身体还在，被一双大手抱在怀中。那人正在行走，所以他总觉得在晃荡。行走？他睁开眼睛，顿时吓了一大跳。

他差不多是在飞。抱他的人大步而行，每一步都如腾云驾雾一般，他看得见落日的余晖照亮的大地在他脚下飞驰，他看得见一排排白杨树，一座座断垣残壁，一具具僵硬的尸体——这些都在身下快速飞驰，离他远去。

他转过头来，便看见那人的面目。

“你醒了？”

“……”

“我给你饮了一点儿水，不过，你不要说话。”

“……”

“对，”那人仿佛知道他说什么一般，“村庄已经烧毁了。你的家人大约无人幸存。三十里地，我来回寻找了一整天，你是唯一一个还有气的人。”

“……”

“契丹人已经走了。可恶，可恨！”

“……”

“我带你到下一个市镇……”那人在奔跑中沉吟了一下，又道，“带你到安全的地方。”

“……”

“你叫什么名字？”

“……”

“不，不是小名。你死里逃生，就算是成人了。你有名字吗？”

“……”

“你姓什么？你爹、娘，姓什么？”

“……”幼童眼睛睁得大大的，泪水凝聚，又咽下，凝聚又咽下，始终没有一滴眼泪流下。那人低头看了他一眼，天空中的余晖映在他眼中，满满地只有恨，没有悲。

“很好，看来，你活得下去。”

“……”

那人忍不住又低头看了眼这孩童的眼睛。漫天云霞映照在他眼中，随着他飞快地起落，云霞变幻，如影流光。

那人终于长叹一声，在一处小丘边停了下来。他将幼童抱在怀中，掏出一块冰冷的饼，递到幼童手上。

幼童用满是血污、泥渍的手接过饼，毫不犹豫地放进嘴里大口大口地嚼起来。

“你姓谢？”

“……”

“谢，不错的姓，”那人道，“你是该谢，不过，不是谢我，是谢这天地，给你留了条命，满天的云霞给了你活下来的勇气……你没有名字……你就以云为名吧！云，高高在上，变化万端，有晚霞，也有霹雳。很好，很好。”

幼童拼命吃着饼，似乎是食物带来生气的缘故，他眼中饱含已久的泪水终于止不住地淌了下来，顺着脸颊流到嘴边，和着饼一起吞下。

那老者伸手，将他脸上的泪水轻轻拭去，道："从此以后，你就叫做谢云流。"

谢云流睁开眼，盯着天花板，仿佛师父吕洞宾的声音还在屋中回荡一般。

不管他做多少次关于自己前辈子的可怕的梦，最终都会在一片祥和宁静中醒来。因为梦的结尾，师父永远都会将他抱在怀中，温暖得仿佛被冬日的暖阳所包围。

他静静地躺了片刻，然后坐起来。

屋子里一直回荡着一种低沉的声音，但那并非人声，而是钟磬之声。

这声音倒是熟悉，过去的十余年中，谢云流几乎每日都是在这样的声音中睡去，又在这样的声音中醒来。难怪他会梦到师父！

修行了纯阳心法的坐忘经，睡觉亦是一种似睡非睡的境界，像昨晚这般做梦，已经很少见了。只不过乍一醒来，谢云流还是立刻清醒得目光炯炯，全无疲意。

再侧耳听去——那其实并非观、寺中终年不绝于耳的梵音钟磬之音，而是一种充满了异域风情与节奏的音乐，从远远的地方传来，听上去好像音乐之声蔓延了很长的距离。

他站起来，推开窗，嘴角不禁露出一丝微笑。

天空半黑半红，十分诡异。长窗之下，是一片黑压压的屋顶，蔓延到差不多一里之外，在那之外，一整条街灯火通明，喧闹无比，照亮了半个夜空。

现在已是午时，可是那条十余里长的大街上似乎正在迎来白昼。人声鼎沸，锣鼓喧天，不时还有一阵阵惊叫，继之以哄堂大笑。街两边的高楼中灯火通明，甚至还能看见高过屋檐的篝火，照亮了半个夜空。整个长安城连同皇城在内，都被这条异常明亮的大街衬得黑乎乎的。

谢云流知道，那里便是长安城正中的畿道，亦是长安城最繁华的大街，神道东厢，因为繁华若市，长安人称之为“东市”。

自当今天子下诏为皇后做七夕之乐开始，神道东厢便成为沸腾的海洋。长安城自古便有庆七夕的传统，先朝隋炀帝大业年间，每年光是庆祝七夕之乐，便能耗去七分之一的国赋，在神道东厢上演鱼龙戏、杂戏等等动辄千余人、数百头兽共同表演的庞大节目，便是自此而始，隋炀帝以此向征服的狄夷、突厥示威，结果反倒搞得国力丧尽，文帝留下的偌大帝国，十余年间便灰飞烟灭。太宗文皇帝惩前隋灭亡十宗罪，鱼龙戏位列第七，因此大唐开国直到高宗病逝，并无鱼龙之戏。

则天天后时代，为藻饰天下太平，便以为天后庆生的名义，恢复了在神道东厢的大型表演和狂欢，时人称之为“浴寒”，其中的“走火龙”“观鱼”等当街表演的大型戏法，乃是前隋鱼龙戏中的节选和变种。即便如此，表演起来也要占去大半条神道东厢。

为了讨皇后一笑，当今天子特别下诏，今年在神道东厢上演“太平通天鱼龙杂戏”，名字取得再好听，也不过是为了将太宗皇帝禁止的鱼龙戏彻底恢复而已。自三月以来，来自全国各地——有可能是来自整个已知的世界——的乐工们就开始在京城附近进行排练，进入六月，庞大鱼龙戏的各个部分已排练完成，开始在神道东厢附近昼夜不息地进行合演——其实也就是正式开演了，只不过不到七月七之夕，天子和皇后不御驾亲登朱雀门观赏，便只能称为预演。

对于这些烈火烹油、纸醉金迷之事，谢云流不过淡然一笑，便转开了目光。他今年才十七岁，从全族老小被屠戮一尽的北边惨地上被救起，亦不过刚刚十年而已，十年前他在北地凄寒之地，十年后他在纯阳宫清修之所，长安城中的繁华于他，不过是另外一个世界的虚幻之影。

他收回目光，注视着眼前一大片黑压压的屋顶。

这一大片几乎没有灯火也听不到任何响动的建筑群落，在长安城中有个响当当的名字，叫做“至圣高乐通天钦造紫金鎏观”，乃是长安城中第一道观。

别看眼下一片漆黑，这座名字不凡的道观存在的时间，竟然比现在的长安城还要长久。北周大统七年，权臣宇文护为了庆祝从北齐接回母亲，下令在当时的旧长安之东建造通天观，彼时此地还是一片荒原，长安城还在四十多里外的渭河河谷中。

开皇四年，雄才大略的隋文帝下令建造新长安，通天观才莫名其妙地成为了新长安的中心，有传言说，深信鬼神之道的隋文帝是以通天观为新长安的“艮位”为标准，建造的长安城，长安落成后，文帝赐通天观“钦造通天观”的名号。

贞观二年，太宗文皇帝亲自驾临通天观，带发修行三日，并出宫中财帛重建通天观，太宗亲赐名“至圣高乐通天钦造紫金鎏观”，通天观从此改名紫金观，并成为李氏皇族家观。百余年来，不知有多少皇子、公主在此地出家、修行，虽然自高宗、则天天后年间，皇室尊崇佛教，身为国教的道教势微，但对于数十年间惨遭屠戮的李氏皇族而言，紫金观仍是维系太宗文皇帝嫡脉的重要所在。

这些，在谢云流看来，也不过是云烟一般。他是特意住进紫金观来，却并非因为这里曾经是太宗文皇帝、高宗、孝敬皇帝、章怀太子以及当今天子的带发修行之所，而是因为隋大业十一年，这里曾经住进来一个人，在这里住了长达一年又六个月之久。

这个人便是纯阳宫真正的创始者，《纯阳心法》《开元典论》和《大统典论》的作者，道藏心法的集大成者，钟离权。

当日钟离权阅尽三千道藏，从浩瀚道法中学到一身惊人绝艺，又将天下治理的大道，浓缩成了《开元典论》和《大统典论》两本经书。隋大业年间，钟离权游历天下，当时的太原太守李渊请他家中做客，钟离权便给当时还在襁褓中的太宗文皇帝取名“世民”，说他将来必济世救民，十余年后，他又亲赴长安，给当时还在长安游学的李世民送去《开元典论》，并在李世民的邀请下，在彼时十分破旧的紫金观中一住半年，为李世民讲解大道，直到他领悟痛彻，这才飘然而去。自他去后，李世民果然打下一个大好江山，扭转隋末的混乱，并在其有生之年，生至太平，成为当之无愧的千古一帝。

谢云流也并不关心这些。人间至治之道，不在出家修行者的心中。他只关心并且猜测着一件事：

钟离权仙师在紫金观中一住十八个月，那传说中的《纯阳别册》，可是留在了此观之中？

根据师父吕洞宾亲自写的《大圣至成先师钟真人记》，钟离权一生都在距离如今的纯阳宫不到百里的华山北峰下修行，唯一一次离开华山的记录，便是这趟充满传说的长安之行，而在长安中，据说他也寸步不离紫金观，当时的太宗皇帝要请教他，便在紫金观中一住数日——后来太宗皇帝登基，便下令封闭紫金观内院，以纪念钟离权的教授之恩，时人称钟离权为“紫金学士”。

如果那本别册真的存在于世间，它应是无论如何也与紫金观撇不开关系。谢云流默默地想着，目光朝黑压压的屋顶慢慢扫去。

昨日近晚，他们才匆忙赶到长安。李华婉令窦约亲自带着她的名帖，将谢云流送来紫金观。谢云流本打算以挂单的方式，在紫金观求得一席安身之地，却不料李华婉以相王之女、代国公主的名义，轻而易举地便在紫金观为他寻了一间位于三层楼上的上房。

谢云流这才知道，如今的紫金观已非当日太宗皇帝时神圣清明之所在，已变成天下著名的风水道观，每日来求签、参拜的人数以万计，来观中短暂出家、修行的也日以千计。当年不过十六亩大小的紫金观，现在已经拓地至一百六十余亩，绵延了四条街道。

不过，据窦约所说，紫金观现在其实是分为两层——一层是自高宗神龙四年以后扩建的外院，平日里宾客盈门、喧嚣无比，另一层则是当年的旧院，自太宗皇帝驾崩后，高宗于神龙四年驾临，拜谒了太宗皇帝遗迹，此后便封闭了此院，号称“贞元内院”，只有紫金观中一定职位之人，才得以出入该院。

他望向西北方——两里之外，黑压压的厢房尽头，是一片更加黑暗的高大建筑，四座近七丈高的通明阕矗立在黑暗中，随着夜间的微风，阕上传来一阵阵清脆的铃音。

那必是贞元内院的所在。谢云流瞩目良久，终于忍不住轻轻跃起，翻过栏杆，伸开双手，飘飘荡荡地向黑暗扑去。

此时此刻，在距离谢云流驻足的楼台两里之外。

一个身影站在厚重的鎏金铜扣大门前，负手而立。他身着一件暗色长袍，在门上两盏灯笼昏暗的光影中，好似一抹淡淡的影子。

他好像刚刚才到。送他过来的仆人的灯影，还未从门前那条小巷子尽头消失。不过他也无须等待太久。身后厚重的大门缓缓打开，露出一条小缝。

那人从容走去，侧身进入小缝，大门又徐徐关上。

前来开门的，是一位须发皆白、弯腰驼背的老道士，他一丝不苟地关上门，便提着灯笼在前面引路。二人都不发一言，不一会儿便穿过了不大的内院，上三级台阶，来到贞元内院的核心紫金殿前。

来人在门口稍稍站了一下，回头望去。老道士也不言语，只弯腰推开殿门，便静静地站在门前。

“呃，”那人注视着远处明亮的街道，好一会儿才回过头来，道，“真是热闹得烈火烹油。天后到底是做过皇帝，三年之丧，也没人理了，嘿……亲戚或余悲，他人亦已歌。这可是亲儿子啊，也迫不及待地歌舞升平了。”也不知他是在自言自语，还是在对那老道士说。

老道士腰弯得更低，一言不发地垂头等着。那人微微摇头，抬脚迈进大殿。

这座建造于将近两百年前的紫金殿，于今已经有些摇摇晃晃、歪歪斜斜，大殿正中的三清塑像，披金戴银，也都已被重年累月的灯油熏得发黑。殿内铺着厚厚的绒毯，踩上去一点声音也无，高大的落地长窗上也挂着从天花板直垂到地的厚毡毯，将外界的一切音声都隔绝于外。按理，道观的核心殿堂应该开放，至少也应是经书铺地、经文垂悬，但这里的一切都是太宗皇帝当日向钟离权取经时的布置，从那时起到现在，毡毯、绒毯年年更换，却永远都是一模一样的布置。

一名中年道士站在三清像前，见那人进来，便挥挥手。几名按八卦方位站在殿中的小道士一起躬身行礼，无声地退出殿外，将大殿门轻轻合上。

“您一回京就急着找您过来，真是失礼了。”中年道士起身，对那人弯腰行礼道。

“大师客气。武某人多年来寓居贵观，大师不嫌弃，武某是感激在心的。”

“延平郡王入居蔽观，乃蔽观上下之福，哪里敢说嫌弃二字？”

“不可，”那人举手止道，“贵观乃先太宗皇帝钦命之观，在天下万民眼中，都是至高无上的皇室之观，不可用蔽字，大师身为紫金观观主，岂能如此言语？”

“是，是是，是贫道失语了，”中年道士一惊，连连道，“该死，该死！”

“大师，你我相交多年，有话不妨直说，”那人客客气气地道，双手背在身后，却是十分的从容霸气，天下闻名的紫金观观主在他面前，便如同仆从一般，“是不是最近观中又出了什么事？”

“观中……倒是清静……”

那人静静地站着，并不言语，只抬头打量着略显陈旧的三清金身。

紫金观观主忐忑不安地立了半晌，终于忍不住叹息道：“这事说来惭愧，其实本不当动问延平郡王的……”

“哦？那武某这便告辞了。”

“但是老朽在京所能依靠的，除了郡王，还能有谁？”紫金观主忙道。

那“延平郡王”直直地看着他，道：“自然还有太子。”

紫金观主眼皮剧烈地跳动起来，脸上皱纹跟着抽动，表情极其精彩。延平郡王盯着他看了好一会儿，才慢慢地道：“这，并没有什么可隐瞒的。你身为紫金观主，若不是太子的心腹，那才令我遗憾。你既忠于太子，自是皇室忠臣，又在疑神疑鬼什么？”

紫金观主念了声“无量寿佛”，道：“既然郡王这么说，那老朽也不敢隐瞒。正是……正是因为事涉太子，老朽才老着脸，前来求郡王。郡王虽是武姓，可是这么多年来忠于大唐，连先天皇天后都是知道的。”

“我忠于大唐，从来都无愧于任何人，即便不在这暗室之中，亦无不可告知天下，先天后在时招我上殿，我亦着大唐朝服，天后还赐我座，说要给唐朝老臣体面，”延平郡王冷哼一声，“你有何话，直说便了，勿需遮遮掩掩，也勿需拍我的马屁。”

紫金观主沉吟半晌，直到外面传来一声子时的打更声，才低声道：“事情正是事关太子！”

“嗯？”

“太子……太子与皇后不睦。”

“这我知道。”

“太子与梁王不睦。”

“这我知道。”

“太子与羽林大将军李多祚，交往甚深。”

“这我知道。”

“七夕之时，太子恐不利于梁王，伤天子之心。”

“这我不知道。”

延平郡工惊讶地看了眼紫金观主，那中年道士忙忙地弯腰行礼，不敢抬头。

“太子……太子要不利于梁王？”他低声道，“恐怕……恐怕不只是梁王吧？”

紫金观主深深地低着头，用几乎听不见的声音“嗯”了一声。

延平郡王禁不住背着手在殿中走动起来，道："太子……他疯了！他真的……"

"……"

"你！"延平郡王忽然站住，指着紫金观主道，"你既忠于太子，这种时刻，为何要说出来？"

"贫道既忠于太子，更忠于大唐。"紫金观主急道，"郡王！太子此行，必大伤天子之心……贫道担心……担心……"

他的声音慢慢小了下去。延平郡王死死地盯着他，冷冷地道："担心……怕伤天子……之身？"

紫金观主像被马蜂蜇了般浑身哆嗦一下，脸色顿时白如死灰。

"太子……他说什么了？"

"他……他……他什么也没说，"紫金观主道，"但是前日，曾经派了宫中的太监李延年过来，问别册的事儿，又问了神策军——"

延平郡王忽然一挥手，止住紫金观主气喘吁吁的话头。

"郡……郡王？"

"你这里，"延平郡王走到三清金身前，伸手拿起一根香，在烛火上点燃了，伸手扇去明火，才继续道，"一向都照应得好吧？"

紫金观主不知就里，道："是……郡王……"

"这座大殿里香油多，可别招些偷油的耗子。"

紫金观主本就惨白的脸刹那间白得近乎透明，道："不……不敢！此乃先太宗、高宗参修之所，从从从来都都都……"

“嗯。”延平郡王点点头，走到香炉前，作势要将香插入香炉。也不知他怎么插的，双手明明合拢了往下一插，却见昏暗的大殿中一点红光一闪，啪的一声，那根香竟深深地插入了殿顶三层藻井之中！

几乎与此同时，延平郡王身躯一晃，游鱼般地晃到三清金身之后，紫金观主吓一大跳，再看时，延平郡王的身躯已如游龙般上到六丈高的殿顶，快得简直不似活人。

再一眨眼，延平郡王已不在殿中。殿外一片大乱，门开了，一名小道士慌慌张张进来，叫道：“观主，刚刚……”

“闭嘴！住嘴！出去，叫所有的人都不准闹！”紫金观主厉声喝道，“今晚宿夜的人，统统都给我叫到前面大殿里，我有话说！”

昏暗之中，紫金观主声色俱厉，小道士吓得差点一屁股坐倒在地，忙不迭地在地下叩了个头，爬起来便跑。

紫金观主跟着他后脚便出了大殿。抬头看时，远处神道东厢的灯火已渐熄灭，天上黑蓝昏暗，看不见云层，却也看不见星月。

他心头狂跳地站在那里，直到前面大殿传来钟声，紫金观中数百道士已集合完毕，才缓缓地步下台阶，一脚深一脚浅，梦游一般地向前殿走去。

谢云流迈开长腿，飞一般地奔跑。

说来真是晦气。他花了半个时辰，好不容易摸清了黑暗中贞元内院的结构，还在几名紫金观道士的眼皮子底下细细研究了东、西二厢房中的物事，连墙上的字画题跋都细细地看过了。

紫金观名气震动天下，却只是一个普通的道观，观中道士虽会武功，但谢云流在暗中看了看他们走路、坐卧的身法，便知不过是些道藏中所载的《老君丹炉手》《紫阳真人先天步》等粗浅功夫，实在上不得台面。看来师父吕洞宾所言确是真事，钟离权先师除了吕洞宾这名直系弟子，再无其他分支传下。

贞元内院中，并没有道士们休息的场所，全部都是藏经、念经和修行的暗室。这也确实与其皇家修行内院的传言一致。从墙上的字画看来，皇室历年都有给紫金观大量的赏赐，并传下皇室珍藏的字画作为凭证，但从题跋来看，此类的赏赐自则天天后垂拱二年之后，便再无来自天子皇后等至尊的赏赐，只有太子、皇子、诸王的，而从长寿元年起，连这些人的赏赐都不见了。紫金观萧条了十余年，最近一次来自皇室的赏赐，是六个月前由东宫赏赐而来，谢云流见到了一个熟悉的名字——李重俊。

他本是忽然性起，决定夜探紫金观，试试运气，看看能不能碰到与传说中的《纯阳别册》相关之物，但是一路看下来，几无所获，直到看到“李重俊”三个字，真正是大失所望。

李重俊受封太子，还不到一年，连他的赏赐之物都已摆放在这里，显然已无其他更有价值之物。他看着李重俊的名字，忽然忍不住从旁边香炉灰中抓起一把灰，恨恨地抹在太子殿下的名号上。

在做此事的同时，两名道士还在离他不到两丈外的同一间厢房中。谢云流艺高人胆大，怕得何来？那两名道士坐在那里，被他鬼魅一般地将整个厢房都翻了一遍，居然毫无反应，只管在那里有一搭没一搭地聊天。

其中一人道：“这二日，街上真是闹得沸反盈天，再过两日，天子、天后出来，那可不知要热闹成什么样子，啧啧……咱们长安城中，怕得有二年没这么热闹了吧？”

“嘘……你我清修之人，又管他什么热闹不热闹？再说，那是天子、皇后，可不是什么天子、天后。皇后受封天后的诏书，还卡在中书省呢！你没听这一个月来长安城中都闹成什么样儿了！大伙儿都说，先则天天后虽然暴虐，杀皇室和大臣不眨眼，可是这天下呀，嘿……除了她老人家，谁还配称天后二字？”

这段时间，皇后韦氏求天后称号一事，已是闹得沸沸扬扬，天下皆知，连纯阳宫中都知道了这消息。却不料现在的中书省倒还真不是省油的灯，居然敢将如日中天的韦后硬生生挡住。

“你少把天子、天后的事当玩笑挂在嘴边。中书省能卡多久？迟早都是天后。”前一人沉重地道，“天子如今家事多，事多嘴杂，最后倒霉的都是嘴巴欠的！咱们观好容易才从则天天后手下熬了过来，小心折在这位‘天后’手里！”

另一人沉默了半晌，道：“那有什么法子？太子爷和天后关系不好，尽人皆知，太子爷又爱来咱们观里……”

“噤声！你不要命了！”

“师叔，不是我多嘴，你刚刚难道没瞧见？观主都急成什么样儿了？深更半夜，还在大殿里见客人，据说这回急得，连别册之事都要拿出来当筹码了。”

“你少跟我叽叽歪歪，再说我……”

忽然，密闭的厢房中刮起一阵风，点在二人周围的四盏油灯中的火头同时深深地弯下了腰。二人吓了一大跳，忙跳起来去遮住火头，忽听轻微嘎的一声，天花板上什么东西动了一下，妖风顿止。

道观里头，封禁森严，像紫金观这样的百年老观，道士们是绝不相信有什么鬼怪的。在长安城中，半夜梁上君子，多不是偷盗，而是偷听，一朝出首告密得官，胜过夜盗十金。二人想起自己刚才说的话，顿时都吓得面如土色，浑身僵直。

谢云流好容易才从别人口中听到“别册”二字，哪里还忍耐得住？从东厢房里出来，便直奔大殿而去。大殿位于贞元内院的正中，足有三层楼高，自是容易辨识。他轻飘飘地掠上大殿周围的花墙，果见大殿四周，按八卦方位，站了十六名年轻的道士，二人一组，一人持火把，一人持剑，都背对大殿而立，只听见火把猎猎的风声，半点咳嗽声也无。

此时，神道东厢那边的灯火已暗，天上云层反射的光也已黯淡。十六名道士手持火把，其实也不过能照亮内院中八块小小的区域。谢云流不费吹灰之力，便潜到了内大殿的顶上。

紫金观内外防守，对他而言如同摆设一般，谢云流心中早已满是轻满之意。不料他在大殿上只停了不到半盏茶的工夫，耳朵边刚刚听到“别册”二字，脚下稍稍用力踩在梁上，下面便听见了。

那一支香箭一般射来时，谢云流便知大祸临头。将软软的香掷入钦造大殿的楠木主梁，谢云流自己不做此幻想，只怕在师父那里也难得一见此手法。他没有任何犹豫，立刻向大殿外狂奔而出！

只一步，他便跨过了大殿四面坡顶与花墙之间十丈的距离——从空中扑下，身体在空中缩成一团，连转了七八个滴溜溜的圈子，正落在不到一尺宽的花墙上。

从那么高的空中落下，冲力之大，空心的花墙顿时被压塌，但谢云流已借这一力向前蹿出，一纵便又是五丈之远。

这是借了下坠之力，以纯阳心法中的“生太极”心法将之化作向前的冲力，其力量之大，谢云流自身岂能承受？双臂一振，将那力量化解而出，啪的一声，竟然将两只袖口同时震破。

就这么一瞬间，他已掠去十余丈。箭一般冲刺的结果，除了全身如遭重锤一般，心脏亦传来酸涩之感。他长吐一口气，又深吸一口气，以纯阳心法化去心头的酸楚，这么缓得一缓，又去了十丈。

从楼上躲开香的一击，到此刻不过过去了三五个呼吸，他已掠过三十丈距离，穿过了大半个贞元内院，前面便是内外院之间的高墙，谢云流脚下不停，一面拼命换气，一面用尽全身力气纵身而起。

第一脚，他便踩在了高墙的二分之一处。但是力气渐竭，第二脚竟然只上到三分之二处，他拼命伸出手向上一探，勉勉强强手指探到了高墙之巅。

三根手指之力，将他从墙下拉扯上来，谢云流心中暗叫“侥幸！”对自己在危急之中所爆发出的力量也深感意外。身后院中钟声大响，无数人奔走往来，谢云流看一眼地形，才发现自己逃出时错估了方位，自己的住所正好在内院的对面。

他跃下墙头，沿着内院与外院之间的一条狭窄小巷飞速奔跑，前面灯光一亮，几名紫金观道士从一道小门出来，众人忽觉劲风扑面，手中火把火头猛地向下一压，众人唬了一大跳，一起东张西望，却哪里有半个人影？

谢云流一通疾奔，轻轻巧巧便过了几拨紫金观的道士，回到自己住的楼下。此时整个紫金观都已惊动，众道士不敢再鸣钟，一拨一拨到处搜索。谢云流到楼下时，三四个道士正要上楼，他伸手在楼梯上一撑，众道士被晃得"哎哟"一声，几个人吓得手脚发软地上了楼，却见谢云流打着大大的哈欠站在房门前，道："几位道兄，怎么回事呀？大半夜的，到处都在闹，真是京城，与别处不同。"

当头的道士打个哈哈道："没什么。是蔽观离外头街近，这几日神道东厢金乌不禁，怕走了水，到处都看一下。"

"怪不得听到有走水时敲的钟声，"谢云流惊道，"几位，且进来好好看看？"

谢云流昨日是代国公主手下的千骑亲自恭送到门口，紫金观的知客道士都是眼睛里有水的人，知道此人来头不小，忙道："不用了，不用了。只要这儿没有外面烟花飞进来的火种便好。天晚了，道兄且安睡，安睡。"

"无量寿佛。"

几个人相互见礼，便匆匆退下。谢云流站在小楼的楼梯上，看着几人走远了，这才拍拍胸口，让兀自狂跳不止的心脏平息下来，转身进屋。

屋中油灯已经灭了，窗口大开着，冷清夜色洒满屋中。谢云流走到桌边，忍不住又深深地喘了口气，从桌上拿起火石，凑近油灯。

“刚不可久，力不可猛，你每隔七步就气血逆流，这岂是练武长寿之道？”一个人淡淡地道。

从第一个“可”字开始，谢云流的身影便已扑到，“啪啪啪啪啪啪”，平均每说一个字，他和那站在黑暗中的人就交手四次，在这么狭窄的空间和电光火石的时间内，二人都根本不及拔剑，但一招一式，皆是以手代剑，他的攻击密如骤雨，那人的防御却稳如泰山。堪堪交手到“长寿之道”的时候，谢云流忍不住又大大地喘了口气，手下稍微缓得一缓，那人便在这一瞬间长身而出，一掌按在谢云流胸口。

刹那间，谢云流脑中一片空白，全身麻痹，等着那人内力震碎心脉。

那人手掌在他胸口一触，即向后退去，离开了谢云流拳风的范围，道：“好功夫，真是可惜了。”

谢云流一阵惊心动魄的心悸过去，彼时全身绷紧，劲力反噬，一股内息在身体中急速回转，他忍了又忍，终于还是剧烈咳嗽起来。

“这便好，”那人淡淡地道，“内息反噬，最是伤身。你咳出来，便去了一半，若是吐出来，那便最好。”

“你……你是……”

“你听我说了半天话，难道还不知道我是谁？”

谢云流背上炸出一身冷汗，本能地便想转身就跑。但刚刚一轮交手，他已深知，自己若此刻在十丈外，这人也能轻易地将自己置于死地。

但交手中亦有明确的感觉，此人绝非敌人。高手过招，手、眼相交，手脚一招一式，内息一吐一吞，都深蕴含义，手一搭，便知有无杀心——这个人，不是来杀他的。

“你……你刚刚没追上我，怎么……会在这里？”

那人微微一笑，向前走了一步，让外面冷清的光照到他脸上，正是适才所见的延平郡王。

“我……我明明……”

“是，你逃脱了，”延平郡王道，“我也很是意外，竟然有人能以如此不可思议的速度从我眼皮底下逃走，以你的年纪来说，这身修为倒也罢了，这份灵气和决断，确是难得。”

谢云流“咳咳咳，咳咳咳”地咳起来。

“只可惜你内功练得似乎不得法，功力有了七成，却总是难窥真正高深的法门，”延平郡王摇摇头道，“你不要摇头，你自己想想，你全速奔跑，全身内力能将你在七步之内送到三十丈以外，这确是惊人之力，连我也无法企及。但你第八步起，气息就开始紊乱，以至无法再持续，得换气、换力，可是如此？”

谢云流不意他只在黑暗中看了一眼，竟如此准确地看出自己的缺陷——这缺陷只有他师父曾经说过，连和自己朝夕在一起的李忘生等师兄弟，都无人看穿。

“你不说话，可你自己也明白。听你的呼吸，我便知道，不光是奔跑，你与人出招，也是七合一停，只不过你与人交手太快，这个停顿，寻常人瞧不出来，”延平郡王淡淡地道，“可与真正的高手过招，这个停顿便是你的死穴。”

“……”谢云流手撑在身后的桌上，惊惶不安地看着他，一时竟不知该如何是好。是拔腿就跑？不要命地与之拼命？还是就这么呆呆地站着，听他说着自己最最隐秘之事？

“七步一顿，气往上冲，空中纵跃，凭心而动，嗯……纯阳心法的吐故纳新，你练到了第五重，却无论如何也上不到第六重的境界，”延平郡王点点头，笃定地道，“你是纯阳宫的大弟子，谢云流。”

自从出门以来，已经被两个素不相识的人毫不迟疑地叫出了自己的名字，谢云流剧烈地咳嗽起来，脸上却忍不住苦笑，道：“不知阁下与谢某，可曾有一面之缘？”

“不曾，”那人摇头道，“不过，我与纯阳吕老仙师，却是颇有渊源。吕仙师创建纯阳宫未久，听闻他收徒弟，亦不过十年的事。以你的年纪，纯阳心法能练到这个境界，除了吕仙师的大弟子，还能有第二人吗？”

谢云流万分尴尬，低声道：“这……是……在下……呃……弟子……正是谢云流。”他和李华婉、延平郡王这些人比起来实在是缺乏急智，一切只能顺着别人的话去说。这位延平郡王既然自称与吕洞宾颇有渊源，又能一眼看出自己功法的核心秘密，难道是师门中人？所以连忙改口，自称弟子，想了想，这人武功之厉害，生平所见人物中，只怕只有师父能与之相提并论，忙站直了身子，向那人深深地一躬。

延平郡王默默地站着，受了他这一拜，才道：“以你师父的眼光，你的品性绝非偷鸡摸狗之辈，为何半夜潜入紫金观的内院？”

谢云流知他必有这一问，刚才在内大殿中，又亲耳听到紫金观主口中提到“别册”二字，明知这是颇犯禁忌的事，还是忍不住道：“弟子……弟子是为……别册而来。”

“你也知道别册的事？”延平郡王似乎并不惊讶，淡淡地道，“嗯，是了，你纯阳宫与钟离老仙的渊源甚深，知道别册，并不稀奇。”

他沉吟一下，目光在谢云流身上来来回回扫过，道：“你师父并不知道你下山寻别册的事。”

谢云流涨红了脸，却倔强地抬起头，道：“是。”

“在我的此生中，不知被多少人当面提到别册二字，也曾当面问过你师父、师祖这二字，”延平郡王摇摇头，笑道，“可惜，这二字不过是水中月、镜中花而已。”

“您见过弟子的师祖？！”

“有过一面之缘。不然，我也瞧不出你武功的路数，”延平郡王道，“我与贵门派渊源深厚，所以，我要劝你一句话。”

他走前一步，离谢云流不过一尺之远。虽然他的个头远没有谢云流高，浑身劲力充盈，谢云流不由得为之气滞。但他立刻调整呼吸，硬顶着延平郡王逼人的气势，站得笔直。

延平郡王冷冷地道：“你知道我是谁吗？”

“弟子不知。”

“我是则天天后陛下的侄子。”

谢云流一惊。猛然间肋下一凉，延平郡王双手叉出，直插向他两肋，谢云流不假思索，双臂回转去别他的双手。延平郡王一招未老立刻变招，左手反扣，右手直插，同时攻向他的太阳穴和膻中穴。谢云流本能地向后一步，却连半步都没退出，腰就直直地顶在了窗边的花瓶架上。

他退无可退，延平郡王双掌来得奇速，谢云流猛一扭身，双手上举，将攻向太阳穴的那一指挡开，啪的一声，延平郡王的右手插在他的左胸，虽也疼得谢云流闷哼一声，却避开了膻中穴上的致命一击。

延平郡王沉声道："好！"手下不停，攻他左肋，谢云流左肘下击，右掌毫不犹豫地劈向延平郡王的脖颈，延平郡王举手架开，继续攻他小腹。

噼噼啪啪，两个人须臾之间，便连攻六招，谢云流从一开始的震惊中反应过来，便不再一味防守，与延平郡王有来有往打得不亦乐乎，只是二人同时默契地既不出声，也不动脚，全是手上招数，延平郡王的招式近于小擒拿手，谢云流的招数却全是纯阳心法中的太虚剑意虚化出的剑招。

二人越打越快，延平郡王的每一招都是向着谢云流心、肺、腹而来，谢云流背部顶在窗台上，避无可避，下意识地闭住呼吸，拼命收腹。电光火石般的几下过招，忽然之间，他发现自己不知不觉间闭气已久，已透不过气来。

延平郡王知他气息已绝，双掌一翻，速度骤然增加一倍，双掌在昏暗的屋中已快得全然看不清楚。谢云流拼尽全力，死死防住，不知不觉间自己的速度也提高了一倍有余。

但是——气息马上就要中绝了！谢云流脑中一阵眩晕，胸口憋闷得如同火烧一般，便如他适才全力以赴狂奔时一般。他拼命地想要呼吸，可是上三路被延平郡王的掌风封得死死的，胸口自然而然地内陷，根本无法吸入一口气。

延平郡王双掌奔雷般的直击谢云流胸前，谢云流眼前金星乱冒，用尽全力去格挡，忽听延平郡王大喝一声："劲透气海，抱守府宫！蠢材！连气也不会透吗?！"

谢云流已然浑浑噩噩，暴喝声中，不由自主地气跟着往下一沉，忽然之间，那股在胸口奔涌的热流从膻中、鸠尾、巨阙一路直透下去，直抵肚脐，他腹部本能地向外鼓起，"哈！"一股凉爽至极的空气直透入肺中，忽然之间，内息奔涌如潮，他双手用力向前直出，一招太虚剑意的"夺魄"应掌拍出。

延平郡王在他"哈"的呼吸之时，便平平地向后纵出，谢云流这两掌拍在虚空之中，劲气不绝，两个袖口向上翻起，同时撕裂，声如裂帛。

楼下一人大声道："何事？何事？"旁边不知谁说了声什么，声音立刻就小了下去。不知不觉之间，本来喧闹的紫金观已经安静下来，透过开启的长窗，只听得见远远神道东厢传来的打更之声。

谢云流呼哧呼哧，全身大汗，可是心头却远比打斗最危险时还要跳得厉害——刚刚是怎么回事？延平郡王忽然暴喝一声，为何他本已接不上来的气息，忽然转化为如此威力，连袖口都撑破了？

纯阳心法，只有练到最高境界，才是所谓的摘花伤人，一拳一剑出手，后劲绵绵不绝，袖口鼓荡，如风如雷。去年上元节，久已不在弟子们演练武功的吕洞宾，曾趁着月色在太极广场打了一套先天八卦拳，普普通通的一套入门拳术，被他施展开来，劲气如虹，弟子们甚至无法在十丈之内站稳。打到"坤卦十七"一拳，吕洞宾缓缓出拳，两只袖口被劲气生生憋成了絮状，弟子们震惊不已，都说是生平仅见的师父绝学。

怎么自已被逼到了绝路，气息已绝，却又忽然有如此功力？他心中怦怦乱跳，一片混乱。

“你的七步之息，我已经给你解了，”稍稍沉默了一会儿，延平郡王低声道，“这心法，本是你家祖师给我说起的，现在也不过是还给你。希望你以后善学善用，不要……再找什么虚妄的别册了。你本纯良，奈何入此世间？你认识的人，认识你的人，周遭的一切……恐怕你根本无力招架，又何苦来哉？”

说着手一扬，一枚铁钱啪地打在油灯上，迸出几点火花，油灯的火苗噗地一下燃起，谢云流眼皮一跳，不由自主地看了眼灯火，再回过头来，角落中空空荡荡，哪里还有延平郡王的影子？

他深吸一口气，习惯性地便要咳嗽——以往每次如此大战、剧烈奔跑之后，都要咳个死去活来，可是这会儿用力咳了两下，却是咳不出来——胸中气息充盈，绝非往日剧烈翻滚之相，认真要咳，还真是无力咳嗽。

他弛然坐下，望着跳动的火苗，心中纷乱如麻，一时竟是痴了。

第三章

七月二日，甲午日。此日益出游、问名，忌杀生，诸事顺遂。

谢云流坐在临街畅轩之上，静默沉思，良久不语。

眼前摆着的六道素材已经凉了。他手中端着一杯清酒，却迟迟不放到嘴边。

纯阳宫不忌饮酒。据说祖师钟离权就嗜爱饮酒，还说酒有六德。吕洞宾虽然不饮酒，却也不禁止弟子们饮，毕竟纯阳宫在华山之巅，山高雪厚，气候冰寒，年轻弟子们元气尚未修炼成，不饮酒便容易冻伤。

谢云流在众弟子中也是不善饮酒。年纪比他小得多的李忘生和李重茂，都能把他喝得烂醉，他出门在外，一向滴酒不沾，可是今天就是忍不住，让人给他上了一壶上好的清酒。

他心中还在纠结着昨夜的事。

那个延平郡王到底什么来头？居然自称则天天后之侄，又见过祖师钟离权，与纯阳派交往甚深，甚至……甚至知道纯阳心法的核心之密。他究竟是谁？最重要的是——

为何他说《纯阳别册》乃是虚妄之物？

何为虚妄？昨日亲耳听到延平郡王与紫金观主私下交谈，紫金观主亲口说出了太子派人来问的物事中，就有“别册”二字。那么太子也是知道别册这东西。但这东西对皇家而言，究竟是什么？难道……难道尚武的太子，也想要知道别册上的武功？

难道整个皇家，都知道别册的存在？那么在这差不多将近八十多年的时间里，为何又不见一个李氏皇族的人因修习别册而成为一代高手？

转念又想——难道那个延平郡王不算是高手中的高手吗？他可能还比不上师父吕洞宾武功之纯粹，但亦是谢云流生平仅见的高手。他对自己的武功一向深有自信，行走江湖两年多来，基本未曾遇过敌手，但是延平郡王——他的武功已经超出了谢云流的想象，是的，不是超出上限，是超出想象。谢云流想象不出来他武功的路数，更想不出来，他是何以用疾风骤雨的攻击，将自己一身武功牢牢封死，连逃走、反抗、挣扎的余地都没有。

此人大是可怕。谢云流性子孤傲，此番算是生平第一次真心怕了一个人。

楼梯口一阵响动，一个身无武功的武夫走了上来。这是谢云流听出来的——此人当是弓马娴熟，下盘稳重有力，却缺乏灵动，并不会真正的武功，似乎是一名长安城中常见的武士、将官一类的人。

一人在楼梯口露出头来。这是个相当年轻的人，大概也就是二十三四岁的模样，眉目英朗，戴着一枚紫金朝天冠，身穿淡蓝色锦绣长袍，腰中没有悬剑，只悬着一块碧色幽幽的玉珏，整个人显得贵气十足，绝非一般武夫可比。

那人上得楼来，只左右看了看，便径直走到谢云流面前的桌前，一屁股坐了下来，用手敲敲桌面，道："小二，上菜来。"

谢云流看着他，一言不发。那人也不客气，叫过小二一口气点了七八个菜，要了一壶玉泉春，在桌上丢了一片闪闪发光的金叶子。小二看得直咽口水，连滚带爬去了，那人才转过来，神清气爽地看着谢云流，道："我叫做李隆基，是李华婉的哥哥。"

谢云流哽了一下，一拱手道："久仰。"

虽然素未谋面，但李隆基这个大名，确实是闻名已久了。

则天天后圣历三年，彼时纯阳宫还未建立，谢云流还在华山跟随吕洞宾学艺，而李忘生这些师弟妹们甚至都还未加入纯阳门派。当时，吕洞宾禅修出关，便道世间有有心人正在寻找于他，说完就飘然下山。

不久之后，吕洞宾重返华山，带来的却是一份敕令。原来他下山之后，沿着当年钟离权仙师的脚步去了长安。在长安城中，见到一名李氏皇族的年轻子弟，名字叫做李隆基。

李隆基倾慕先祖太宗，隐然有重振大唐雄风的志向。这些，吕洞宾都心知肚明。但是当时则天天后的大周正如日中天，李氏子弟稍有出息，便会引来杀身之祸。于是吕洞宾说服李隆基，向则天天后敬上《大统典论》一书，则天天后果然大悦，不仅厚赏李隆基，将他从临淄王转封为楚王，还亲笔御书，册封吕洞宾为国师，在华山上钦造纯阳宫。

说起来，纯阳宫的建造，李隆基隐然有功。只是碍于则天天后，吕洞宾和李隆基都绝口不提此事，众弟子中，亦只有谢云流知道。

他一直以为，楚王李隆基乃是一位上了年纪、胸有城府之人，却不料如此大咧咧地，独自一人便上到酒楼中。看着李隆基毫不客气地端起酒壶，给自己倒了一杯酒，谢云流转头看看楼下，便见楼下挤得水泄不通的人流中，站了数名身材高大之人，一瞧便是神策、天策军之流。

“原来是楚王殿下。”谢云流终于想起了眼前这位仁兄的身份，忙一拱手道。

“不过是一俗物罢了，”李隆基笑道，“前日舍妹回来，对谢大侠赞不绝口，说若不是谢大侠仗义相救，她便要活活地死在太子爷面前。隆基在此，代舍妹谢过了。”

“不敢，”谢云流见他施礼，忙还礼道，“令妹武功不弱，自有防身之道，说起来，倒是云流孟浪了。当时千骑、千牛在旁，令妹小有惊愕，也必是无碍的。”

“那倒难说得紧，”李隆基笑道，“说不定太子爷一时性起，将舍妹和刺客一并射死，倒也省心。那可就是隆基独自向隅了。”

谢云流脸色陡变，心想这位楚王倒还真是敢说。京中各位王爷、太子，以及武氏宗族之间势如水火，他倒是知道，却没想到到了可以满街说嘴的地步。

李隆基毫不在意，饮了一大口酒，道："好酒！今日舍妹请你来这里坐，她自己却没来，让我这个当哥哥的来陪陪你，谢大侠不会介意吧？"

早上辰时初刻刚过，谢云流枯坐一夜，正在将睡未睡之际，李华婉的信使就到了。还是那个窦约，恭恭敬敬地带了三个小厮过来，说代国公主在神道东厢最大的酒楼杏花楼，请谢大侠过去一晤。谢云流在京中，除了李重茂，便只认得李华婉，李重茂昨日便被带回大明宫，轻易是见不着了，李华婉风姿绰约，识见不凡，倒是颇得谢云流欣赏，这便施施然地跟了来。

来的却是李隆基！谢云流忍不住喝了口酒，道："令妹为人勇决，手刃强敌，真是令我等须眉汗颜。不知……"

"哦，你不必担心，"李隆基道，"待会儿，你便见得着她了。谢大侠行走江湖，名声甚是响亮，隆基闻名已久……"

"不敢！楚王看得起谢某，叫我一声俗名，云流感激不尽。"

"那你可叫我一声李三郎，我可当不得谢大侠叫我俗名楚王！"

二人对看一眼，都哈哈大笑起来。于是对饮三杯。

多说两句话，谢云流便不自主地被李隆基的言谈吸引。和他妹妹比起来，李隆基所见所识，更是高屋建瓴，而对比起李华婉许多欲言又止的话，李隆基绝不客气，开口便说。目下的大唐宗室，他李隆基虽是位封上国的楚王，地位却远在温王李重茂之后，中间起码还隔了三五个王，这其中既有当今天子的几个儿子、公主，又有李隆基自己的哥哥们——相王李旦的儿子。但谢云流却有种感觉，除了太子以外，其他几个王加起来，也没李隆基会说、敢说。

只不过，无论怎么调侃、戏说，李隆基绝口不提纯阳宫之事。这是不欲在纯阳弟子面前显露他恩主的地位。谢云流虽然迟钝，这点心思还是猜得出来的，不由得对李隆基又多了几分好感。

二人言谈之时，外面的街道越来越热闹。神道东厢是前隋开皇年间，和新长安同时建造起来的，之后在隋炀帝大业年间，为了迎接四方而来的蛮夷，向他们展示大隋的文物，隋炀帝下令将之改造为可容十二辆马车并驾齐驱的宽阔大道。

今日是七月二日，是整个七夕“太平通天鱼龙杂戏”的第二日。据传，天后——尽管中书省还卡着皇帝的诏书不发，但大内对外已开始使用此称号——韦后将会驾临今日的鱼龙杂戏，此乃传统，前隋大业年间，隋炀帝萧后便是在鱼龙杂戏的第二日，亲自参加了巡街，时人以为皇后母仪天下，却与戏子伶人同街而游，乃天下大乱之兆，时隔一百年，当今的皇后又要出游了。

按，鱼龙杂戏，原非单指一戏，最早可追溯到西汉武帝的元狩年间，由西域胡人带来的杂技，与中原优伶的杂戏相结合而成，其中最有名的便是鱼龙曼延之戏，南北朝时叫做散戏，到好大喜功的隋炀帝时，才从皇宫中的殿前舞蹈，变成蔓延十里长街的鱼龙杂戏。

此时此刻，宽阔漫长的神道东厢上，万头涌动，街道两旁的挤得水泄不通，中间大约四丈宽的街道，被数千根彩绸包裹的长杆系着红色长带隔开来。长安人早已习惯如此，街上人虽多，倒没动用多少军力，长安附近的羽林、天策军各府都没动用，只有内三门里数百名神策军士，散落在漫长的街道上。

就在谢云流和李隆基说话的当儿，下面欢声震天，已经过去了两组大象。这是暹罗国进贡的大象，自高宗年间就到了长安，倒比长安城中一半居民的岁数还大。后面又过去六头师子——即后世的狮子——是从大食运过来的，由三十六名高大威猛的昆仑奴以铁链拉着，一路咆哮而过，确是声势惊人。

后面数不尽的一对对杂戏，依次而过，有高跷百神，一百二十多名男女踩着三丈高的高跷，花花绿绿的舞蹈而过，间或有人故意做摔倒之状，引来一片惊呼。又有独蹬童子童女，身着神仙白袍的童子们，坐在一丈高的独蹬上，下面是精壮的汉子用头顶着，招摇过市，这演的是徐福仙山寻宝，最是吉祥喜庆的戏目，下面的围观者用彩绳编就的套圈，串了玉珠、香木珠，扔过去套在童子们头上、手上，这叫做祈福。从街那头走到杏花楼的楼下，有的童子已经全身挂满了香珠。

又有一连串用铁锁锁在一起、长达八十余丈的高车，车上造大型海鱼，有童女在鱼背上跳跃，下面两侧数百名赤裸上身的精壮汉子跟随，手中都拿着一个大大的布袋。忽然间一声哨响，所有汉子同时将手中的布袋向空中抖开，一片烟雾弥漫，须臾间，烟雾散去，大海鱼变作一座嵯峨的神山，山上有虎狼相互搏击，又有猿猴在旁边悲鸣……

一条街跟煮沸了似的，闹得几乎听不见说话。谢云流与李隆基端坐楼上，也不禁五音乱耳，五色迷情，浑然忘了他事。明明这楼上最是看鱼龙杂戏的好去处，却始终只有他们二人，不知是代国公主的脸面，还是楚王的威风，将这座长安第一楼给包了下来。

“庶民的欢乐，总是因迷惑而起，”李隆基蛮有兴趣地看着楼下，谢云流看他一眼，发现他的目光根本不在鱼龙杂戏上，而是在注视着躁动不安的人群，“悲喜哀乐，大半都是由上天给他们的虚幻所决定，真是……可悲可怜。”

“这是……”谢云流沉吟道，“《大统典论》中的话？天子如风，民气如草，凡庶之乐，悲忧愁，皆天之意也。”

李隆基点点头，道：“令师所言，与大千世界，若锁挈相合，言无不中。”

“《大统典论》乃先祖师钟离仙师所著，”谢云流摇头道，“非家师所言。”

“你错了，我说的不是《大统典论》，”李隆基道，“那东西，我已经托令师献给了祖母……我所知的一切，都是令师亲口教授与我，”他说着，用手指指谢云流，又指指自己的胸口，“你我二人，有同师之谊。”

谢云流愕然地看着他，不知他何以如此说。

李隆基微微一笑，扭头去看楼下。

就这么三言两语的工夫，楼下又是一变。

百戏杂技都已过去，宽阔的大街上，一面面旌旗招展，飞龙旗、飞廉旗、飞凤飞虎飞豹飞貂，四面一排，举在四名并排骑着高头大马的羽林军手中，六十四名羽林军士举满旌旗，如一波金光闪耀的浪头般，浩浩荡荡地从楼下过去。

后面跟着数百名宫中宦者，也就是所谓的中官，也是数百面旗帜，迎风猎猎作响。再后面是数百名中官，带着全套的卤簿，也就是天子、皇后出行时所用的礼乐之器。看到这个架势，便知是皇后出来了，在场数万军民无不齐声欢呼起来。

李隆基脸上带着神秘莫测的笑容，淡淡地看着前方内城的方向。谢云流朝南坐着，便看不见内城，见李隆基笑中含义甚深，忙转过身来，探出头去一瞧，不由得大吃一惊。

跟在数百名中官后面的，是一辆足有一丈多高的高大格车，车厢顶上平平整整，饰以花环、柏枝，以五彩绸缎做云彩，环绕车厢。

车顶上一人脆生生地站在花环柏枝之中，身穿雪白长袍，面如明月，不是李华婉是谁?

谢云流诧异地回头看了眼李隆基，李隆基道："此乃皇后车驾的前驱。若是天子出巡，前驱就得是太子骑马于前。"

"天子不是有安乐公主吗?"

"当今天子友爱弟弟，前驱这种事，都是由家父的子女担任的，"李隆基脸上笑容不变，声音微微发涩，"任何时候，天子都不会忘了家父的存在。"

楼下人声鼎沸，乐声震天，礼乐之队从楼下缓缓行过，载着李华婉的格车正行驶过来。谢云流趴在窗栏上看，但见李华婉今日打扮与昨日大不相同，描眉染唇，点画胭脂，发髻高耸，带玉镶金，左顾右盼之间，明艳不可方物。

谢云流看得有些发呆，忽然李华婉抬起头望着他，向他扔来一个微笑。谢云流脸上不由得发烫，本能地往后便缩，好在李华婉轻笑一声，便转回头。谢云流无缘无故，脑门上出了一层细汗，呆呆地目送着李华婉的格车远去。

后面礼乐之声大作，谢云流打起精神，转头看去，这一瞧，就又惊讶地睁大了眼睛。

跟在后面的皇后格车，比前面李华婉的前驱车大了足足一倍有余，整个车做飞凤之状，饰以长羽、金玉，在阳光之下亮得不可逼视。车由三十六名黑皮肤的昆仑奴拉拽，周围三十六名羽林军士接阵护卫而行。

但这并没什么值得吃惊的。

站在车顶上的是两个人。一名女子身穿紫色长裙，容色端庄明艳，拉着一名少年的手，那少年身穿明黄色日出江山袄，头戴太平冠，一脸严肃地站着，不是李重茂是谁？

旁边的李隆基终于忍不住“咦”了一声，道：“怎么是她？”

“谁？”

“皇后没有出来，”李隆基道，“来的是上官昭容！”

“哦？！”

“皇后明明下诏，要亲自出游，”李隆基皱眉道，“怎么临到末了，却是上官昭容？”

“重茂为何会在上官昭容旁边？”

“他是皇子，本应陪同皇后，”李隆基道，“难道让已经成年的太子陪同吗？”

“太子在什么地方？”

从杏花楼的二楼临窗望出去，自内城承天门，到外城明德门，十六里长的街市一目了然，长长的游行队伍中，便只有两辆格车，中官仪仗，也围绕着这两辆格车前后展开三里，除此之外，哪里还有太子爷的队伍？

二人眼睁睁地看着上官昭容的銮驾缓缓地驶过来。大唐历代天子、皇后，每年都会有一到两次的出巡，而君临天下二十多年的则天天后，每一旬都要乘坐敞亮的銮驾出行，长安城中百姓早已熟悉。只是当今天子登基一年多，却从未出现在长安城的街道上，皇后韦氏更是深居内宫，几乎无人得见。二十多年前，当今天子第一次被则天天后立为皇帝，五十五天后就和皇后一起被放逐到房州安置，在国人心目中，这位皇帝实在无法留下什么印象。

但是今日出游的，却是上官昭容。上官婉儿在而今大唐天下，无论人望、威仪，都远在皇后之上。毕竟曾经辅佐则天天后长达二十年，掌管中宫制诰，深得则天天后信赖，天后出巡，上官昭容便是她身旁唯一侍立之人；当今天子登基后，封为皇妃，同时管理中宫和外廷的诏书，权势更是惊人，别看天子有内惧之症，怕皇后怕得要死，真正代表天子掌管天下的，却是这位已入不惑之年的上官昭容。

上官昭容出行，仿佛令天下臣民又记起了则天天后时代。她的銮驾一路过来，刚刚还在踊跃欢庆的人们无不望尘拜倒，从承天门一路望过来，都是如割倒的稻草般拜伏的人群。

李隆基毫不掩饰眼中的羡慕之情，喃喃地道：“大唐千万须眉，哪得一人如上官姑母这般权柄熏天？大丈夫当如是，当如是！”

“咦？”

“谢兄，怎么？”

谢云流已经站了起来。李隆基见他面色不善，忙也跟着站起，向他注视的方向望去。

一百丈以外，游行的人群已然大乱。纷纷扬扬的旗帜、卤簿疯狂乱摇，围观的人群亦乱成一团，惊叫声响作一片。忽然间，街上响尖利的哨子声，每隔一丈站着维持秩序的神策军士们同时向着那片大乱的地方冲去。

谢云流忽然面色大变，叫道 :“李……华婉！”

李隆基也面色大变，叫道 :“妹子！”

“子”字刚刚出口，谢云流已经身在高大的轩窗之外，双臂大开，向一只大鸟般扑向乱成一团的街道。

李隆基目送着他的身形在拥挤的人群中左蹿右闪，时而高高跃起，从一长排临街的木棚上掠过，时而又消失在巷口。但他的目光并没有追寻他太久，而是很快就被另一队奇怪的人影所吸引。

两队身穿黄衣的人，同时出现在街道两侧。此刻，前方的大乱已经蔓延到目下，两旁的人群纷纷后退，站在中间的中官、内侍、内宫羽林军等虽然惊慌，但无人下令，阵形也没有改变。

这两队黄衣人以一个紧密的队形，随着混乱的人群向着承天门方向而去，人群拥挤推搡，这两队人却始终没有改变队形，推搡到他们的人，往往惨叫着跌到一边，人群更加的混乱。

因为那两队黄衣人与内街的游行队伍之间，始终隔着乱七八糟的百姓，站在街中心的中官、羽林，根本就瞧不见他们。李隆基不由自主地站起来，双手紧握，却沉默不语。

上官昭容和李重茂的銮驾，就停在距离杏花楼不到二十丈处，周围由三十余名羽林军士护卫。这个护卫的规模和皇帝相差太远，但大唐累世承平，高宗、天后往来大明宫和内皇城太极宫，有时候就只带十余名千骑，一路乘马奔驰而回，所以几乎无人会想到游行途中的刺杀，这三十多羽林军士不过是来维持秩序而已。

转眼间，两队黄衣人已走到了与銮驾并行的位置上，陡然间一声尖利的哨声，随行銮驾的羽林军士还以为是军中召唤，左顾右盼，两队黄衣人同时扬起手中的大布袋。

“砰砰砰砰”，銮驾周围爆发出一片黄雾，便与适才大鱼变山峰的把戏一模一样，李隆基心中虽惊，却还是忍不住被这套花样逗笑了——羽林军士顿时大乱，人喊马嘶，四面冲撞，街两旁的百姓放声惨叫。

李隆基双手撑在窗台上，死死地盯着那团不断弥漫开来的黄雾。黄雾翻翻滚滚，高举长枪的羽林军士在其中隐隐没没，刺耳的尖啸，嗖、嗖的冷箭——数名贴身千骑冲上楼来，大喊着“主公小心！”要将他从窗台边拉开，李隆基回身怒吼：“滚开！”众人都吓得不敢动弹，李隆基转回身来，却见黄雾已逐渐向下沉淀，露出了上官昭容銮驾的顶。

那已经不是什么上官昭容銮驾的。因为上面已经没有上官昭容。

黄雾继续沉降，向四面散开，数十名羽林、数百名中官奔走呼叫，如丧考妣。他们负责护卫的人——上官昭容与温王李重茂——就在他们眼皮子底下消失得无影无踪。

李隆基一屁股坐了下来，浑身上下都是冷汗。他居然还笑了，虽然笑得很难看。

他端起一杯酒，微微发抖地端到唇边，却半天都不饮下。站得离他最近的千骑，听见他在喃喃低语："好……算得真是……太准了。"

谢云流已记不清楚，他踩过了多少人的脑袋。

街中一片大乱，所有人都拼命四散奔逃，人人都拼命相互撞来撞去，卤簿、器杖、旗帜……满地散落，距离李华婉格车不过四五十丈，要挤过去却是千难万难。

谢云流提气上蹿，在一名没头没脑乱转的羽林军脑袋上一踩，那家伙"哎哟"一声扑地倒了，谢云流修长的身躯已上到街面的"白搭帘儿"，也就是用竹竿外支的软布棚。寻常人踩在上面得陷进去爬不起来，谢云流却似踩在平地上，嗖嗖嗖便向前奔了十丈，白搭帘儿到了头，已掠过了一大片东倒西歪的旗帜，一凝目间，不由得心悬起老高。

李华婉的格车还在，但已歪停在路当中。原先护卫在侧的羽林军士已躺倒一地，十余名羽林军士正在与七八名身穿黄衣之人格斗。羽林军士随贵人出游，都是手持长戟，背悬长弓，却不配刀剑——仅仅起壮声色只用，配刀剑反而容易给小人可乘之机，所有只有极少数亲卫才佩戴刀剑，现在变起仓促，从两旁的楼顶上先是一排弩箭射下，格车两旁的中官、羽林毫无防备，立时便躺倒一地，剩下的羽林军大半手中只有长戟，面对从街巷中猛然冲到近旁的持剑刺客，拗手拗脚，全无招架之力。

李华婉呢？格车顶上不见李华婉的影子，谢云流不仅爆出一身冷汗，既而便见格车旁边几匹倒毙的马旁边，三五人结成一团，正在鏖战，内中白裙飘飘，正是李华婉的身影。

谢云流脚下不停，从白搭帘儿下到街面，不料脚下遍地皆是丢弃之物，谢云流一脚踩到一张鼓面上，“咚——哧”一声破响，整个右脚都陷入了鼓中。

在场乱七八糟殴斗的人们一起转过身来，盯着这个一只脚踩在鼓里，两手空空，满头大汗的青年。

扑哧一声，李华婉披头散发，绷不住先笑了出来。她身后那名黄衣人见她不备，向前急冲，蓦地里劲风灌耳，那人一转头间，眼前一黑，一张破鼓正罩在头上，他慌乱之下伸手去掀，肋下一凉，背心一热，已被李华婉手中的短剑从左胸刺透背后，顿时失去了知觉。

众千骑见谢云流一抬腿，便在三丈距离上解决了一名黄衣人，齐声大叫：“好！”谢云流更不打话，脚在地下一抄，遍地散落着卤簿上的铜扣，被他劲力激起，“噗噗噗”连声，几名离他最近的黄衣人应声而倒。不过这几人都不是中的致命伤，一个个不是折腿便是折手，在地上拼命挣扎，却挣扎不起。

众黄衣人见他如此彪悍，一时都怔住了。遍地倒伏的卤簿器杖、人马尸首，将这片街面与周围纷乱的大道隔离开来，场中一时间鸦雀无声。

李华婉抽出短剑，黄衣人软软倒下，被她一脚将尸身踢开。她适才在格车上外罩的紫色华袍已不知去向，只穿着合身的雪白中衣，此刻胸前都已染得殷红一片，头发散乱，满身香汗淋漓，头发一根一根都粘在了脸上。

她气喘吁吁地看了眼谢云流，又看看他身后，道：“重茂呢？”

“啊？”谢云流一怔。

“重茂呢？！”李华婉尖声叫道，“你丢下重茂，跑来干什么？！”

谢云流脑中一阵混乱，转头望去。整条神道东厢都是一片大乱，狼烟四起，车辆东倒西歪，一时也瞧不清楚。

耳边传来李华婉的尖叫：“小心！”谢云流头也不回，听得风声扑来，他陡然向上升起，一脚正踏在一名偷袭的黄衣人胸口，那人闷哼一声，顿时软倒，谢云流却借着这一脚之力向上陡然又升了一丈有余，放眼一望，又扑通一声落下来。

一名黄衣人转身便跑，刚刚跃起，谢云流脚下绝无落空，众人眼睁睁地看着一枚铜扣飞去，将那家伙打得口喷鲜血，滚倒在地。

他手中无剑，下场以来总共就四脚，便放翻了七名黄衣人，众黄衣人都有些惶惧，谢云路根本看都不看他们一眼，对李华婉道：“没瞧见！銮驾上没有人！”

“昭容和重茂被劫了！？”

“呃……”谢云流尴尬地看一眼李华婉，道，“你……令兄在那里……”

“我哥哥只会弯弓射箭，哪里能和这些人相提并论？！”

谢云流看了眼众黄衣人，众黄衣人本来像落入陷阱的困兽般，既不敢跑，也不敢进攻，但见李华婉痛骂谢云流，人人都觉畅心快意，谢云流一眼瞪过来，顿时又一起低头。

“托住我。”

“啊？”

谢云流一愣怔，李华婉已到面前。他来不及反应，本能地双手平托，李华婉已一脚踩在他的手上。

好个谢云流，大喝一声，运气心法，将她高高送起。李华婉向上升了三丈，在空中又一个灵巧的翻身，再向上升——不知她的轻功心法是哪门哪派，轻飘飘的浑似不着力一般，在空中飘了好久，才一个筋斗，倒翻下来，落在谢云流面前，飘飘荡荡的长裙，从谢云流呆头呆脑的脑门上拂过。

“他们往东走了。”

“谁？”

“劫持了上官昭容和重茂的人。”

“什么？！”

谢云流刚喊出声，便觉得手心一热，低头一瞧，李华婉握着他的手，低声道：“扔我。”

谢云流怔了一下，忽然间醒悟过来，转身拉着李华婉便向着街边跑去，他深提口气，纵身跃起，手中紧拽着李华婉，在自己升到极限之时，用尽全力将她扔了出去。

李华婉轻盈的身子在空中缩成一团，滴溜溜地打了几个转，翻过临街高大的酒楼，落到另一边去，看不见了。

谢云流身子下坠，伸手在酒楼屋檐下的吊斗上一抓，身子一荡，从屋檐之下甩了出去，也落到楼上，但听得脚步声响，转眼间去无踪影。

街面上，十余名羽林和七八名黄衣人面面相觑，谁也不敢动弹一下。

咚的一声，那面破鼓终于从那被杀的黄衣人头上滚下，咕噜咕噜顺着街面滚动起来。

只不过一呼一吸之间，谢云流便被抛下了大约五十丈的距离。

李华婉则如一道白练般向东而去。谢云流提气疾冲，但还是改不了七个呼吸一顿的节奏，跑上片刻，距离不近反远。

神道东厢东面这一片，乃是永宁、永崇、亲仁、昭国数厢，这是长安城中平民的居所，低矮的平房密密麻麻，蔓延了十四里之长，谢云流远远地便见李华婉所说的数条黄色身影，正在向着东方嵯峨高大的延兴门而去，和刚刚在街面上见到的黄衣人比起来，这几人武功明显高出一大截，纵跃之间，劲力十足，在起起落落的屋脊上如履平地。

李华婉的轻功十分诡异，纵跃到空中之时，全身如陀螺一般地旋转，因为每一次起落都向前猛冲一大截，即便这样，看上去也极其赏心悦目，像一朵百合在空中时收时放——谢云流跟随师父行走江湖十年，像这样的轻功还真是闻所未闻。

他提气冲刺，每七个呼吸总要落下，虽然尽力去回忆昨夜延平郡王所说的吐纳之法，但当时他是被延平郡王逼到了生死边缘，骤得指点，几乎来不及想，身体已自然而然照之施行，现在他气喘吁吁，反而总也找不到那份感觉——想来也是，延平郡王一句话说得轻巧，不知是古人先辈经历何等艰辛才领悟透彻的大道，哪里挂个耳朵就学会了？

几拨人跑得起劲，前面的黄衣人已到了接近延兴门的新昌、升道二厢，李华婉离他们只有三十余丈的距离，忽见黄衣人中一人似乎脚下绊倒，在和其他人一起纵跃过一条小巷时，惨叫着从屋顶摔了下去，其余的黄衣人不管不顾，继续前冲。

只不过是一晃眼间，李华婉就冲到了那条小巷前的屋顶上。她落地时忽地一顿，在屋顶上接连跑了几步，全身一扭，生生刹住。

跟在她身后的谢云流心下奇怪，脚下丝毫不停，眼看就要冲过去。却见李华婉向他伸出手来，叫道："呆子！"

"唉？！"

迎面"嗖嗖"连声，根本瞧不清什么动静，谢云流已然纵身跳到小巷上空，忽然想起那个掉下去的黄衣人——他全身爆出一身冷汗，猛然间大吼一声，向前扑出，不知是什么的两件东西透过他的衣袍，擦着身体过去，他不及细想，人已站在小巷东头的屋檐上。

身后劲风响起，谢云流脚一着地，看似前扑，不料整个人像根木棍般反弹而起，倒仰着从身后偷袭的人头顶掠过，反向他的后背踢去。

那人叫声："好！"身形左转，堪堪避过他这一脚，旋转之中，手掌犹然反斩谢云流小腿，谢云流左脚回踢，右脚前踹，正踢向他的面目，那人双臂回挡，啪的一声，二人各自分开，不分胜负。

二人间不容发之际过了一招，顿时都收起了小觑对方之心。谢云流落在屋檐边上，见对方大约五十岁上下，相貌极其普通，若不是露了这一身惊人技艺，说不定扔在大街上，谢云流根本都不会多看一眼。他向那人先一拱手，道："老丈，得罪了。"

"谢少侠少年英才，果然名不虚传。"那老者抱拳笑道。

谢云流已然习惯了被人一眼瞧破，道："不敢。不知老丈是何门派？老丈武功令谢某佩服，奈何以身许贼，做这伤天害理之事？"

那老者哈哈大笑，道："谢少侠果然还是太年轻。这事儿嘛，违国法但有之，说到伤天害理，恐未尽然。"

"人都被抓走了，说什么废话？！"李华婉从他们二人身旁一掠而过，向东疾奔，话音未落，人已在三十多丈以外。

谢云流待要追她，却又无法无视眼前的高手，只得叹了口气，道："敢问老丈，上官昭容和温王李重茂，是否在贵同门手中。"

那老者坦然地道："正是。我等受人之托，要请昭容和温王去做做客。"

"昭容和温王身份贵重，恐怕受不得惊吓。"

那老者失声笑道："谢少侠，你为人老实，却也太小看旁人。这些皇室中的男男女女，哪一个是弱不禁风之人？一个个脑子比少侠可转得快太多。少侠强行要为皇室中人出头，掺和进这天下第一家族内争，恐怕非少侠所能为。"

谢云流眼见李华婉越跑越远，长吁了口气，道："如此，只好得罪了。"

"少侠请。"那老者坦然拱手道。

面对强敌，谢云流本能地摸了下左肩——可惜了，此番下山，师父生怕他给李重茂添乱，严令他不得携剑。那老者见他脸上忽露窘状，便道："少侠出身名门，原来修行的是正宗的紫霞功。"

"在下修行太虚剑意。"

"哦？"那老者略微吃惊，"为何少侠没有带剑？"

"无须带剑。"

那老者蓦地收起笑容，慢慢回转身子，双掌一前一后，全身渊静龙盘，摆出全力一搏之势。

"少侠，请！"

李华婉已经跑远了，重茂生死不明。谢云流强压着心头一蹿一蹿的怒火，慢慢拉开架势。

"啪啪"两声，谢云流脚下的屋瓦猛然间出现两个大洞，然而谢云流已不在原地。他一瞬间便穿越了二人之间两丈远的距离，即便那老者全力戒备，仍未预料到他能来得如此之速，刹那间只来得及双手回转，护住心腹，背后、右肋同时剧痛，谢云流虽是手掌轻轻接触，却果然是太虚剑意的招式，剑气贯穿身体，那老者忍不住爆退两步，"啪啪"几声，脚下的瓦也是碎成数片，但这却不是谢云流的冲击，纯属那老者身体受痛，反应过激所致。

谢云流一招将那老者逼退，连自己都有些意外。他借势弹出去两丈多远，眼见那老者似乎受创甚深委顿在地，便不为已甚，转身便向延兴门奔去。堪堪过了两三条街，延兴门高大的城楼便在眼前。

此时神道东厢的大乱已经满城传开。街道上马蹄声急，大批羽林、神策军士在长安各条街道上往来奔驰，延兴门等各大城门口也全是军士，满城大索就在眼前，要想就这么出城，大概是不用想了。谢云流脚下不停，向着延兴门旁边的城墙疾冲而去。

厢区与城墙原本隔着百余丈，是防止城市遭到攻击时，从城外飞入的流火烧到城区，但大唐立国百年，灭国无数，天下哪里还有能攻击到长安城下的国家？厢区内房屋乱建，早已无复当年建城时的规矩，最近的屋子离高大灰黑色的城墙近在咫尺。

谢云流毫不费劲便从屋顶接近了城墙，他轻功虽高，但长安城城墙高达十六丈，绝非能一口气纵上。好在长安城墙外覆青石，层层可攀，谢云流攀在墙上，手脚用力，噌噌噌数个纵跃之间，便已上到了墙顶。

因为举国安稳，长安的城墙早已失去了御敌的作用，自然也无守御之人。谢云流翻上墙头，眼角却划过什么影子，转头一瞧，却是刚刚那黄衣老者。

谢云流微惊。他刚才明明两招太虚剑意正中老者，虽未伤及要害，但此后自己一路发足狂奔，绝无凝滞，这老者居然后发同至，在他身旁毫无察觉地攀上了城墙。

他停下脚，向那老者一拱手道："老丈，得罪了。"

"无妨。你我本是对手，少侠不要客气，免得下手时差了那么 两分，可就被老夫占了便宜了。"

谢云流心中一凝，沉下气来，端了个云手，道："既然如此，老丈老来从贼，在下只有不客气了。"

"老夫自以为并非从贼，可是总逃不过世人的口诛。少年人，总有一日你当知道，人在四海漂泊，身不由己的滋味。"

"好！"

“好”字未曾落地，迎面便是三道白光飞来。

那老者脱手三只寸镖，伏身向右疾奔，一步三镖三步九镖，一口气便射出十二支寸镖，“叮叮当当叮叮当当”，城墙上火光乱溅，青色光影乱闪，竟看不清谢云流人在何处。

那老者脸上勃然变色，道：“凭虚御风！”眼前陡然一暗，谢云流高大的身影出现在面前，老者一招“韦陀挂杵”扭腰双臂直出，谢云流身形陡降，这双拳便结结实实砸在空气中，跟着脚下一疼，已被谢云流扫膛踢翻。

老者跌向地面，随手扬起，手心扣着三枚寸镖。他与谢云流近在咫尺，这镖是无论如何都避不开了，谢云流反应奇速，扫膛退过身子一旋，跟着便是半招“剑飞惊天”，纵横的剑法以他的双脚施展开来，无影无形，那老者从未想过有人能以剑法演化出腿法，稍一愣怔，便被一脚踢在胸口，这一脚情势所迫用上了全力，那老者根本无力挣扎，手中寸镖脱手掉落，人向断了线的纸鸢一般向后飞去。

谢云流大叫：“不好！”那老者飘飘悠悠，越过了前面的女墙，直直地坠下了大唐长安城高绝天下的城墙。

谢云流腾身而起，一脚倒踢在女墙上，身子如箭般向下坠去，伸手去抓那老者的脚。老者身在空中，见他逼近，又是三枚寸镖打来，谢云流双臂抱胸拼死一转，堪堪躲过这三镖，然而那老者就这么脱手一镖，已错过扭转身形的机会，重重地撞城墙马面上，又高高弹起，咚的一声落到马面之下三丈深的城基上。

谢云流双臂大开，身体陡然一轻，如一只大鸟般轻飘飘落到城基上。

他心头狂跳，一半是因为刚刚须臾间爆发的那场激战，一半……

他站在原地，离着老者大约六七丈的距离……堂堂天下第一观纯阳宫大弟子，站在被自己击倒的对手身旁，竟然脚下发软，不敢挪步，也不敢看。

那躺在地上的身躯忽然抽动了一下，微弱地道："……少……"

谢云流猛地跳过去，想要扶起老者，可是一看老者躺在自己的血泊之中，吓得双手一下子缩了回来，叫道："老……老丈你……你要不要紧？"

那老者皱眉摇摇头，道："我……我屈身……事贼……嘿嘿……便知……能免去……斩首都市……就是……好死……"

"……"

"少侠……说得不错……可惜……少侠……你武功卓……绝……却性子……柔弱……这样的脾气……哪里……能……行走……江湖……"

"我……我终究还是杀了……你……"

"不，不不……"老者忙道，"是我……自己……摔死……跟你……毫不相干……"

谢云流终于还是跪了下来，想了又想，终于颤抖着扶起那老者血肉模糊的头。那老者看他脸上又是不忍又是害怕的神色，不由得好笑，道："不要……紧……用热水一洗……血就洗得……干干净净……少侠……我的东西……掉了……你帮我……瞧瞧……"

谢云流伸长了脖子，转头去看他掉下来的地方。那老者见他转头，才叹息一声，从容地垂头闭眼。

谢云流看了看，除了在马面上那一片望之令人头皮发麻的殷红血迹外，再无其他，低头道："老丈，没看……啊！"

他猛地向后高高跳起，那老者的尸体无力地倒在地上。谢云流一时间不知所措，像木头一样呆怔着，心头怦怦乱跳，想要转身，但那老者的尸身却像有什么吸引人的魔力一般，让他的目光无法移开。

恍惚之中，他好像听见了乌鸦的叫声。朗朗的晴空，哪里来的乌鸦呢？但那凄惨的嘶叫、爪子在铁枪上尖利刺耳的抓挠声，一刻不停地传进他的耳朵……谢云流拼命睁大眼睛，挣扎着去看天空，好像要在那薄云缭绕的空中，寻找到师父那熟悉的面孔。

身后嚓的一声，谢云流浑身一震，转过身来。

李华婉满头秀发披散，气喘吁吁地站在他身后，道："谢……谢大哥？"

"……"

李华婉诧异地看着他惨白的面孔，又看了看倒毙的尸身，扑上来惊道："谢大哥，你受伤了？！"

谢云流茫然地举起手，看着自己双手沾满的血迹，瞳孔顿时一缩，勉强笑道："不……不要紧……用热水一洗，血就洗得……干干净净……"

李华婉道："是他的血？谢大哥，你……你杀了他？"

谢云流仰起头，悲怆得难以自制，道："是，是我杀了他！"

他少年白净的脸，因为抽搐而变得极其狰狞。忽地一只温润的手摸上他的脸，谢云流心中大震，低下头来，李华婉抚摸他的脸，微微地皱着眉，低声道：“这是你第一次杀人吗？”

“……”

“怕吗？”

“……”

“想看到李重茂像他那样躺着，没有呼吸，只有鲜血吗？”

谢云流猛地扭回头来，拼命压抑着呼吸，瞪着她。

“我知道你们纯阳的规矩，是不可随意杀人。可是这世上，哪有不杀人的侠客？你不杀人，别人就要杀你，杀你全家，”李华婉厉声道，“譬若有人，当着你的面杀你的家人，你愿意吗？”

“我的家人已经在我面前，”谢云流艰难地道，“被杀了。”

李华婉面不改色，尖声道：“我也一样！我的娘便是在我们兄妹五人面前，被宫里来的人活活绞死。那时候，我们小，父王自身难保，谁也救不了娘！所以，你不杀人，就得被杀！杀个把人，有什么关系？如果因为你不肯杀人，自己的亲人兄弟被杀，你对得起自己的良心吗？重茂现在生死未卜，你还在这里感慨——如果重茂死了，这人便是杀死重茂众人中的一员，你还有心在这里哭吗？”

谢云流忍不住吼道：“我没哭！”

“谢云流，”李华婉严厉地道，“你是个大侠，别在这里因为杀了个把人，就吓得哇哇地哭鼻子，你再敢哭，我就狠狠地揍你！”

一直摸在他脸上的温润小手，忽地改摸为抓，一把揪起谢云流的脸颊。谢云流哭笑不得，又不敢出手打开，只好苦笑道：“是……是了！我不哭！重茂，重茂在哪里？”

李华婉一揪他的脸颊，虽然谢云流自己没有反抗，但他纯阳内功的坐忘经已经修到第四层，自然而然生出反应，弹得她手臂酸麻，李华婉只揪了一下，便忍不住丢开手，道：“哼！好厉害吗？捏你的脸也这么大的劲！”

谢云流讪讪地摸着脸颊，道：“……重……重茂在哪儿？”

李华婉白了他一眼，道：“我不知道！我追出来的时候，还看见他们往城东头而去，后来追了半天，没瞧见你追上来。我以为你遭了贼子的暗算，忍不住又回来瞧瞧……”

“别说了，”谢云流忙道，“我们走！”

第四章

二人纵下长安城的城基，是在未时初刻。

日当正午，可是长安城中已不复往日的平静。远远的大门开处，羽林、神策千骑身背代表在神京长安执行圣旨的长羽短旗，不断头地奔驰往来。城中擂鼓动地，就在他们离开高大的城墙不久之后，城墙上便出现了守卫者的身影。

权倾数十年的贵妃、皇次子，在长安城众目睽睽之下被掳，换作则天天后时代，只怕已有数十官吏将校为此掉脑袋了。当然，在天后时代，天下政局稳固，岂可能有此种荒谬之事？也只有在当今天子的治下，发生这样的事，反倒令人觉得不足为奇了。

二人都不欲与大队千骑碰面，离开城墙后便远远地避开大路，跑进了田野中。

还有数日便到收获之季，田野一片金黄，连绵到看不见的远方，二人顶着烈日，在田野中望东而行，跑得浑身大汗。李华婉似乎又换了一种轻功，一蹬一蹬的，大半时间都飘在空中，有时候掠过田野的风大了，李华婉便顺势转圈，双臂张开，长长的衣袍展开，像飘飘荡荡的纸鸢一般被风送出去老远。谢云流全神贯注，施展开凭虚御空，一直紧跟在她的身后。

“托住我！”纵跃在空中的李华婉忽然叫道。谢云流不假思索地向前急冲，李华婉落下来，正落在他的肩头。谢云流身体微纵，将一股强劲力道送到李华婉的足上，李华婉向上急升，一下子升到了五六丈的空中。

谢云流凝步不前，狂冲之势骤然停顿，啪的一声，周围三丈内金黄的稻谷同时深深地弯下了腰。

李华婉落下来，纤足踩在他肩头，叫道：“瞧见了！他们也穿过了这里，向那边去了！”

“走！”

二人继续前冲，每纵跃五六次，李华婉便跳到谢云流的肩上，眺望远方。二人暗自默契，几乎不用交语，便知对方心意，越跑越快，很快便穿过了田野，进入一片葱郁的树林之中。

这片松林是长安城边的田野中常见的短松，通常是在田野中稍稍起伏的缓坡中，只是这片缓坡比较大，一眼望去，密密麻麻的松树望不到头。松林的地面，通常都很坚硬，二人一进来，便发现那坚硬地面上的蛛丝马迹。

血迹，和人马踩踏、乱七八糟的松针。

二人心中沉甸甸的，却都不言语，一路寻着痕迹往前，走了半日，李华婉忽然一拉谢云流，二人同时闪身，隐入一片密集的短松背后。

前面视线开阔，松针间隐隐露出一片黄瓦和一段短短的黑基白墙，传来钟鸣之声。

“道观？”

“是鸡鸣寺。”李华婉更正道。

谢云流讶然。连他这个外地人都听说过京城东郊鸡鸣寺，乃是前隋长安八寺之一，据说前身曾是佛学大师鸠摩罗什的居所，在北朝时期一度是长安最繁华的寺庙，其后衰落，隋末时，成了反乱朝廷的武林人士聚集之场所，大唐立国之后，禁私相殴斗，鸡鸣寺便渐渐地消失在人们的记忆中。

眼前的这片黄瓦、白墙上，爬满了爬山虎，黄瓦的一部分已经坍塌，白墙墙面上也满是裂痕，已变得灰败不堪。

二人从树两边探出头去，只看了一眼，便回过头来对视，眼中都深有忧色。鸡鸣寺的周围，林中，到处都可见到黄衣人的身影。这周围重重布防，不用问也知重茂和上官昭容定在寺中。

二人远远地围着鸡鸣寺转圈。李华婉甚为敏锐，总能一眼瞧出林中布防之人，二人的武功都远在这些喽啰之上，只要抢先发现对方，便绝不会被对方发现。但越往里走，布防的人数和布防者的武功便直线上升，二人不敢轻举妄动，围着鸡鸣寺走了大半圈，也未发现明显的漏洞，可以让二人不被发现地渗透到寺中。

忽听水声淙淙，两人转过一道陡峭的山石，便见一条黑幽幽的溪水，淌过松林，再往前看，便见这溪水源头正是从半塌的白墙之下流出的。

谢云流半跪在石上，警惕地注视着林中的细微动静，却听下面传来“哗哗”的水声。低头一瞧，李华婉坐在溪边，抄起微冷的溪水洗了洗脸。谢云流以为她洗过了脸便要起来，她却呆呆地坐在溪旁。

正午的阳光肆无忌惮地穿透松林林冠，投射到溪水上，溪边明晃晃的满是水波荡漾的光影，李华婉身上、脸上，亮晶晶的光芒闪烁，谢云流不由得虚了眼，却舍不得移开目光。

却见李华婉拍拍手，站起身来，道：“谢大哥。”

“嗯？嗯？”谢云流忙转开眼睛，听她一字一顿地道：“我想好了。”

“嗯？”

“你会水吗？”

谢云流为难地摇摇头。

“那咱们俩分开。我潜水进去，你在外面等着，”李华婉道，“我去瞧瞧动静，咱们再做计较。”

“不行！”谢云流道，“如果里面的人都有那人的武功，你一人进去，凶多吉少！”

“若是如此，那里面必起大的动静，这周遭的人便会被吸引过去，”李华婉道，“你便有了机会。”

“那你怎么办？！”

“你会来救我，是吧？”

谢云流哽住，一时竟不知如何回答。李华婉拔出一把短剑，轻轻割去长袖，又将长裙下半截干净利落地撕下，全身结束得紧紧扎扎，向他嫣然一笑。

谢云流一声“别！”还未出口，她便向后倒去，谢云流伸手疾抓，哪里抓得到？她在空中灵巧地一转身，“扑哧”一声，游鱼般地扎入深深的溪水中。

李华婉水性了得，水面上只一线波纹，迅捷地向着数十丈外的断墙而去，若不是谢云流事先知道，断断不会有人在溪水反射日光的情况下看见。

谢云流生怕有人误打误撞碰上了，不敢多看，转身离开大石，绕着圈子向东走了一箭之地，随手捡起一颗松果，用手指屈射而出，啪的一声，甚是响亮。

几名黄衣人立刻无声无息地出现在周围，四下晃动。谢云流岂能被这些家伙发现？猫着腰又走数十丈远，依样画葫芦又来一次。

他绕了大半圈，估摸着李华婉已经潜了进去，心头怦怦乱跳。那溪水在院子里是个什么出口？院子里的黄衣人又是作何布置？正是正午时分，毒日头底下哪里藏得住人？心头乱得慌。但里面一直安安静静，周围搜寻的黄衣人也无人惊跑，又似乎一切顺利……

忽听得一阵马蹄声响——在寂静得可怕的林中，这蹄声简直如奔雷一般。谢云流本能地往树上一隐，便见四面八方的黄衣人同时向一个地方奔去，他悄悄跟在后面，走了几步，索性从树上下来，紧跟在最后一名黄衣人身后。

那黄衣人奔了几步，听到身后脚步声，奇怪地回头一瞧，谢云流一掌便将他打倒在地，又跟上最后一名黄衣人。那人奔了几步，也觉奇怪，回头一瞧，便即人事不省。

这两个家伙之脆弱，远超他想象，人被一击便倒，他便伸脚将他们一一勾住，再慢慢放下，众黄衣之间隔得老远，竟无一人回头瞧瞧。

谢云流突发奇想，忙将其中一个个头高的拖到一道矮坎下，封了他的数处穴道，又一拳砸在他头顶，让他三五个时辰醒不过来。扒下他的外衣，披在自己身上，倒也蛮合体。

那人腰上还挂着一把长剑。谢云流一碰到那剑，像被火烫了一般缩回手，临行时师父的话尤在耳边："此番下山，护卫重茂事小，不为重茂惹祸事大。重茂身处嫌疑，皇家无亲，一旦惹祸，重茂必死。慎之，戒之！"

"慎之……戒之……"

他稍一犹豫，还是抓起了剑，系在腰间，匆匆地将那黄衣人蒙面巾蒙在脸上，赶上众人。众多黄衣人已停在一条林间小路两旁，眼见松林中数骑狂奔而至，众黄衣人不言不语，挺身而立。

谢云流退后两步，心中发冷——来人浑身金甲辉煌，手持长戟，竟是一名羽林军大将！

眼见那大将带着数名羽林军士，毫不迟疑地穿过一众黄衣人直入寺中，谢云流不再犹豫，后退数步，转过院墙的转角，忽地提气上纵，一手在高高的院墙上一搭，翻过了院墙。

这里面是寺中前廊尽头的一处封闭的墙角，这么闭塞之处，居然还有一名黄衣人站在这里面。那人见谢云流飞身落下，略微恍惚，道："你——"一个你字出来，谢云流已从他身旁一闪而过，手掌斩颈，那人倏地就倒了。

谢云流冲到封闭角落的口子，向外看看。这寺庙虽破旧，昔日恢宏气势犹在，前院便有将近十亩，是所谓前堂。这座百年老寺还留着强烈的六朝古风，院落庞大，围绕着中间巨大的大殿——这大殿比之后代的所谓大殿，大了起码两倍有余，是古代皇宫四面坡顶大殿的复制，整个大殿虽不算高，却足足占地八九亩之大，四面坡顶从上方压下，占据大殿高度的三分之二，将大半个殿堂——近乎所有的支柱、门、窗——都深深地隐藏在巨大的屋顶之下。朴素的屋顶，碎石铺就的前院，几乎没有什么装饰，却透露着佛家禅寺深刻的“无我两执”的禅意。

此刻，大约二十多名黄衣人聚集在前院，列为两队。那将领昂然而入，几名千骑一进院子便翻身落马，冲到他马前为他挽住缰绳，那将领冷冷地打量四周，这才慢慢地从马上下来。

黄衣人列队两旁，冷冷地看着这些神策将校，既不说话，也无动静。羽林千骑们倒一个个颇为紧张，将那将领围得死死的。

谢云流见那将领扫视院落，目光精气四射，当是深有武功之人，不敢多看，缩了回来。先将那黄衣人一脚踢进角落中倾倒的树枝下，然后顺着小巷往前走，这小巷原是列在前院两边长廊中的一条，是用来给礼佛者遮蔽风雨的，年深日久，大半坍塌，被爬山虎等植物遮蔽得像一堵墙。

小巷的尽头，大殿恢宏的屋顶已经延伸到头顶。屋顶上既宽且大，自然是布满了看守，不过这可难不倒谢云流。他走到屋檐之下，仰头望去，宽大的梁、桁、斗密密麻麻，相互穿插、铆接，像一张巨大的网，层层叠叠地将厚重的屋顶撑起。

谢云流轻身纵起，直接越过第一层，单手攀上第二层桁梁，果然听见下面有动静，有人悄无声息地从昏暗中出来，搜向这边。只是谢云流梯云纵跳得又快又高，超出那人的预料，那人看了半天，始终不曾抬头看一眼，转了几圈又回到黑暗中。

谢云流暗吸一口气，攀住第二层猛地向上一蹿，如幽影般又直接越过第三层，攀上了第四层桁梁。果然第三层亦有人，谢云流轻得像道烟，那人竟无察觉。

第四层已到了四面坡顶的顶端，再上面的第五层桁梁，已经无法站人了，这一层便无人看管。谢云流轻轻地走在梁上，看得清楚，下面的大殿，被三道墙分隔成了前后厅、左右廊四块，整个殿中都弥漫着一股浓重的灰尘味儿，当是数十年破败不曾有烟火的缘故。

前厅中供着石刻金装弥勒，那金装是早就被扒了个一干二净，露出灰青色的石头本色。后厅门窗紧闭，黑咕隆咚的啥也瞧不分明，前厅则殿门大开，阳光射入殿中，在那光滑如玉的金砖上反射光芒，照得整个厅都明晃晃的。

有人在前厅中说话，声气儿不小，整个殿上屋桁都听得清清楚楚。谢云流多听得几句，不由得变了脸色。

“……地支、府要两支，一共是十六人，”一个声音不徐不疾地道，“我等一共出动了三十六人，现在只回来二十一人，这笔买卖，可亏得很哪。”

“那是你们算计不周，”另一个粗豪的声音道，“城中防卫，可是已经一减再减，天策军也好不容易被借前日的事赶回营中。

谁晓得你们这么不经事？”

“独孤大人，这本账可不是这么算的，”光是听前一人的声音，都能让人眼前浮现出一幅牢不可破的笑吟吟的模样，“代国公主李华婉，不当出现在杂戏之中。队伍之中，还混了不少好手，那个纯阳来的小子谢云流，可当真是个扎手的硬点子。”

谢云流轻手轻脚走到桁梁中间大厅的正中，往下望去——石佛像前，两个人正在争执，其中一人明光铠反射阳光，耀眼不可逼视，正是刚刚从外来的那员神策大将，另一人身穿朴素的黑袍，圆圆的脸，团团的肚子，却不正是长安城外、枫华谷中、小溪桥畔，那位开店的老黄？！

谢云流惊讶得无以复加，扶着梁拄的手心渗出了汗。却听那独孤将军道：“废话！世上岂有一厢情愿之事？皇室中人出巡，是由右神厢军负责关防，那些宦臣中自有高手，你们又不是不知道。则天天后仪凤二年，你们谋刺相王，不也被打得落花流水？至于那谢云流……哼……不知道哪里跑出来的愣头青，这我们可真没料到。”

老黄并不着恼，依旧慢吞吞地道：“大将军说得是。生意上本来就是有赔有赚，天公地道。这笔生意，我们亏了不少，但是想来，所赚的，嘿嘿，太子爷必不会令我等失望。”

独孤将军冷哼一声，手一伸，一名侍立在旁的千骑上前一躬，双手捧上一只扁扁的檀木匣子。老黄笑吟吟地接过匣子，却不打开，只看着独孤将军。

“范阳道军额千二百，平卢道军额千六百，”独孤将军拖长了声音道，“怎么样？上军州两千八百的军额，太子够意思了吧？”

老黄吞声一笑，转身将檀木匣子递给一名黄衣人，拱手道：“世人都贪金银宝货，我等独爱那刀光剑影，这两千多的军额，确是承太子的情了。既如此，咱们银货两讫，大人军伍繁忙，就不远送了。”

“等等，”独孤将军道，“你……想这么就走了？”

“不是我走，”老黄笑道，挥挥手让身边那黄衣人退下，晃眼一瞧，正是那比狗辈分还低的小黄，“是大人要走了。”

“我不能走，”独孤将军摇头道，“你也不能走，太子殿下的事，还没有完。”

“不是已经银货两讫了吗？”

“怎么？”独孤将军冷笑道，“挣钱，还有嫌多的？”

“生意做得再好，也就七成利，”老黄笑道，“再多一分也不成，那成了与老天爷争利，这钱咱们不挣。”

“事到如今，你想抽手，只怕晚了！”

谢云流在梁上，越听越是心惊，扶住桁的双手都紧张得嵌入木中。事情竟然牵涉太子！？太子下令，劫掠上官昭容、李重茂！？事情的真伪、曲折且不去说它，但这是真真正正事涉皇室秘辛！想起下山之前师父严令，绝不许牵涉进皇室内斗，前面无意间救了李华婉，倒是事出无奈，师父必不深究，但眼前所听所见的一切……

他骤然惊觉，绝不能再待下去。但是重茂被掳至此，又是毫无疑问的，生死未卜，又怎么离去？

谢云流咬牙切齿，心中纠结，一时竟忘了听下面的动静，忙又凝神去听——下面的动静没有听到，却听身后极轻微极轻微的一点动静。

谢云流不假思索，一招“老猿探桃”，向后击去。这不是纯阳的武功，却是他奉师命下山游历时，从万花的朋友那里见来的招式。这一招去势极缓，昏暗之中无声无息，极是杀招。

暗中一只又滑又冷的手接上来，两掌相交，那手轻转，将谢云流的暗劲尽数化开。谢云流不由得暗自惊讶，左手化开，右手化为掌，直插那人胸口。梁上狭窄，根本无处可躲，那人身子不可思议地一扭，谢云流手掌划过他胸前，他身上又湿又滑，堪堪让过，左掌横击谢云流脖颈，不让他有横臂将他击下的机会。

梁上昏暗一片，什么都瞧不分明，两人听风辨形，连交数招。谢云流自打倒那黄衣老者后，再不动用一招纯阳功夫，好在他这二年代表纯阳在江湖上行走，见识也算广博，别人演的招式，他只看过一遍便永不会忘，这时候临时用来，全是随心所欲，一招万花、两式少林，再夹杂着几招杂门小派的武功，倒是应付得像模像样。

各门各派的武功，都是由内驱外，外在的招数都是假的，真正重要的是内息、气脉和肌肉的流转扭动，光看到外头展现出来的招式就学会了该门派的武功，说出去谁也不信。纯阳武功重内虚外，内功的修炼扎扎实实，谢云流以纯阳内力催动外门武功，乍看之下似是而非，但浑厚的内力却可借助外招发挥出乎意料的威力。

那人的功夫却极是刁钻，似乎不同于世上任何一门。一般而言，江湖上人与人过招，心中容易有定势——比如第一招接的是万花招式，这人难免会用应对的招式和套路，来应付下面的招式，谢云流换招奇快，一般的人跟不上他的速度，很容易就被打倒了，再说，普通的黄衣人在他手下过不了一招，但这人却一直用他那套奇怪的武功，见招拆招，丝毫不落下风。

两人在梁上越打越快，除了脚下梁不到七寸宽，周围还满是支棱着的桁架，给人留下动手的空间，还没有一辆马车的车厢宽敞。不知为何，两人都默契地尽量避开桁梁，竭尽全力地不发一声。堪堪过到第十招，那人的招数越来越偏向小擒拿手，施展的范围越来越小，靠谢云流也越来越近。他身上湿漉漉的，手臂又滑，谢云流跟他正面展开小擒拿手，滑溜溜的竟是接连失手，谢云流退无可退，双手自然地一划太极，一招纯阳心诀“天地无极”，硬生生将那人的震开一步。

那人低声惊呼一声：“谢大哥？！”谢云流本已上前一步，待要追击，闻言不禁大震，硬生生刹住了脚步。

大梁被震得吱的一声响。下面第三层的黄衣人立刻抬起头来。那人反应急速，手一扬，一道黑影向那黄衣人射去。

论到机智善应、待人接物、政争权变，谢云流与平生所见之人都差得甚远，连李重茂都比他有头脑得多，跟什么李华婉、李隆基等等比起来更是天差地远。但论到武学上的机变，却是人所罕及。那人一扬手，谢云流便知他要做什么，手掌在离头顶不到三寸的梁上一击，踊身便向下扑，瞬息间便到了那黄衣人身旁。那黄衣人大惊，转身向他，那人射出的东西才击到黄衣人头顶，噗地一下，黄衣人白眼一翻，软软倒下。谢云流随手扶住他的身子，还伸手将那个击中脑门弹起来的东西抄在手里，然后将那人身体轻轻放倒，一纵身又上了四层梁。

所有这一切都在一呼一吸之间，无声无息地完成，楼上楼下这许多高手，却无一人听见。

四层梁上狭窄，自不必多说。谢云流一站上来，已与那人站得近在咫尺。那人上前一步，整个身子都贴在了谢云流身上，两人挤在一起，实在没多余的空位，谢云流自然而然地将手圈在那人身后，放在她软软的腰上。

下层躺着的黄衣人，发出一声极轻微的呻吟，除此之外，整个世界仿佛突然间变得异常安静，安静得都能听见两个人"砰砰砰，砰砰砰"的心跳声。

"谢大哥，还好是你。"李华婉任他扶住纤腰，低声道。

谢云流一颗心脏几乎要蹦出胸腔，却不开口，将手摊开，原来李华婉情急之下射向那人的物事，却是一枚圆溜溜的珠子，正是她一直戴在手上那串链子上坠着的稀世海珠。李华婉伸手接过，自然地退了一步，两人顿时尴尬得满脸通红。

屋顶之下，一时间静得针落可闻。只听下面老黄和独孤将军的对话，清清楚楚地传上来：

"天下苦武氏之祸已久！"这是独孤将军的声音，"则天祸乱高宗，夺我大唐国祚，三十年间，李氏皇族飘零江海，忠臣孝子，家破人亡！乱天下者武氏！如今虽称大唐复辟，可是庙堂之上，却仍是武氏天下！武三思祸乱朝纲、淫乱宫闱……大唐天下，不日必将大乱。"

"则天天后世代，天下不曾乱，"老黄仍是那不紧不慢的声音道，"倒是太平了几年……说句打嘴的话，如今天子要是再坐二十年龙庭，那天下才真要大乱——您不要急，我们这是随口说说吗。”

独孤将军粗重地喘息了几声，才道：“你既这么说了，那我也不妨敞开天窗说亮话。如今国势艰难，武氏和韦后苟且勾结，天子又暗弱至此……天下安危，在于太子！必须要辅佐太子，除掉武氏，天下才能转危为安！”

“老朽还是那句话，皇室危，则真是危险，要说天下危，将军倒也小瞧了天下英雄，祸乱天下的，到底是老而昏聩的武三思，还是另有其人，老朽也不是不知道，”老黄淡淡地道，“我等与太子签下契约，该做的已经做了，要杀权倾天下的武氏，嘿嘿……那要看太子开什么价。”

大殿中，人人都能听见独孤将军粗重隐忍的喘息之声，几名羽林千骑心领神会，同时拔刀喝道：“好大的胆子！”殿中的几名黄衣人动也不动，但瞧那架势，大约并不太将这几名羽林千骑放在眼里。

谢云流正自侧耳倾听，身边忽然一个软软的身子靠过来，李华婉在他耳边轻声道：“待会儿……”

“嗯？”

“不要救我。”

谢云流迷惑不解地转过头去，却见昏暗中李华婉展颜一笑，向他挤挤眼睛，然后一转身双手抱在胸前，直直地向大殿中落去。

谢云流被她黑暗中优美得无以复加的风姿所惑，待得她直直的落下了三层桁梁才骤然惊觉，伸手去抓，却哪里抓得到？李华婉落在半空，双手打开，呼呼生风，大殿中诸人都已察觉，便听那独孤将军厉声喝道："谁？！"

李华婉轻轻巧巧地落在大殿正中，原地转了几圈，将下坠的势头卸去，笑道："独孤伯伯，你不认识我了？"

独孤将军一怔，忙抱拳道："原来是代国公主殿下。独孤祎之失礼了！"

"哪里，这不算什么失礼，"李华婉笑吟吟地道，"独孤伯伯今日大开杀戒，鱼龙杂戏一百多年，连大业末年天下纷乱，都没有终止过，被你一举袭扰，全城混乱，实在是神来之笔，咱们长安城经此一闹，大概要子子孙孙传唱下去了，嗯，是了，上官昭容夸街巡游，独孤骠骑白刃劫道儿——这曲目儿可好？"

独孤祎之脸涨得通红，哽了一下，直起了腰，道："公主谬赞了，独孤祎之倒觉得没什么不好。为了大唐，为了李氏天下，独孤祎之就算被千夫所指，也笑纳了。"

"独孤伯伯忠贞凛然，好比比干、伍子胥了？"

"不敢，但得如本朝英国公那般，独孤祎之亦万死不辞。"

李华婉陡然拉起了脸，冷冷地道："徐敬业打着恢复大唐的招牌，却做着割据称王的丑事，算盘打得响亮，却死有余辜，还丢尽了老英国公的脸。独孤将军打着李氏天下的招牌，心里头想的什么，只怕也没那么正大光明吧？"

独孤祎之并不讳言，拱手道："公主殿下既然这么说，独孤祎之也不敢反驳。总之上无愧于天，中无愧于大唐列祖，下无愧于万民，就是死留臭名，独孤祎之也甘之如饴。"

"一张利嘴，倒是会说，难怪太子爱重你，"李华婉冷笑道，

“可是今日袭击鱼龙杂戏，劫掠昭容、温王，你这套玩意儿，还是去跟天子说吧！”

独孤祎之绝无脾气，每说句话都要先拱手行礼，道：“待得此间事了，独孤祎之自然会在承天门外自尽以谢天子、昭容，不劳公主费心。”说着一挥手，道，“请公主殿下也去休息，不可怠慢。”

“慢！”李华婉道，“独孤祎之，我问你，为何要对重茂下手？他可是太子的亲弟弟！”

“独孤祎之绝无相害温王之意，只可惜温王殿下当时正好与昭容在一辆车上，这帮家伙，”独孤祎之朝老黄一努嘴道，“就把殿下和昭容一起请来了。”

“殿下年纪虽小，却大义凛然，见人劫持昭容便挺身而出，令人佩服，”老黄谦卑地弯了腰，“咱们的人不敢乱动，怕伤了温王殿下，所以便一起带过来了。老黄是忠义之人，并不敢乱来。”

李华婉瞧也不瞧他一眼，盯着独孤祎之道：“重茂是天子之子，我是相王之女。相王也是做过天子的！你劫持天子子女，还口口声声说为了李氏江山，说什么昏话！”

“并不是昏话，”独孤祎之道，“独孤祎之并非造乱之辈，今日如此，只为上官昭容。”

“却是为何？”

“如今，韦后和武三思勾结，整日想的便是学那则天模样，待陛下千秋万代之后，再出一个女皇，再夺一次大唐江山。独孤祎之受先高宗皇帝、太子之命，立志铲除此天下二恶，所以不得不请上官昭容出宫一趟。”

“哦？你要杀了上官昭容？”李华婉的声音变得低沉起来，“这么多年来，宗室飘零，全靠上官昭容在则天天后面前周旋，当今天子和相王才得以幸存。韦后当权以来，又全靠了昭容，相王才保存性命……杀了上官昭容，这就是你说的对天子、对相王、对李氏皇族的忠贞？”

“公主殿下明鉴，”独孤祎之道，“祎之二十年前为则天天后提拔栽培，昭容就是宣诏之人，祎之胆子再大，也不敢对昭容无礼。祎之请昭容做客，只是不愿亲眼见到自己尊重之人卷入祸事，岂是要为难于她？不过是要请昭容在舍下住上一段时间而已。”

“住？住多久？”

独孤祎之沉吟片刻，道：“这个，独孤祎之不能说。只请殿下放心，天子、相王都是独孤祎之的真命主子，独孤祎之绝不相欺！韦后虽然擅权，却是又蠢又笨……昭容聪明决断，宫中之事，决于昭容。太子殿下有朝一日，总要问罪宫中，昭容留在宫中，对谁都不是好事。”

李华婉点点头，道：“好……好得很。你们撺掇着做大事，却把相王的安危置之脑后。好得很，这才是忠良的臣子哪！”

独孤祎之低头道：“不敢，不敢。公主殿下既然已经来了，说不得，独孤祎之也只有得罪了。还请殿下和昭容、温王一起，在舍下同住几日，待此事一了，独孤祎之自然拿自己的头颅来谢罪。”

两名羽林千骑同时上前一步，将李华婉夹在中间。李华婉倒也不挣扎，只冷哼一声，转头看看周围，又似有似无地抬头看看，转身便走。

独孤祎之不敢失礼，躬身道："独孤祎之恭送殿下。"

老黄在旁边看了多时，倒也不着急，待李华婉下去，这才微微一笑，道："将军，咱们合作多时，恩情犹在。太子殿下若是出得起价钱，枫华谷，姚家老铺，咱们随时恭候大驾。时日已不早，现在神策军大概已经全城大索，咱们在这里也待不长久，索性散了罢。告辞。"说着一拱手，转身出殿。小黄跟在身后，只听院子里"汪"的一声，果然大黄也来了。

大殿上上下下，响起窸窸窣窣的声音，十余名黄衣人从隐身之处出来，一言不发地出殿。他们也不跟着老黄，而是一个个分头散去，转眼之间，鸡鸣寺中黄衣人走得干干净净，只留下了一干羽林千骑。

独孤祎之站在殿中，沉吟良久，终于长叹一声，默然出殿。殿外的千骑牵马等待，众人随着他一起上马，蹄声隆隆，出寺向西而去。

谢云流待众人都去了，这才从梁上跳下。太阳已经西斜，微黄的日光直射入大殿，照在时刻弥勒身上，石头缝里那些还未被抠干净的金箔碎屑闪闪发光，映照得整个大殿都亮了起来。

谢云流站在光影之中，茫然四顾。

华婉去哪里了？重茂呢？羽林军士骑马而去，并没有带走那三人，那他们被关在哪里？他是一个善于见招拆招的人，论到直面硬钢，绝不输人，可是需要费尽心思去想的事，谢云流却还总是茫然以对。

李华婉临走时的那一眼，总算将事情说得清楚。她故意投身独孤祎之，便是要他将自己和上官昭容、李重茂一起关起来，就中便可动手救人。她临走时说的那句“不要救我”便是此意。

可是被羽林军带走，又是去了哪里？李华婉武功卓绝不假，究竟双拳难敌四手，大唐的数支精锐中，羽林军的实力其实是在各军之上，李华婉独自一人，又该如何应对？

他呆呆地看着石佛，忽然间恍然过来。他内功深湛，耳力奇好，当时李华婉被带下去，四周绝无车马之声。独孤祎之走时，一共有九匹马……他闭上眼，回忆适才在院中见到独孤祎之的情形……来的便是十九人，十九匹马！

李华婉、重茂和上官昭容，一定就关在这附近，说不定就在寺庙之中！

谢云流想通此节，顿时大喜，转念又想，李华婉定是早就洞悉此事，才毅然自投罗网。他叹了口气。这些人的脑子，一个比一个转得快，师父说得没错，以自己的脑子辗转于皇室机械阴谋之间，实在是凶多吉少。且等救出重茂、李华婉，便早早地回山去吧……

他打定了主意，便在院中搜寻。鸡鸣寺百年大寺，倒还真不小。大殿周围满是倒塌的配殿，转到大殿后，沿着一条满是凄凉短松的小路走上十余丈，眼前是一道两丈多高的白墙，亦是爬满藤蔓，毁败不堪。

白墙上一道月牙门紧闭着，但门上没有藤蔓，近期肯定开启过。谢云流走到门前，正在考虑是翻墙而过还是破门而入，却听门内嗡的一声，接着是什么东西沉重倒地声。

谢云流陡然变了脸色。那嗡的一声听在耳中，毫无疑问是剑声——老实说，他从未听过如此迅捷的剑声。自己的剑虽然快，但若是入人之肉，那便绝对无法发出这样的声音——这一声比自己空斩还要快。是谁？！

他浑身热血直冲心头，忍不住上前一脚，咣当一声，月牙门应声而倒。

里面的院子里铺满白色砾石，现在是一片白，一片绿，一片红。绿色的藤蔓爬满大半个院子，只留下正面十余丈方圆的一片白色砾石，而此刻白色砾石正中，一大片殷红得刺眼的血迹，正在慢慢扩散开来。

一名羽林军士跪在血迹正中，仰面朝天，双手死死地捂住脖颈。可是即便如此，他的血也正从指缝间扑哧扑哧地喷射出来，直射到一丈之外。那羽林军士脸色已经白得可怕，喉头咕咕作响，嘴角喷着带血色的泡沫。适才那嗡的一剑，深深地斩断了他的气管和颈部血管，现在鲜血正在疯狂地向外喷射，向内倒灌进他的肺部……

那扇倒地的门还未完全停止抖动，羽林军士便已停止了呼吸，双眼上翻，全身僵直，双手松开，血噗的一声喷出去老远，然后慢慢低落，直到无血可喷。

谢云流深深呼吸，让自己狂跳的心慢慢沉静下来。鼻中、胸腔中充满了可怕的血腥味，倒让他愈发的镇定。他缓步跨入院子，在血迹前停了下来。

“人和人的脖颈、骨骼，是不大一样的，每个人都有区别。男人，女人，老人，小孩，中原人，西域人……”那个站在院子中间，高个头的男子笑道，“要一剑斩下去，正好在骨骼中间、能切断气管、血管，却又不让脑袋掉下来，还要让人尽快地气绝，不要带来太多痛苦。死时过于痛苦，灵魂必坠六道轮回。唉！这门武功，我还得好好练练。”

这人长得有些奇怪。高鼻深眉，狭长脸庞，看着不似纯种的汉人，却也不是纯种的西域人，这副模样反而显得英武不凡，更奇怪的是他留着一头绒绒的黑色短发。彼时无论汉人、胡人、夷人，皆是长发盘结，只有犯十恶之刑或者流放边远之地的流徒，才会被剃光头发，留下这么寸许长的绒发。

这人身穿一件曳地的黑色长袍，袍子上全是灰尘，也不知多久没有洗过，外面缠着一圈一圈的细牛皮带，显得身材甚为修长，竟然比谢云流还要高出一头。谢云流看着他随意拎在手中的长剑，只有剑尖上有一抹血迹，足见自己没有听错——这人是用极高速的一斩，用剑尖划开那羽林军的喉咙，因此速度上并未衰减，才发出来那令人震慑的嗡的一声。

院子的角落中还横七竖八地躺着几名羽林军士，看服装都是阶级不低的将校，正如此人所言，每个人都是双手捂住喉咙，凄惨无比地死去。谢云流喉头一哽，忍不住咽了口口水。

那人咳嗽一声，抖抖手中长剑，道：“你是谁？报上名来。”

谢云流一怔。他已经习惯了人人一见他面，便连名带姓认出他来。他深吸一口气，已是完全镇定下来，道：“你是谁？报上名来。”

“知道他们为什么躺在这里吗？”那人道，“因为他们都像你一样，愚蠢地把我的话重复一遍。”

“原来如此。”

那人又瞧了他一眼，忽然皱眉道：“你不是羽林军，你……你也不是老黄的人。”

谢云流伸手将身上黄衣扯下，道：“不是。老黄是什么人，你认识？”

“我不认识，我只听说他是一个无所不卖的人，刚刚这周围都是他的手下，好生令人不耐。”

“那也没见你斩杀几个他的手下啊？”

“没付钱！”那人笑道，“我最近穷得很，又懒。杀人这么费力气的事，当然得付钱才行。嗯，既然你不是羽林军，那我干吗要费力气杀你？你走吧，别在这里碍事。”

“你来这里，就是来杀羽林军的？”

“废话！”那人说话节奏十分快，但仍能听出生硬的口音中带着铿锵之音，似是西域胡人，“羽林军值几个钱？我来——有人花大钱请我来，杀皇帝的女人。”

“好，”谢云流道，“果然是大买卖。”

那人斜着眼，默默看着谢云流缓缓地抽出长剑，便道：“小子，你剑法不错，内力也有些名堂。但是你打不过我，还是别费力气了。”

“抱歉，”谢云流道，“你杀羽林军我不管，但皇帝的女人，和皇帝的儿子在一起，我可就不能不管。”

那人紧咬牙关，脸上肌肉一抽一抽的，好似很不习惯眼前的状况，道：“看你拔剑的方式，生怕把剑鞘割疼了似的——小子，你杀过人吗？”

谢云流脸上跟着抽动几下，道：“……杀过。”

“不像。”

“信不信由你。”

“即便你杀过，”那人道，“也绝对没杀过几个人。”

“我也不想再杀了。不过，看着这满地的血……”谢云流喃喃地道，“我好像忽然觉得杀人似乎也没什么可怕。”

那人仰天打个哈哈，道：“小子，你倒是有趣。你叫什么？”

谢云流总算有机会自我介绍一回，忙倒握着剑，拱手道：“在下纯阳宫谢云流。”

“好名儿，容易记，”那人笑道，“我得多长个心眼。我杀人通常不问情由，不问姓名，这么杀了几年下来，突然发现自己很是尴尬。将来要是我的儿子、女儿问我，可曾杀过什么人，我实在是说不出来……嗯……你成为我第一个记得住的死人，倒也算是好事。”

眼前这人，看似松松垮垮，却带给他前所未有的压迫之感，他脸上肌肉抽动几下，谢云流的心都跟着扑通乱跳——这人是谁？实在是生平仅见的敌手……或许他的功力跟师父吕洞宾还差得太远，但是那股杀气……周围血气弥漫，那人的杀气浓重得好似跟着血气飘动一般，只要他一出手，甚至是一动念，杀气都能把普通人冲个跟斗。

谢云流面带微笑，全身都在慢慢地绷紧，双脚一前一后，后膝微弯，前腿若踩若抬——这是纯阳心法中的绝技，全身劲力，源源不绝地集中到腰、背上，可是从面上看去，他浑身放松，两只手都全然无劲。

那人笑着又看他一眼，低头想了想，再转过头来，脸色就有点不好看了，道："喂……喂，你不是认真的吧？只不过一转眼睛，你好似忽然换了个人。"

他大咧咧地将倒提着剑，走过来，一直走到谢云流面前，离他不过一尺之远，两人呼吸相闻，谢云流静静地看着他，他也静静地看着谢云流，足有一炷香的工夫，那人扑哧一笑，道："好。好定力。我从鄯善走到中原，一万一千七百里，你是我见过的最有种的人。"

"见笑了。"

"你也不怕我顺手割你一刀，把你喉咙切开？"

"你也不怕我捅你一剑，把你肺腑切开？"

"你眼神很坚定，"那人仔细打量谢云流，"我还从来没有见过，没有杀气的眼神还这么坚定。"

那人满不在乎地围着他转圈，谢云流矗立不动，流缓缓吐气，周身内息流转，袖口都绷得发紧。他从来没有被如此强大的人如今这般近距离地压迫过，那人只是这么随随便便地站着，便隐然有昨夜那延平郡王全力攻击般的压迫感——倒不是这人的武功比延平郡王高出多少，而是他的武功内息十分古怪，是一种完全外露的功力，越是随意，功力便越是强悍，后手也更多。谢云流知道，自己此刻就算全力出击，那人也必随随便便破去，但他这么全力戒备，那人便有些顾忌。

"嚓、嚓、嚓、嚓"，那人走得越来越慢，越来越慢，下盘越来越稳，上盘却越来越放松，双手叉腰，衣襟松垮，露出晒得古铜色的胸口，就在谢云流身边两尺之处，晃来晃去，谢云流别说用剑，就是用手也能将他的心脏挖出来，但是双方内息对撞，都到了全力施为的地步，谢云流的右手就放在剑柄之上，却连一根头发丝的高度都抬不起来。

只走了两圈半，谢云流便已喘不过气来——虽然站着没动，已比全力奔跑还要消耗内息，又到了七步之竭。那人多走两步，骤然发现谢云流内息的衰竭，神色一变，“啪！”脚踩到地面的力度陡然重了三成。

谢云流心中憋闷，拼命吸气，却一口都吸不进来，浑身内息翻翻滚滚，像要爆裂开来，那人瞅准他内息缺陷之处，每一步都踏在他内息滚动的间隙之处，谢云流胸中越来越憋闷，眼前望出去已是一片血红。

骤然间，谢云流大喝一声，一口内息撞破丹田之上的隔阂，下沉到府海之中，顿时全身内息源源不绝向下流转，他的双手慢慢举起，向外展开，“啪”的一声，早上才换的袍服袖口又撑开了线缝。

那人脚下一个趔趄，差点崴了脚，连连跳开两步，叫道：“好！好家伙！”

嚓的一声，谢云流拔出了剑。

“好！好好！”那人一伸手，叫道，“到这一步，就有点意思了！纯阳武功，果然不同凡响——你叫做谢云流？”

“是。”

“纯阳的谢云流，”那人认真地道，“瞧你年纪轻轻，有这番功力，实在令人意外。这么说起来，我倒是舍不得割了你的喉咙，看着你咕噜咕噜地咽气……”

谢云流冷哼一声，道：“你大可试上一试。”

那人摇摇手，将腰上的细牛皮带紧了紧，道：“你也别得意。你最后那一下，可不是纯正的纯阳功力。不知道怎么回事，最后那一下气运丹田的功夫，我虽然没有见过，却绝不是你师父传你的……哼……不知你在哪里机缘巧合学来的，将来必然不容于你纯正的纯阳功夫。”

谢云流脸上一红。刚刚那一下，其实和昨夜延平郡王逼迫他，令他爆发出的一招十分相像，这确实不是纯阳的武功，但谢云流第二次施展出来，更加坚信此功与纯阳心法有着天然的血缘关系，很有可能就是别册上所记载的传世心法。

那人向着院墙走去，说走就走，连一句话都没留。谢云流讶然道：“喂，你就走了？”

“不然怎么样？”那人道，“院子里关的，都是些女人、小孩。我虽然也割手无寸铁的女人和小孩的喉咙，可那毕竟要看心情。今日的心情给你坏了，还怎么割？我也是受人所托，但托我的人又不是我老子，我凭什么没有心情了，还要给他做事？”

他一边说一边双手背在身后，直直地走到院墙前，脚尖在墙上一踢，就这么一小步一小步地垂直上升，好似在那院墙上有一道看不见的楼梯般，慢慢走到了墙顶。就这份轻功，便令谢云流自愧不如。

他站在墙头，回过头道：“谢云流。”

“嗯？”

“你还没有问我高姓大名。”

谢云流瞪着他，一肚子的火直往上蹿。这人从头至尾都摆出一副高高在上的德行，那威压感十足的武功和他趾高气扬的态度简直是天人合一……他沉吟了一下，摇头道："我没兴趣。"

那人一怔，既而哈哈大笑，道："有趣有趣。你的武功伤不了我，这句话可真是要我的命。哈哈，哈哈哈！下一次，我可就真有兴趣割你的喉咙了。"说着背着双手，直直地落下院墙，消失不见。

谢云流长长地舒了口气，彼时全身劲气充盈，几乎耗尽了全部元气，这一口气松下来，两腿便有些站不住了。但是他也不敢在遍地被割喉而死的人中间坐倒。他拖着沉重的步子，走过白石铺就的院落，前面一座歇山顶的殿堂，想来应是方丈室了。

他忽然想起李华婉、重茂，又提气加快脚步，只听殿堂中"啪啪"几声，夹杂着刀剑嗡吟之声，谢云流慌忙前冲，却见殿堂的大门嘣的一声，两扇破门打着旋儿的分飞两边，一名羽林军士倒着飞出，摔得四仰八叉。一名女子手持双剑从门中站出来，却不是李华婉是谁？

她身后冒出一个小小的脑袋，正是重茂。谢云流大喜，叫道："重茂！李……"

李华婉向他点头微笑，却不答话，转身弯腰行礼，重茂也跟着弯腰行礼。

谢云流心头一沉，忙也收敛心神——果见殿门内，一名高髻宫装女子慢慢走出来，正是有大唐玉簪花神之称的上官昭容。适才在街上瞧她，远观看不分明，只觉高贵冷艳，现在近了看，只见她面如冠玉，一双丹凤眼又圆又亮，长眉入鬓，一张脸略显发白，反倒衬得额上点着那著名的红梅妆更加殷红。只看一眼，连明艳照人的李华婉也黯然失色。

谢云流不敢多看，忙低头行礼。二十年来，这位昭容声望日隆，大唐天下，无论李氏、武氏，还是文武百官、文人骚客，都视其为连接冷血的则天天后和昏聩的当今天子与臣民的桥梁，即便如谢云流这样的方外之人，也不敢稍有冒犯，只怕面对皇后，也没有如此敬意。

李华婉亦收起了一肚子的精灵古怪，上前扶着上官昭容的手，道："皇姑姑，小心些！这门槛都朽了，踩不得的，您小心些。"

"我没事，"上官昭容淡淡地道，"贼子不过是些羽林军，隔绝我于中外或者有之，敢杀我的，当今世上还没有。"

"是，皇姑姑威震天下，哪里有敢动您老人家一根指头的？"李华婉笑道，"我这不是提醒您注意门槛吗？谁说羽林军了？"

上官昭容展颜一笑，道："你这孩子，好久没见，你这男孩儿的脾气还是半点不见改——这位是？"

李华婉一指谢云流，道："这便是孩儿说过的纯阳宫谢云流谢大……侠。嗯，这人脑子不行，武功倒是马马虎虎，有他在这里，皇姑姑自然安如泰山。"

上官昭容抬起头来，认真看了谢云流一眼，竟放开李华婉的手，径直向谢云流走来。谢云流鼻中闻到一股温润如醉的香味，忙将头低得更低。

"足下是方外之人，除了天子天后，不必拜凡俗之人，"上官昭容淡淡地道，"还请抬起头来。"

“失礼了。”谢云流依言抬头，眼睛却始终看着自己的脚尖。他再傲然不群，但上官昭容威名、仪容实在太盛，不是他这般年纪能承受得起的。

“谢少侠原来是纯阳宫中人，”上官昭容道，“我与纯阳的吕真人还有数面之缘，当日也曾拜在真人门下，学习道藏十八经，说起来，也不算是外人。”

谢云流深知，当日自己师父受李隆基之邀入京，受到则天天后的信任，在长安皇室显贵中颇具威望，“拜”在他门下之人不在少数，不过也就是京中达官贵人们的消遣罢了，真正如李隆基那般深受教诲的很少——吕洞宾回山后，多次提到李隆基，却从来未提到这位上官昭容半个字……他心中思索着，口中道：“原来如此……云流不知……”

“师父曾说，他在京中时，多得宫中贵人相助，”重茂忽然在旁边插嘴道，“原来便是皇姨，说起来，还真不是外人！”

上官昭容微微一笑。李华婉是何等人精？立时便看出她的意思，在旁边道：“重茂，傻弟弟。若是吕真人真地提到了皇姑，那才怪了。以皇姑的身份，吕真人绝不会在任何人面前提起，除非……除非是皇姑自己。”

“是的，”上官昭容道也不客气，点点头道，“从前，我是绝不会说，但是现在事情有变，倒又不能不说了……谢少侠，你是真人的大弟子，所以你来长安，不仅仅是送重茂来京吧？”

“呃……这……”

上官昭容看一眼李华婉，点点头。李华婉毫不迟疑，转身一剑，从那名瘫倒在地的羽林军咽喉刺入，那羽林军瞪大了眼睛，张大嘴，却只发得出几声含糊的汩汩之声，便一头栽倒在地。

别说重茂吓得魂不附体，谢云流也惊得目瞪口呆，眼前这两个女人却面色如常，如同杀了只鸡一般。李华婉提着剑，围着殿堂转了一圈回来，笑道："哟！这附近的人可都杀得干干净净了。谢大侠好俊的剑法！"

谢云流待要说"不是我"，可是刚刚太过惊悚，一时喉头拧结，竟说不出话来。上官昭容点点头，道："小婉，你出去学艺一年，倒是越来越利落了。"

"咱们天家子女，不利落点儿，早就没得活了，"李华婉满不在乎地道，"这些个羽林军，竟敢冒犯皇姑，早就是死有余辜，给他们一个痛快，倒便宜了他们，只可惜跑了独孤祎之，哼……"

上官昭容转向谢云流，神色平静，周围的尸身血海，对她而言和大明宫中御花园中的灌木丛、牡丹花只怕也差不多少。

"纯阳宫于我，有大恩，"上官昭容道，"此刻不能明言，将来却要劳烦谢少侠许多。所以，我不得不承少侠的情。少侠来到长安，必不是单单为重茂而来，我猜……"

她又黑又大的眸子灵巧地在眼中转了一圈，道："你是为《纯阳别册》而来。"

谢云流胸口如遭重击，不由自主地退了一步。他自下山以来，除了刚才那个自命不凡的笨蛋，其他人无不一眼望穿他的身份，而这位上官昭容，只看了一眼，便将他心中最隐秘之事道出。他白煞着脸看了眼重茂，见他也惊得小脸惨白，便知不是出于他之口。

但这样一来，上官昭容难道是成了精吗？谢云流于人情虽然迟钝，却绝不是笨蛋，心念电转，道："啊！原来师父给您……提过《纯阳别册》！"

"是，"上官昭容坦然道，她注视谢云流移时，才慢慢说出下面的话，"他告诉我，根本没有什么《纯阳别册》。"

"什……？！"

上官昭容背着双手，仰头望天，傲然统领天下之势，令谢云流不敢逼问。他脑中再一转，道："你……您……您知道，其实有这本书，对不对？！"

"正是，"上官昭容终于笑了，道，"从先天后通天元年起，我受命整理《高宗正义》，查阅我大唐开国以来所有秘辛，才隐隐知道先太宗时期，令祖师钟离权与太宗交往的故事。当年记载先太宗的事迹，有两百九十余卷，将近八十万字，令祖师的事迹散落其中，却隐隐让我瞧出来，他向先太宗献书之时，还曾有过其他诸事，此事却从来无人得知。"

"皇姑是自褚遂良之后，咱们大唐第一才子，掌握皇史宬三十余年，哪里还有秘辛能逃过您的法眼？"李华婉笑道。

"我也不过是终日无聊，所以来来回回地看了无数遍，才有一点隐隐的感觉。我虽不会武功，可你也知道，宫中会武功的人不在少数，有人传言是太宗时有一本叫做《纯阳别册》的东西流落在宫中。先天后担心你们李氏后人学会绝世武功，会来弑君报复，曾经令我严查此事，如果发现了，便要将你们李氏皇族统统杀光。"

即便则天天后已驾崩一年多，脑袋还在脖子上好好地放着，李华婉和李重茂还是齐齐打了个寒战，不敢说话。

“我自然不敢向天后说起，只暗暗地调查。可惜有关《纯阳别册》的事，散落在各种秘辛之中，始终如神龙见首不见尾，不得窥其全貌。所以，那一年吕真人来宫中为天后讲养生大道，我便拜在真人座下，从他学习了三个月，才找到机会问他，”上官昭容道，“吕真人当时听了，并不着恼，只对我说，这东西……不存在。”

谢云流皱眉思索，李华婉抢道：“是不存在，还是不能存在？”

上官昭容摇摇头，却不回答，只道：“吕真人答应我，为我做一件为难的事，所以……这东西是不存在的。”

李华婉、谢云流眼前都是一亮。谢云流道：“那么……这不存在的别册，究竟还有什么影子留在世上？”

上官昭容看着他，笑道：“这东西只有影子，没有实物。不过，我如今掌握皇史宬，认真要查，倒也并非不能化影成物。可是少侠得回答我一句话。”

“呃……是。请示下。”

“你此番来京师寻找别册，是奉了师命呢，还是自己擅自做主？”

谢云流变了脸色，偷眼看看重茂，又看看李华婉，两人都专注地看着他。谢云流不敢看上官昭容的脸，哽了一下，才道：“不敢欺瞒，我是偷偷瞒着师父下山，师父他老人家并不知道我要寻找别册之事。”

“那若是你寻到了别册，可是要远走高飞，去你师父找不着的地方偷偷练习别册上的武功？”

“绝无此事，”这一次谢云流没有丝毫犹豫，摇头绝然地道，“若别册真在世上，侥幸为云流所得，云流必立即返回纯阳，将别册交还师父。至于师父以门规相责还是将云流驱逐出宫，谢云流也绝无怨言！”

上官昭容道：“无所谓。你们纯阳自己门派的东西，自然由你们自己去折腾，我不过白问一句罢了。当日我与你师父谈后，便已放弃了追寻此物。今日得少侠之助，上官婉儿得以不遭贼人凌辱，这个恩自然是要还的。不过，这东西实在是无影无踪，宫中藏书更是浩如烟海，或许得花上很长一段时间，才能有所得。”

谢云流大喜，拱手道：“多……多谢！”

李华婉在旁道：“皇姑博闻强记，以皇姑之力，若是寻之不到，那天下绝无第二个人敢说寻得到。”

上官昭容笑道：“死丫头，你这是在给姑姑拆梯子呢。放心，我若是寻不到那玩意儿，自然有办法给谢少侠一个交代，你在着什么急？”

李华婉脸一红，吐吐舌头，道：“好了。既然皇姑和重茂弟已经救出来了，咱们也别耽搁了，早点回城去吧。我爹和大子，不知道急成什么样了！”

谢云流忙去周围转了一圈，将那十余名羽林军的马匹通通都牵了来。李华婉扶了上官昭容上马，谢云流则抓起重茂，扔在马上。上官昭容挽着缰绳，在满地尸体中转了一圈，沉下脸道：“谢少侠，婉儿。”

谢云流与李华婉一起道："是！"

"我想了想，今日之事，当是与太子无关。"

"皇姑！"

上官昭容看她一眼，李华婉乖乖闭上了嘴。

"今日之事，与太子无关，"上官昭容垂下眼帘，低声道，"今日在这院中所说的一切，出了这个门，我是不认的。"说完轻夹马腹，径直出门。

李华婉与谢云流对望一眼，心中都沉甸甸的。上官昭容的话，摆明了是不欲与太子为敌。可是太子已经逼到这地步儿了，再退，还真能在皇宫中待一辈子吗？

众人出了鸡鸣寺向东而行，穿出树林。日已西落，麦翻金浪，远远地便见前面麦田中旌旗招展，数百骑兵排成一条长线，铺天盖地而来。

重茂紧跟在谢云流身后，吓了一跳，李华婉大声道："是神策军，不要怕！"打马上前，高高举起手来。

当头的神策军统领远远看见四人，忙吹响牛皮号角，长蛇般的阵形立刻停了下来。

前面十余骑泼风架飞驰而来，在离着十余丈远的地方一起停下。李华婉大声道："上官昭容、温王和代国公主在此！"那十余骑忙一起滚鞍下马，单膝跪地，大声道："臣等护卫不力，令昭容蒙尘，罪该万死！"

"本宫无事，大惊小怪，"上官昭容从马上立起，严厉地道，"些许宵小作乱，已赖代国公主和纯阳宫弟子谢云流救护，并无受伤。陛下呢？天后呢？城中可还有人作乱？"

众人齐齐地松了口气，跪地不敢抬头，当先一人声音都在发抖，道："那……那是昭容吉人天相！城中已经安定，陛下和天后在宫中，俱都安然无恙！陛下下诏，一定要让昭容平安归来，如今羽林军、左右厢神策军、天策府都已经出空，长安城内外，十余万军民正在搜寻昭容！"

"哼，陛下什么都好，就是经不得风吹草动，正要七夕之会，闹得风风雨雨的，哪有半点七夕的祥和之气？"上官昭容冷冷地道，"走吧，回宫去。立刻派人，向长安周围所有禁军、厢军通报本宫回宫之事，要立刻停止搜索，各军回营，严加防备。从今日起，没有由我亲笔签署的诏令，不得调动一军一卒。"

这话听着就有些僭越狂妄，直不把天子放在眼中了。但几名神策军上将连半点犹豫都没有，立刻行礼道："谨遵昭容诏令！"转身上马，其中五人护着上官昭容，其余人打马狂奔而去，须臾便见那长蛇阵般的神策军开始如臂使指地调动起来。

李华婉见重茂和谢云流都目瞪口呆，叹息道："皇姑在则天天后时代，便执掌鸾台凤阁，天下诏书出于皇姑之手。这二年天子格外宠信，长安城内外的军队调动，都交到了皇姑手中。太子……唉……太子劫持皇姑，自然……"

她摇摇头，不敢再说下去。重茂脸色惨白，可怜巴巴地看着她。李华婉正待要给他解说，前面上官昭容回过身来，道："重茂！过来，陪姨一起回去，你父皇可担心你得紧！"

重茂忙道："是！"脸色惨白地看了眼谢云流和李华婉，拍马上前，早有数名神策军士上来，将他团团保护起来。

上官昭容看一眼李、谢二人，冷峻的脸上已无任何表情，转身去了。百多名神策军士将她二人围得水泄不通，将漫无边际的麦田踩得一塌糊涂，众军高举旌旗，向东而去。

谢云流拖拖拉拉地在后面。今日之事，实在是太过古怪，皇室内盘根错节的纠葛，眼看是越陷越深，而上官昭容说的那些话，又烧得他心头滚烫，一时之间，恍惚得不知该怎么办。

李华婉轻纵马缰，与他并辔而行，两人都远远地落在了后头，倒也无人前来管他们。眼看着夕阳西下，漫山遍野的人马，都变成了远方丘垅上的剪影，李华婉终于道："谢大哥。"

"嗯？"

"那些人，不是你杀的。"

谢云流心头一振，看着她没有说话。

"你杀不了人，"李华婉道，"你武功那么厉害，可是一点杀气也没有。真是可惜。"

谢云流无言以对。他自己的确毫无杀气，但是眼前这美艳不可方物的少女也看不出杀气，杀起人来却从来眉头都不皱一下。

"是谁？"

谢云流哽了下，道："是一个不认识的人，似乎不是汉人，却也不完全是胡人。"

"他很厉害吗？"

"下手杀人，"谢云流道，"似乎在他而言十分有趣。"

"真奇怪，"李华婉皱眉道，"太子派人劫掠皇姑，却又有不相干的人来解救……"

"不，他不是来救昭容的，"谢云流道，"有人花钱请他来，说要杀皇帝的女人。"

李华婉闻言一怔，不再说话，纵马而行，夕阳将他们二人的影子拖得老长老长。眼看翻过前面的丘垅，便是长安城墙，李华婉忽地破颜一笑，道："谢大哥，你是不是觉得我杀人如麻，实在有些暴虐？"

谢云流不意她会忽然说到这个，愣怔了一下才道："我不觉得你暴虐，只是……只是……"

"劫掠皇姑的，是太子；怕皇姑死不了，派人来杀她的……是楚王。"李华婉声音忍不住微微颤抖，"他们昨日还坐在一张榻上，和陛下、天后一道游乐，今日便你杀我，我杀你……皇室无亲，你懂吗？先则天天后杀李氏皇族，杀得太过了，一直到今天，无论李氏、武氏，谁也信不过谁，谁也不放过谁……当面喜笑颜开，转身就得防着被捅一刀。所以我……我十四岁，就亲手杀了一个人，一个在我身边陪伴了我六年的宦官，竟然是……"

她沉默了一阵。谢云流不敢问，也不敢说话，心头觉得憋得慌，一股四面八方被堵得死死的、无法呼吸却又无力施展的憋屈，让他透不过气来。李华婉忽然一扬长鞭，道："哈！我是太宗皇帝的嫡脉，杀人如麻，那又如何？太宗皇帝打下这江山，前后四十余战，杀人何止千万！哈！我李华婉为何不行？！"

谢云流看着她被夕阳映照得通红的脸颊，随风飘拂的长发如着火一般，虽是大声说笑，脸上却毫无笑意。他也不知说什么好，两人在沉默中打马催行，不多时便到了长安城下。

城门口还在戒严，数百神策军士紧守着城门，进进出出的人、马、车都要严格搜检，城门下排着老长的队伍，神策军士策马在人堆中来回吆喝驱赶。李华婉在离着城门百丈远的地方便停下来，远远的，几名身着黑袍、头带四脚软脚泽巾的仆役从城门口一溜烟地跑过来，在李华婉面前行礼道："殿下！可算等着您了！王爷听说您游街被劫持，吓得不得了呢！现在全府上下都出动，到处找您，神武军——"

"父王没事吧？"李华婉一口打断他道。

"王爷怎么会有事，神道东厢一闹起来，太子爷就派羽林军来府里守着了，后来知道上官昭容被救了回来，城中安定了，羽林军这才撤走……"

李华婉看了眼谢云流，两人眼中都闪过一丝恐怖之色。如果今日上官昭容没有回京，说不定一夜过去，相王李旦一家也不复存在了。李华婉声音微抖地道："好，咱们这就回去，免得父王担心。谢大哥，你……"

"我回紫金观吧，"谢云流声音低得连自己都听不清楚，"若有事，你可……唉！以你的决断，又怎会有事？"

"谢谢你，"李华婉伸过一只手，在他的马头上拍了拍，道，"明日一早，太子邀请你我在大明宫苑一叙，你……去吗？"

"你去，我就去。"谢云流下定决心道。

李华婉在马上坐直了身子，将兴奋喜悦之情都掩饰在眼中，点头道："那好，那么，谢大哥，明日见。"

谢云流眼睁睁地望着她的身影，在前护后拥之下进入延兴门中。夕阳已经落山，李华婉的身影很快便被门洞的影音吞没。谢云流打了个寒战，转身不敢再看。

几名神策军士来回奔驰，将所有骑马、乘车的人统统赶下来，一一搜检。谢云流勒转马头，转到城墙根下，将马取了缰绳，拍拍马屁股让它去了，这才翻墙入城，不必细表。

第五章

曾经有那么几个月，吕洞宾以为谢云流已经瞎了。

当日他从群鸦口中救下谢云流时，周围一百里内三十六村皆毁于契丹之乱，无一生还。谢云流在尸身之下埋了多日，身中尸毒已深，吕洞宾花了半个多月精心调制，才将他从连续不断地呕吐、昏厥中救过来。可是自那以后，谢云流似乎被病魔夺取了心智，终日痴痴傻傻、形容呆滞，目似不能视物，只有耳朵听得见——吕洞宾召唤他，他便略微有些反应，不呼唤，他便独自呆呆地坐上整日。

营州契丹之乱前半个月，吕洞宾推演先天八卦，便得知将有此祸。他从华山连夜北上，原是要救一位相交多年的道友，等到出发，便得知营州大饥，都督赵文翙据仓不发粮，不仅令全州爆发大饥荒，还提前引爆了契丹人叛乱——吕洞宾紧赶慢赶，终究迟了一步，故知老友下落不明，营州赤地千里，竟是被契丹人杀了个鸡犬不留。

吕洞宾伤恸之下，将唯一救出来的谢云流当作至宝，不惜一切要救他活命。谢云流浑浑噩噩，魂不守舍，他年纪幼小，如此下去，定难长成。吕洞宾将他带在身边，周游天下，一面为他寻些奇花异草、灵芝仙药，一边重新修习多年未涉足的炼丹之术，只求能早日医好此子，可惜半年过去，天下径自游历了大半，无数灵珍之物也用了不少，却始终不见谢云流有恢复的迹象——身体上的伤，早已好了，可是心中的伤痕，又岂是药力所能及？

有的时候，吕洞宾甚至怀疑，这孩子在死人堆里其实已经身故，自己不过是带了具没有魂魄的躯壳出来。

一日，二人登上一座山峰。那也不是什么名山大川，也非禅院道场，不过是扬州东面一处普普通通的山丘。因山上多竹，竹海绵延百里，吕洞宾要在竹海中寻一种据说是能治疗眼目的药材，用来治疗谢云流的眼睛——他的眼睛自那日起，便始终布满血丝，对一切都视而不见，浑若盲者。

吕洞宾将谢云流安置在山顶的一处山洞中，在周围洒下雄黄等药物，令蛇虫无法接近，便匆匆地下山采药。

那日天气好得出奇，日头高照，万里无云。吕洞宾在竹海中跋涉搜寻，从一早直寻到日头偏西，才终于在一处山坳中寻得了药材，兴冲冲地往回赶。

在离山洞还有数里的山脚下，吕洞宾忽然停下了脚步。

远远望去，在那山头之上，竹海中冒出一个小小的身影，正是谢云流。吕洞宾心下奇怪——这孩子一向木讷，把他放在哪儿，他就能在哪儿待上一天，哪怕是扔在雪地里也不会挪一下窝。今儿这是怎么了？出来时，明明把他放在洞穴之中，怎么走到洞穴外的山巅上来了？

莫不是有虎狼驱赶？吕洞宾心下一紧，忙提气纵起，从一片竹海之上向谢云流奔去。离得近了，却见谢云流周围并无一物，那小孩儿盘着双膝，端端正正地坐在山洞前的一块巨石上。

吕洞宾不敢惊了他，轻飘飘落在他身后，再轻轻转到他身侧一瞧，不由得一惊。

站在山下瞧不见——西斜的太阳正照得大地暖洋洋的，那大石前面，群山低回，万竹如海，都在远远的脚下，好似一片碧色的海涛般随风起伏，竹浪声声，如怒如涛，澎湃之声，百里相闻。

谢云流闭着双眼坐着，身子随着那竹涛声摇摇晃晃，已经麻木了多日的脸上竟然带着一丝难以形容的微笑……吕洞宾心头乱跳，不敢发出丝毫声音，便在他身旁坐了下来。

太阳缓缓西移，风一会儿大，一会儿小，竹涛轰轰然，飒飒然，时大时小，天上的云层投下的影子，弄得谢云流的小脸时阴时晴。他就那样坐着，摇晃着，身和心都深深地浸入天地中……

过了好久好久，吕洞宾忽然咳嗽一声，道："流儿，你瞧，大好云海。"谢云流从来都对吕洞宾的话似听非听，这时候却忽然全身一震，睁开了眼。

第一眼，他看见的是天顶。不知是什么时候，太阳已经转到山的后面，天顶上一片赤红，却看不到云霞，只看见天顶被夕阳映照得如血如金，橙黄紫褐褚金红……漫天颜色，沉甸甸地砸在他心头，令他不由自主地低下头来。

眼前的百里竹海，正在沉入黄昏。一半的竹海停止婆娑起舞，而另一半竹海——一大片厚重的黑云正沉沉地压在另一半竹海之上，云层之低，已将竹海的上半部吞没，云层之厚，望去足有数里高，仿佛一座黑色的陆地，正在缓缓飞过他们面前，一面前行，一面吞没着山脉、竹海。无声无息的云层中，偶尔闪过几道金乌雷蛇，却听不到一丝声响。

忽然之间，在这边仿佛被世界抛弃了的山岭之巅，听不见风声，听不见雷鸣，听不见虫吟，也听不见竹涛……天地一片宁静，万物屏息，等着看那黑云一步步吞没眼前的一切。

在这片可怕的寂静中，忽然，谢云流转过头来。那久布血丝的双眼，在彤云与黑云的映照下，变得异常清明，神采奕奕，如获新生。

他看着吕洞宾，嘴唇哆嗦着，迟疑地张开，叫道："师……师父……"

饶是在人间行走近百年，见惯一切生死轮回恩怨情仇，吕洞宾也禁不住老泪纵横，不能自已。

谢云流望着铜镜中的自己。铜镜新磨，光彩照人，连脸上的细微汗毛都看得清清楚楚。他的脸上早已瞧不出当年在尸堆中中尸毒时留下的暗色，也看不出随吕洞宾在江西道庐山修炼入门坐忘功时跌破的那块伤疤。

过去的他，已消失在镜外，眼前此人，分外陌生，竟难以想象是自己。

楼下传来窦约的声音："谢少侠，时辰不早了，若您准备好了，咱们便走吧。太子殿下的寿辰日，百官朝贺，去得晚了，兴庆宫的大门就不好进了。"

谢云流叹息一声，转身下楼。

窦约今日穿着，又略有不同。内着软甲，外罩蓝色朝服，这是武将上朝时的打扮。几名紫金观的知客道人恭恭敬敬地在一旁候着，见谢云流下来，那脸色比之前几日又大大地不同。

谢云流不欲失礼，与几位知客道人以道教礼仪见过了礼，再向窦约一抱拳，道："走吧。"几人走出紫金观，早有仆役等人牵来马匹，众人上马，转过一条长长的小巷，到了神道西厢大街，向北而去。

神道西厢与东厢相对，因神道西厢的前段皆是高官显宦府邸，中段则是三省六部各部堂、寺、监、司的所在，大道深阔，几无庶民百姓的身影，全是一队队、一簇簇上朝官员，或者前往东宫兴庆宫达官贵人们的车队。

窦约深知李隆基、李华婉兄妹与谢云流的关系，打起十二万分的精神巴结。因见谢云流问起昨日京师大闹如何收场，便笑道："说来也奇。这本是数十年来第一大案，天子在禁中听说此事，雷霆大怒呢！可是偏偏无声无息就平息了。公主殿下对相王说，这都多亏了谢大侠之力，才能顺顺当当接回上官昭容和温王，京师本来还在纷扰不休，上官昭容一回宫，下令开放九门，不再搜捕余党——您知道，上官昭容多年积威，京师周围的羽林、神策、天策、东西二厢禁军，哪个敢违逆昭容的旨意？两三个时辰就平息下去了，夜里神道东厢还开放游乐，金吾不禁呢！”

谢云流默默点头。上官昭容的威仪，他是亲眼得见。如此美貌艳丽的一个弱女子，在千军万马前一颦眉一挥手，几乎无人敢仰视，连他这个旁人都觉得霸气逼人，不敢正视。他想了想，又道：“那么处罚呢？昨日毕竟死了那么多人，满街混乱，难道天子和上官昭容就这么算了？那可……”

“已经有人顶罪了，”窦约无所谓地一笑道，“昨日傍晚，上官昭容刚刚回到大明宫，羽林军左千侯独孤祎之就到太极宫承天门前，身绑自己犯上作乱的罪书，伏剑自尽了。天子震怒，下令搜捕独孤祎之余党，昨夜羽林左军乱了一夜，三十多名将校下狱呢。”

谢云流心中猛地抽了一下，喉头顿时哽住。独孤祎之虽然犯罪该死，他却想不到此人如此勇决，以自杀来洗清太子嫌疑……其实昨日上官昭容就已说过，此事与太子无关。这究竟是她愿意放太子一马，还是她早料到独孤祎之等一帮人等，早就做好必死准备，根本不容旁人将嫌疑往太子身上引？

这些个高高在上的权贵，一个个视性命如草芥，不管是别人的，还是自己的，一杀便是人头乱滚，数百数千只不过是数字多寡而已……论到杀气，别说谢云流这般限于门规不曾杀过人的菜鸡，就是杀人如麻的江湖人士也根本无法望其项背……

越向前行，大道上人越多，远远望去，车盖相接，万头攒动。窦约、谢云流等人顺着人流挤来挤去，很快便见到了高大的大明宫城墙。

大明宫是太宗贞观末年开始修建，自高宗时期起取代太极宫成为真正的皇家内苑。先则天天后因为大明宫中颇多妖异，自高宗去世后便不在大明宫居住，远赴洛阳。当今天子登基后的第一件事，便是重新迁回长安，入住大明宫。

如今大明宫分为四个部分，天子、皇后住在太极宫后面的西内苑中，中间是上朝的含元殿和宣政殿——以天子如今一月一朝的“勤政”效率，这两座殿委实闲得发慌。此二殿后面是皇家内苑中的内苑三清殿，则是自太宗时代起就是皇帝修炼金丹的禁地。

大明宫最东头，原来是所谓的东内苑，如今太子的居所，而其东面又有大片低矮的宫室，都被前太子李承乾改造为游乐优嬉之所在，长安人唤它作“小儿坊”。

神道西厢大道的尽头，穿过延政门，便是小儿坊的所在。

延政门前，数百名羽林军士排作数排，阵列于宫门前。入宫之人排作单列长队，依次入宫。窦约远远地便下了马，向谢云流一拱手道：“今日太子寿辰，只有受到邀请之人才能入宫，小人职小位卑，只能送您到此了。前面不能乘马了，您顺着人走便行。”

谢云流头一次在这么多人流中挤来挤去，又要独自入宫，不由得一阵慌乱，却又说不出口来。窦约拉住他的马头，笑道：“楚王殿下、公主殿下今天一大早就随相王殿下入宫，待会儿会从宣政殿直接过去西内苑，谢大侠当可在西苑见到公主殿下。”

谢云流被他说中心事，脸上一红，窦约却爽快地一拱手，将他的马牵过。谢云流道："我以为会和殿下一道进去——若殿下不在，我一介草莽，岂能入宫？"

窦约笑道："大侠忘了？前日您救驾有功，太子殿下亲手送您一只锦囊。以小人所知，今儿这里寻常的部堂大人，也得不到这么一个呢。您只管进去，绝无碍的。"他顿了一下，又道："这是公主殿下再三嘱托，要小人转告您的。殿下说大侠脸皮子薄，不说清楚，大侠定是心中疑怯，她还说，原话这么转告您，你必是知道她的意思。"

谢云流一张嫩脸涨得通红。李华婉之于他，就好像老猫与耗子，总是玩弄得他无可遁形。窦约见他无话，笑着拱手，自与几名千骑去了。

谢云流挠头抓腮地站了一会儿，却是无计可施，只好顺着人流走。

挤挤攘攘的人流中，皆是朱衣紫贵的人物，更有许多西域胡人、东方高丽人、北方突厥人，甚至还有许多根本叫不出名字也不知从哪里来的人种，也高高矮矮、奇装异服的挤在人群中。大唐开国百年，国力之盛、幅员之阔、囊括人种之多，前所未有，后世也几乎不再有，当时别说长安街上处处能见到异种蛮夷，便是朝廷上也多有外国蛮种将领——太宗朝的阿史那·社尔、契苾何力，高宗则天朝的黑齿常之等等，皆是后世留名的佼佼者。而大唐的太子，又有在东宫畜养异族人为臣的传统，前头几个被废被杀的太子，如李建成、李承乾、李贤等，都因为在东宫中与胡人、蛮夷厮混，最终走上了废毁之路。当今太子的寿宴中，自然少不了这些异族人。

谢云流忽然想起昨日那人——那人从模样上瞧，有点像汉人与胡人所生，会不会也在这其中？但当时太子手下的羽林千骑掳掠了上官昭容和重茂，这人却来见人就杀，显然不是太子一党……

前面接近宫城，守卫越来越森严，所有人都得从门前一一搜检，才能入内。这些人都手持一张一尺长、三寸宽的大红色烫金锦帖，这就是所谓的“宫帖”了，当场验证，方可入内。轮到谢云流时，守门的羽林千骑见谢云流掏出那只锦囊，二话不说便放他进了门。

进了延政门，人流一下子变得稀少——门前挤的那许多人，其实不过是这些人的仆役随从而已，真正能进门的，不过十之一二。谢云流见人少了一大半，倒松了口气，眼见这些朱衣紫贵的家伙们甩着宽袍大袖往前走，他便默默地跟着。

从延政门一路走到东内苑小三里，已到了巳时末刻。这儿的名字取得怪，叫做东内苑小三里黔陵上柱国将军苑，名字拗口得很，其实一说就明白——这儿便是唐初大名鼎鼎的废太子李承乾生前的居所。

李承乾生前与高宗皇帝其实十分友爱，被废后发配黔州，于贞观十九年病逝。高宗皇帝十分哀痛这位因为亲近小人而被废的兄长，登基后便追封他为上柱国将军，并将此苑内的居所拆除，建作一个环绕池塘的内花苑，常常来此消遣，以纪念亡兄，这个拗口的名儿便一直传了下来。

小三里花苑门口，已不再是羽林千骑守卫，改为中官守卫。

每个人到了门口奉上宫帖，中官便大声唱名，“同中书门下三品唐休璟大人”“辅国将军、开府仪同三司李大人”……一边唱名，一边立刻就有小中官迎上前去，将贵客导引入内。谢云流又惴惴不安地过去，刚说了声“纯阳宫谢云流”，领路的小中官忙一弯腰，也不唱名，直接在前面引路。

谢云流随着他进入门中，转过一条长廊，进入内苑，不由得吃了一惊。

眼前一座十余亩大的池塘，种满了荷花，荷叶盛放，密得简直瞧不见水。池塘上曲桥蜿蜒曲折，将池塘两头连接起来。

池塘周围，一座八角形的长廊将十余亩的池塘围了一圈，宽大的长廊上挤满了人，挤挤攘攘的不下千人之多。今日是太子寿辰之喜，因此沿着长廊大宴宾客是题中应有之义——那长廊本是由三丈一节的廊体拼接而成，现在每个廊体中都摆着一张宽大圆桌，宾客们依序入座，每一座都是两人服侍，一名中官负责汤水，一名宫娥负责服侍。

每隔两节廊体，便空着一廊，里面有歌舞助兴——有弹琵琶的，有抚琴，有歌者，有的廊中甚至还有表演吐火的，火苗和尖叫声不停地从那几节廊中传出；也有表演胡人歌舞，以至于裸露躯体……种种繁华奢遮，无法尽述。

若是换在一百年前，前太子李承乾时代有此宴游，别说太宗皇帝恼起来要打杀，便是御史台也绝不会放过如此奢靡荒淫之行。忽忽百年过去，现在大唐国力鼎盛，普通中产之家也畜养声妓，高官显宦之家更是相互攀比，武三思、武崇训父子奢靡淫乱天下皆知，至于国之储贰的太子，谁还能说个不是出来？

紧邻长廊的花木、灌木丛中，皆是全副武装的羽林千骑站岗，看来太子性子虽然疏阔，却也还没把今日的长安真正当成歌舞升平金吾不禁的乐土。

谢云流一边心中暗叹，一边跟着小中官，在长廊之外匆匆绕行，走了足有一刻钟，绕着池塘转了差不多大半圈。谢云流心下疑虑，再走几步，前面长廊忽然间变宽了许多，原来已转到了主廊，这里的长廊不仅比别处宽上一倍，且因已接近水面，所以用支柱撑高到离地一丈的地方，实际上已成空中走廊。

谢云流抬头望去，正见李华婉浅笑吟吟站在廊上看着自己，不由得顿时满面通红。

小中官将他引上空中走廊，李隆基、李华婉兄妹二人已迎了上来。李隆基头戴冲天平卢冠，身穿紫色朝服，肩头补着囚牛补子，这是他这般上国王爵的标志，李氏皇族数以千计，也只有不到十人有此补服。

李华婉却高髻云鬟，额上贴着红梅妆，身穿白色锦缎曳地长袍，露出光洁如玉的肩头脖颈，谢云流只看了一眼，便转开了视线。李华婉兴致甚高，似乎浑然忘了昨日之事，笑道："谢大哥，今日好精神！昨夜睡得可好？"

谢云流永远都猜不到李华婉会用什么话开场，哽了一下，道："还好。"

"昨夜京中也蛮平静，倒是可以睡个好觉，"李华婉笑吟吟地道，"我哥哥说，这可多亏了谢大哥你呢。"

谢云流看一眼李隆基，李隆基笑笑，道："家父也致谢谢兄，昨日阖家安宁，多得谢兄之力。"

谢云流拱手道："这是令妹的功劳，谢云流什么也不懂，不过是个笨拙木讷之徒而已。"

李华婉咯咯地笑起来。李隆基道："舍妹怕你初来京中，又是第一次到这般繁华得不堪之所，所以便委屈你过来，和我们坐在一起。请！"

谢云流道："这番场面，云流确是不堪，却不是场面不堪，李……"他哽了一下，忽然意识到李隆基话中的玄机——他说是家父，而非父王，乃是摆明了家中从上到下，与谢云流都作俗世之交，便即改口道，"大哥，李家妹子，多……多谢了。"

李隆基大笑道："何须客气？谢小弟于我家有恩，我们可也没怎么客气。来来，这边来坐。"和李华婉一左一右，将他引入席中，挨着华婉坐了。

这一座廊中所坐，都是李氏皇族中的重要人物，还有几名朱衣紫带的官员，其中便有刚刚谢云流在外面所见的同中书门下三品唐休璟。大唐循前朝败亡之祸，不设宰相，同中书门下三品便已是人臣执政的最高权位，一向不授武人，这位唐老先生却是例外。此人乃边疆武臣出身，在疆四十余年统领大军，胡、夷畏服，是先则天朝数得着的名将。后来先则天天后受人蛊惑，招他进京，意欲令他自请致仕，唐休璟在殿上坐论边境之事，从早到晚口说不停，则天天后竟然找不到开口的机会，便令他次日再上殿——当天夜里八百里加急，报是边寨告急，胡人大举入寇。则天天后召集众臣，准备出动大军，唐休璟当庭反驳，指画边境局势，认为根本不用出动军队，五日之内，必有边境解围的奏报传来。

则天天后不信，以轻慢之罪名将他软禁在鸾台，下令征召军队。梁王武三思受命出征，还未征齐大军，第四天夜里边境报说大捷的信就到了。则天天后大为惊奇，唐休璟由此一个月内三迁，到则天天后驾崩时，此人已经八十岁，还亲自提刀在当今天子登基的当夜担任护卫，由此百尺竿头更进一步，成为同中书门下三品，人说唐休璟“老而弥坚，犹思进取”，是长安城中广为流传的笑话。

谢云流瞧那老头，倒也生得一把好胡子，八十多岁的年纪了，胡子还细心地染成黑色，果然是老而弥坚，不失进取之心，不由得肚中暗笑。

在场的宗师皇族都各顾各说话，没人搭理他，李隆基却对唐休璟十分尊重，一直陪着他说话，且说话一律斜歪着身子，不敢坐正。唐休璟须发雪白，一张老脸如干核桃一般，却仍是精神矍铄，张口就大谈当日吐蕃攻克鄯善，文昌右相韦待价西征兵败，他唐休璟如何收集残军，坚守西州（今新疆高昌故城），得到则天天后褒扬的故事。

谢云流第一次与予如此场合，不由得有些束手束脚，不知该做如何。忽然一只温润的小手伸过来，在他手臂上拍了拍。谢云流转头看去，只见李华婉浅笑吟吟，坐得离他很近，几乎呼吸相闻，一颗心顿时扑通扑通乱跳。

李华婉凑近他，谢云流满鼻子都是一股难以言喻的香气，鼻子抽了几下，几乎要打喷嚏，却听李华婉低声道：“你昨天晚上真的睡得很好？”

言语中只不过省去了“谢大哥”三个字，谢云流顿时感觉不到心跳……哽了一下才道："嗯，还好。"

李华婉盯着他的脸，笑道："你睡得好？你眼圈都黑了。"

谢云流涨红了脸，道："一开始……睡得不好……"

"是吧，"李华婉幽幽地道，"我就知道。毕竟你昨日初阵，杀了第一个人呢。"

谢云路的脸唰地一下又变白了。李华婉温润的小手按在他的手臂上，笑道："你一会儿脸红，一会儿脸白，在座的人瞧见了，还以为我在欺负你呢。"

谢云流忍不住飞快地往周围闪了一眼，见众人的目光都集中在同中书门下三品的身上，不由得松了口气。这么一打岔，他心头的紧张又放下了些，道："其……其实也不算是吓得睡不着……"

"你以前定是见过很多很多死人。"李华婉盯着他的眼睛道。

谢云流不敢看她的眼睛，却也不敢转过脸去，闭嘴不言。李华婉盯着他的眼睛看了好一阵子，才道："怪不得呢。你虽不肯杀人，可是却有股子从尸山血海中走出来的味儿……怪不得你根本不怕，也怪不得你昨日晚上睡得那么好，连那声音也没听见。"

"听见什么？"谢云流奇道。

"听见神策军封闭贞元内院，"李华婉道，"紫金观主自杀的声音。"

谢云流猛地转回头看着她，却听一声唱喏："太子殿下驾到！"

声音从远远的长廊尽头传来，廊桥中的中官跟着一个一个往下传唱，须臾之间，整座廊桥都是太子驾临的声音，弹唱、歌舞之人慌不迭地跪地匍匐，在座的官员权贵们也起身肃立，热闹无比的中苑一瞬间便变得鸦雀无声。

只有李隆基等人坐的廊桥中，众人身份贵重，无须起立恭候，却也一个个肃然而坐。李华婉坐回自己椅中，敛神端坐，忽然间又由亲近甜美变得高贵不可触摸。

谢云流叹了口气，心中对太子的憎恶不由得又转高涨。

远远地便瞧见了太子。别人进入廊桥，都是由中官带着从廊桥后面绕行，直到指定位置才进入廊桥。太子李重俊却是直穿长廊而来，所过之处，廊中贵人们无不弯腰趋避，太子昂然而过，不与任何人交一言，走得飞快。太子身后数十名中官、羽林千骑跟着一拥而过，廊桥中顿时鸡飞狗跳，杯盘狼藉，甚或有贵人们躲避不及，被挤得人仰马翻……太子似乎十分享受此情此景，脚下更是走得飞快。

廊中众人都有些惴惴不安。同中书门下三品唐休璟唐老爷子第一个撑不住，颤巍巍地站了起来。其余众人，有两名亲王，四名郡王，三名公主，又以李隆基和李华婉身份最为贵重。众人看看李隆基兄妹稳如泰山地坐着，几个屁股已经离了座的又偷偷地坐了回去。

李重俊一路走来，脚下不停，直到走到李隆基等人所在的廊桥前才放慢了脚步。他的脚刚踏上廊桥前的阶梯，众人忽觉眼前一花，一个身影已经晃到了廊桥门前，弯腰驼背地去扶太子爷，仔细一看，不是唐老爷子是谁？这老爷子刚才还颤巍巍地站着都难，忽然间使出“移形换位”大法，简直令人瞠目结舌。

太子似乎也吓了一跳，待看清唐休璟那干核桃般的老脸，不由得哈哈大笑起来，道："老货！我以为你老得起不来了呢，你倒还是来了？"

"太子爷千秋盛寿，"唐休璟笑得鼻子眼睛都瞧不见了，"老货就是躺进棺材里了，也得爬起来给太子爷做寿，是不是？您走好——瞧着您精神还好，老货也就放心了。"

太子哈哈大笑，牵着他的手上来。李隆基稳稳地坐着，等太子上了廊桥站稳了，这才从座中慢慢站起。在场众人跟着一窝蜂地起来。

谢云流正在犹豫着要不要站起来，一只小手伸过来握住他的手轻轻一捏，他也就半推半就地站了起来。

大圆桌的主席正位一直是空着的，太子也不言声，直直地走到正位上，左右扫了一眼，坦然地坐了下来。

他没叫人坐，别人怎么办？李隆基一边笑着伸手向下按一按，示意众人坐下，他自己也坦然地坐了，一边道："大哥前日遇袭，我家老爷子还担心来着，说正是大日子，遇到这些事儿不吉利。今日瞧来，倒是无碍的。回去我跟老爷子说一声，老爷子得去拜佛还愿呢！"

"劳叔王当心了，"太子苍白的脸上滚过一丝笑容，"我是无碍的。京城内外，总有些无耻匪人要作乱，又有什么办法？华婉，你昨天也遇了险，没事吧？"

众人见太子并无不耐之色，一个个放心地坐了下来。李华婉笑道："劳动太子记挂了。小妹没事儿，倒是重茂弟弟和上官昭容受了点惊——重茂弟弟还好吗？"

太子顿时拉下了脸，道："没什么不好的。他小孩子，受点儿小惊吓有什么？咱们这里这些兄弟姊妹，哪个不是从小担惊受怕长大的？"

"是，"李隆基微笑道，"但这里头有点区别。先祖母在的时候，对咱们李氏皇族确实太过苛刻，咱们几兄妹哆哆嗦嗦过日子，陛下和我们家老爷子，不也过得有一天没一天的？那时候咱们过苦日子是正理。重茂他们这些小孩子又不同。如今天子圣明在上，国泰民安，重茂正牌子的天子之子，国之亲王，他们就不该受咱们受的罪——您说是不是这个理，大哥？"

一席话说得在座众人人人宾服。太子纵然桀骜，却也不由得点头，道："三弟你说得……还是在理。唉……我也不是要他受苦，说起来，我这个当哥哥的，难道还不为弟弟着想？我恨不得大索十日，一定要把那些混账揪出来不可！"

"自古天家骨肉最难周全，"李隆基脸上永远都是从容淡定的微笑，说话慢慢的，却让任何人都插不进嘴去，"如今正是陛下一改祖母时暴戾之气的时代，又正值藻饰天下太平的七夕盛会，京里京外有那么几个宵小作乱，还是该当谨慎一点，伤了几个人倒不打紧，重要的是不能坏了京中安宁祥和的气氛——长安乃国之都城，又是天下之都，这里有几分戾气，传到天下就成了风暴，陛下所开创的太平盛世，还怎么包得住火苗儿？依着小弟的浅见，这事儿还是往小里处置的好，一面也体现了大哥的吞吐包容之志，您说是不是呢？"

众人连连点头，连太子也听进去了。谢云流在旁边听着，觉得简直不可思议——这个太子，真的是昨日指派手下前来捉拿上官昭容和李重茂的人？昨日若不是他和李华婉及时出手，那个独孤祎之说得再好听，晚上也必杀了上官昭容和李重茂——犯下如此重罪，绝无再让那二人有生还之理。太子爷下令羽林军“保护”相王府，那么相王一族也绝对看不到今日的太阳。

已经到了刀光相向的时候，这些人脸上、口中，半点戾气也无，却是满满的亲情、忠义，仿佛那一切都是别人的事，他们在座的天潢贵胄，只不过是旁观者而已。

他心中冰凉，不忍再听。耳旁忽然温暖，却是李华婉又凑了过来，在他耳边轻轻地道：“谢大哥，你怎么了？”

“噢……”谢云流忙强笑道，“没什么啊。怎么？”

“我瞧你脸上不怎么自在。”

谢云流苦笑一下。李华婉和他认识不过数日，但这妹子眼光毒辣，自己又不善作伪，休想有事瞒得住她，便道：“我……我只是觉得有些不可思议。”

“在座众人，私底下你抠我鼻子，我挖你眼睛，坐在一桌却是谈笑风生——所以谢大哥觉得不自在？”

谢云流心中默默地想，真正让他不自在的，恐怕是李华婉这双把他心肝脾肺肾都看得清清楚楚的眸子吧？一边想，一边微微点头。

李华婉笑了。谢云流尽自心中不爽快，但无论何时，李华婉只一笑，便能冲走一天烟云。她明明把谢云流看得透透的，吃得死死的，可是笑容永远那么自然、豁达又从容，根本令谢云流无法将之与那些机械阴谋、尔虞我诈联系起来。

“你知道紫金观主是怎么死的吗？”她忽然问。

谢云流微微摇头。

“昨夜皇姑回宫后，下令神策军满城大索，抓捕了三十多名独孤袆之属下将领和三服以内的家属。事情牵涉到紫金观主，神策军上门时，他已经在贞元内院中服水银自尽，死得硬邦邦的了。”

这本是一件极其令人心寒的事，可是李华婉离他离得那么近，吹气若兰，温润之气直透肺腑，谢云流觉得整个人都热乎乎起来，直想她就这么在耳边说话，哪怕一直都说些死啊活的，那又如何？

“紫金观主，”李华婉哪里知道眼前这少年心中，已起了旖旎念头，便继续道，“是太子在京中的心腹，皇姑早已知道，却一直优容太子。如今两边撕破了脸……不知道以后会怎样呢。”

谢云流忍不住看她一眼。李隆基嘴巴上说得漂亮，但这两兄妹如今都是在恐惧之中过着日子。太子和皇后、昭容不睦，已经到了挖鼻子抠眼睛的地步，一张锦帕也遮掩不住了。相王一家作为皇帝最近的亲戚，那真是身居危崖之下，一个不慎，随便哪边垮塌下来便要举族灰飞烟灭……他的心转眼间又高高地替李华婉悬了起来，一脑门的旖旎念头都飞到了九霄云外。

“华婉，这是谁？”

两人吓了一跳，转过头去，却是太子见他二人靠得太近，故而发问。谢云流还没开口，李华婉道：“太子真是贵人多忘事，这不是前日救了小妹的……”

“哦！”太子想了起来，叫道，“对了，我还送了一只锦囊——你是……嗯……你是……”

谢云流发现一个事实——这世上他认识的人，大概就分为两类：认得出他的人和认不出他的人。认得出他的人嘛，目前瞧来都还算可交可友，认不出他的人……好似没什么好东西在里面。

这么一想，便即坦然了，向太子微一拱手，道："在下纯阳宫谢云流，见过太子。"

"纯阳宫的谢云流嘛，"太子笑道，"我记得，我记得。嗯……"

他忽然间住了嘴，低头沉思起来。在场众人都是见惯了太子爷飘忽不定的性子，倒也不奇怪。只是眼前是他的寿宴，时间也已过了午时。在场的近千宾客等了一上午，早就饿得头昏眼花，可是太子爷不举箸，谁敢乱动？众人都双手按膝，一动不动地把太子爷盯着。

忽听外面又有传唱之声，从远远的苑门处一声声传来，传唱者声音宏亮，又夹杂着无法抑制的惊恐：

"梁王、同中书门下三品、武三思大人到！"

太子的脸，顿时拉得老长。

谢云流不由得叹了口气。这里头李隆基、李华婉兄妹，时刻刀俎在头，也没见过他们二人随随便便地变过脸色，从容淡定得好似天家骨肉相残与他们一点关系都没有。太子手握雄兵，正是为刀为俎的人，却总是脸色变化，根本藏不住任何感情。

唐休璟老于世故，岂有看不出来之理？便开始大声咳嗽，找身后的侍从要吐痰的痰盂，就便儿便从席上消失得无影无踪。

李隆基继续安座，只是脸上也不见了笑容。毕竟来者是梁王武三思，二十多年来，此人手握天下权柄，不知有多少李氏皇族之人断送在他手中。他也曾数度站在了被立为太子的边缘，若是当年则天天后心思稍有变化，今日的天子就是他武三思，而在座的十有八九都已是冢下枯骨。是以即便以李隆基的定力，竟也有些坐不住。

眼见武三思一路走来。他也是走的廊中，身后不像太子那般众星拱月一般，只跟了寥寥数人。然而一路上廊桥之中所有人等，无论王公贵族还是部院大臣，一个个望风退避，武三思还没走到一半，整条廊桥之上所有人都已弯腰控背远远地避让在侧，中官、宫娥、侍从、舞姬歌优，一个个更是早就匍匐在地，不敢抬头。偌大的苑中，竟连一声咳嗽都听不到，只听得到武三思从容的脚步声。

蓦地里，太子周围的众人都被一阵不祥之感拽住心肺，大气都出不了一口。谢云流方外之人，本无丝毫挂碍，但毕竟年轻，周围人气氛一凝重，连他也不禁紧张起来。偷眼瞧太子时，但见太子呆笑着坐着，脸上颜色变化极其精彩，却半天都说不出句话来。

身旁的李隆基轻轻叹息一声，声音虽小，哪里逃得过谢云流的耳朵？李隆基对太子的失望之情，尽数掩饰在这一声叹息中。

转眼之间，武三思已在数丈之外，廊中众人已是按捺不住，正在探头探脑，却听廊下一声高声唱喏：“同中书门下三品臣唐休璟，参见梁王！”

那老头儿不哼不哈地下去吐痰，原来早一步已经迎候在了廊下！众人一片哗然，人人都不自禁地去瞧太子，却见太子也已站了起来，于是一片纷乱站起，靠近廊门的几个人慌不迭地闪开，为武三思让出一条路来。

武三思挺着大大的肚子，在廊下站了一会儿，斜眼瞧了下唐休璟，道：“老货也来了？”

“老臣本来在家养病，”唐休璟龙龙钟钟地道，“只是听说梁王千岁也要与会，这才不顾性命，为千岁前驱——您老小心点，这阶梯步儿高，别绊着了。”

当着太子的面，话说到这地步儿，太子的脸色不问可知了。廊中众人拼命低头，谁还敢去瞧太子的脸色？

谢云流倒无畏惧，只是站在他的位置上，已看不见太子的脸色。他不欲与众人一起弯腰行礼，便稍稍退了一步，一旁的李华婉似是知道他心意般，若无其事地上前一步，正好挡在谢云流的身前。

谢云流心中感激，这种时候也无话能说，只默默地低头，注视着她裙上绣着的牡丹花。

武三思慢慢走上廊桥，并不说话，廊中众人无限煎熬——太子在眼前，他不表明态度，在场众人谁敢先做杖马之鸣？在座的众人地位虽高，都是李氏皇族近亲，却因为老一辈的死了个干净，留下的都是些政治雏儿，有几个还是刚刚从岭南流放之地捡了条命回来的，谁也没有唐大人那番修行得炉火纯青的官场攀龙术。李隆基在众人中地位仅次于太子，但他一脸假笑地低头站在太子身后，半点要逾越太子的架势都没有。

太子嘴巴闭得像上了锁，李隆基不开口，众人只觉背上生寒，可是除了装死，又能如何？

谁也没有想到，在场第一个开口的，却是李华婉。

武三思在廊中一站，还没开口，李华婉已经浅笑吟吟地向武三思微行一礼，笑道："叔王早。好久没见叔王，叔王好似清减了，侄女在洛阳给叔王带了好些牡丹松寿丸回来，改日就给叔王送到府上，叔王心疼侄女，就赏收了吧？"

武三思年已过五旬，却养得白白胖胖，肚大如斗，哪里有半点"清减"的模样了？因见众李氏都当了锯嘴葫芦，李华婉这么一说，顿时一张老大的脸都笑开了，道："好，好好！那敢情好！叔叔这么多侄儿女里头，就数华婉最会做人！上次你叔母还说，华婉这小妮子年纪小小，常年被相王派得满天下地跑，说要把那匹万里神行云驹送你呢——回头就让你弟弟给你送过去！"

李华婉笑道："好啊！叔王那匹万里神行云驹可是一宝，咱们太子爷可都是想了多久呢！前儿还在说，什么时候去叔王府上，瞧瞧你的宝贝马去。"

李华婉这么一插嘴，太子爷脸上终于回过颜色，强笑道："侄儿的生日，不过找些故旧亲朋、兄弟姐妹们随便坐坐，倒是劳动叔王的大驾了。"

武三思哈哈一笑，道："太子的寿辰，本王岂敢不来？因为没有收到请帖，就想干脆来太子爷的苑门外头望阙磕个头，遥祝太子千秋万岁也就算了，可巧门上遇见几个老军伍的，一里一里就把本王请进来了。太子爷不会怪罪吧？"

在场七八个李氏皇族，每一个都恨不得把他活活掐死，却人人都是一脸的孺慕之情。太子笑道："小辈们胡闹，哪里就敢请叔王的大驾了？小侄正打算今日过了，去叔王府上拜访呢——叔王，您坐——华婉就最清楚，是吧？”

“是，刚刚太子还在说呢，”李华婉道，“就怕叔王忙，没空见我们小辈。”

“叔王现在也忙，天天进宫服侍陛下、天后，”武三思见太子让座，冷笑一声便坐了下来，道，“不过太子爷要驾临府上，本王自然要洒扫庭院，全家匍匐待诏，哪里敢没空？华婉，你旁边那位——”

谢云流不提防武三思忽然见到自己，一晃神之下不知该如何作答，李华婉已道：“叔王，这是先天后陛下御赐的纯阳宫大弟子，谢云流。”

武三思冷冷地道：“先天后？说得那么好听干吗？当今已有明训，则天天后只称则天二字！”

“那是令天下臣民改称呼，”李隆基在旁边接口道，“小辈们都是祖母的孙子，该有的敬称，侄儿女们不敢忘。”

武三思粗重地喘了口气。他虽然位高权重，究竟是姓武，眼前一大帮姓李的小辈乌鸡眼一般把自己盯着，岂能没有感觉？当今天子即位后，便下令剥夺了他姑母武则天的天后头衔，即便对他的宠信不变，这究竟也是没皮没脸的事，只要有人在他面前提起，武三思便止不住地犯腻。只是李隆基话说得实在没法驳，他肚子里一阵抽搐，连带谢云流这档子事也忘到了九霄云外，转头对太子道：“太子爷，还在等什么人吗？”

“啊？没……没有。”

“那我瞧着，稀稀拉拉也坐了小一千人，咱们总不能干等着吧？”武三思道，“本王年纪大了，可不比你们小辈，又能熬得饿，又能熬得打。”

太子脸涨得通红，直欲滴出血来，却不敢多嘴，只低头道：“是。岂敢叫叔王多等。咱们这边开席吧。”

武三思咳嗽一声，坐直了身子，坦然地面对圆桌。在场众人却是个个傻了眼：武三思大咧咧地坐在太子的坐席上，当今太子干站在他身后！慢说这本就是太子的寿宴，即便是别的游宴，也没个太子站在王爷身后侍候的理！

李隆基立刻站起来，笑道：“今儿是大哥的寿宴，叔王赏脸光临，是咱们侄儿女们的荣幸。既然是这样，请太子爷坐我这里，挨着叔王，我来当酒令，压场给各位行酒如何？”

说着也不待太子开口，端起酒壶便上前给武三思斟酒。旁边几个中官宫娥忙不迭地上来，李隆基也不说话，给武三思、唐休璟等挨个斟酒，他也真拉得下脸，跟着便给一桌的弟弟妹妹们斟。今日这场面，众人唬得脚都软了，李隆基挨个给他们倒酒，拍拍他们的肩膀，众人才勉强回过颜色。

武三思酒性豪爽，来者不拒，一上来就是三杯落肚。在场众人谁敢不喝？乖乖地都饮了。只有谢云流呆着脸坐着，碰也不碰酒杯一下。一来，他是真不会喝酒，二来武三思此人恶名在天下流传二十多年，当年害死了谢云流一家的营州事变始作俑者赵文翙，便是武三思的心腹，要不是因为引发契丹人暴乱而被狄仁杰奏劾死罪，流放死在了岭南，此刻大仇还不知上哪里去报。他心中直想着一拍桌子，怒叱奸王，拔腿便走，但又担心给师门带来厄运——毕竟此刻武三思还是天子和皇后最信任的人，而纯阳宫乃天子最厌恶的则天天后所建，一旦获罪，殃及师门几乎是一定的。思念及此，谢云流坐也不是站也不是，不知如何是好。

他的目光偷偷地在众人脸上跳来跳去，一会儿看看黑脸的太子，一会儿瞧瞧红脸的武三思，以及李隆基、唐休璟等等一众在场人等。他发现自己的目光总是不由自主地往身边那团白牡丹一般的人儿身上飘去，但每次刚一瞥见李华婉的衣角袖口，就忙不迭地转过眼去。

桌上只摆了一圈前菜。唐时的菜肴，在汉晋的基础上加入了大量游牧之民的饮食习俗，比如宴席正餐之前，会有酪、饼、熏肉、菜等等作为前菜。在座的一个个心中惴惴，谁敢多动一筷子？见太子和武三思夹了的菜，众人都赶紧地夹一点，就不敢再动。

这边前菜一道道下去，廊下早已准备好的正菜开始一道道上席。按唐礼，太子的礼仪参照皇帝，专门有一名中官立在廊前，品尝每一道菜，且试有无毒性。现在却又多了一人——武三思带来的数人都在廊下，其中一名牛高马大的身穿中书省带刀护卫绯色袍服之人，也每一道菜都品尝一口。他个头高，中官们个头都矮小，拼了命也无法把那些沉重的食盘举过头顶，因此每尝一口，那人都要弯一下腰。

谢云流目光闪来闪去，忽见那带刀护卫每次低头，都露出他身后那一排武三思的侍从们。其中一人，实在醒目，短发深目，嘴角一直带着邪邪的笑容，不是昨日那斩人脖颈的黑衣人是谁？！

这一惊非小，以谢云流的定力都差点跳起来，饶是拼命忍住了，手还是禁不住一抽搐。

坐在他身旁的李华婉立刻便察觉了，却不声张。正巧唐休璟提议："为太子殿下、梁王千岁寿，同饮一杯！"她随众人端起酒杯，轻轻地饮了，放下杯子，用丝巾捂嘴，仿若不胜酒力般地低下头来，道："谢大哥，怎么了？"

"昨日，鸡鸣寺中那人，"谢云流低声道，"就在武三思的侍从之中。"

"谁？！"李华婉警觉地抬起头，看了一眼，又低下头来道，"那个短头发的胡人？"

谢云流已经习惯了她惊人的判断力，立刻便道："正是——不，他虽是短头发，却不是胡人，我瞧他必是中原血统。"

"他武功很高？"

谢云流稍稍沉默了一下，道："我斗他不过。"

"武功如此了得？"李华婉的眉头皱了一下。

"我很担心。"

"怎么？"

"昨日这人说得清清楚楚，专杀太子手下的羽林军，又要杀天子的女人。他今日来，岂不是要对太子……"

李华婉沉默了一会儿，脸上神色阴晴不定，忽地吞声一笑，道："不妨事的。"

"啊？"谢云流大吃一惊。

"武三思已经带他正大光明地出来了，"李华婉道，"武三思昨日既然派他出来杀皇姑，这等隐秘之事，只要他昨日当真见了皇姑，不管杀没杀死，他自己回去一定活不了。可是他好端端地活着，说明武三思根本不知道他昨日其实已经找到了皇姑……他带他出来，光天化日之下见了人，就说明他以后不会再拿他当暗杀的凶器用了。谢大哥，你想想看，哪有照了面的人，还派去刺杀皇妃、太子、部院大臣的？”

谢云流恍然大悟。他行走江湖，也懂江湖上的规矩。“杀人不见光，见光手不稳”，不管是朝廷、民间还是江湖，杀人都是最重和最终的手段，门派冲突、报仇什么的，倒是明着来，没什么好遮遮掩掩的。一旦动用到杀手暗杀，那就代表得承担比当面杀人重上十倍的罪行，因此暗杀暗杀，一般都是在暗中杀人，绝不在大庭广众之下，而且杀手更是决不能被无关的人见到——一照了面，这辈子就只有逃亡的命了。说一个杀手“手脚不干净”，不是说他别的，意思就是他没把瞧见他的人都杀光，留下了隐患。只不过这等弯弯肠子，谢云流需要好一阵转脑筋才想得到，李华婉却一下子便看穿了其中关键。

李华婉见桌上众人都围着武三思、太子轮番进酒，没人注意到角落中的二人，难得地放下端容，对谢云流道：“不过还是多亏谢大哥眼睛亮。这种事情，咱们心里知道，总好过什么都不知道强。谢大哥，你烦了吗？我瞧你有些恹恹的。且稍待一会儿，小妹陪你苑子里逛逛可好？”

谢云流点点头，道：“可……可多谢你了。这样的宴席，咳咳，我从来没有见过。我不习惯这些，参加如此奢豪盛宴又违反门规，回去以后，我当向师父请罪。”

“违反门规？”李华婉笑道，“那为何令师吕真人来这长安，每三日一次在大明宫中饮宴？”

“啊？啊？”

“那时候我还小，三哥也才刚行冠礼，吕真人受祖母之请，来长安进献《大统典论》，祖母看了很是欢喜呢！说她自狄相国去后，再也没见过如此的大道理。”李华婉细细回忆道，“祖母笃信佛教，却又想请吕真人讲他的道理，因此每过三日便请吕真人入宫饮宴，在席上谈论治国大道。那时候，我和重茂才那么点儿高，三哥刚刚行了冠礼，大哥……”她看了眼呆坐在武三思身旁的太子，眼中掠过一丝伤感，道，“大哥也还喜欢逗我玩儿，常常把我抱在膝上……一晃差不多快十年了……奇怪了，谢大哥，那时候我不记得有你啊！”

谢云流苦笑一声。那时候他也才刚刚正式成为吕洞宾的弟子，正在华山脚下苦练入门的坐忘功。那个时候他又黑又瘦，头发因为尸毒未清的原因，都还是短短的绒发，哪里能跟着吕洞宾到长安城、大明宫中，受则天天后接见？

李华婉皱眉道：“那时候，祖母身体已经不好了。她总是说，太子——就是现在的陛下——暗弱，可能没办法延续她老人家创下的盛世。吕真人带来《大统典论》，她怕就此埋没，所以才召集在京的所有李氏和武氏的子弟一起来学习，指望着他们中间有一个能学会治世之道，天下的繁荣便可延续下去。”

谢云流这才明白，何以当初师父说去献书，一去一年半，原来其中还有这样的事——他和则天天后，都期望着能将天下的繁盛延续下去，这和当日钟离权与太宗皇帝的故事何其相似！只不过当日钟离权的《开元典论》有太宗皇帝继承，并在有生之年发扬光大，身致太平，却不知吕洞宾的这番献书，能否找到一个真正的命世天子，将之付诸实施呢？

他忍不住看看太子——粗疏骄纵，别说群臣，连自家兄妹都像防贼一样防着他。这样的人登位大宝，只怕天天游猎，根本就不知道大统典论为何物。师父那番苦心，看来已尽付流水了。

太子李重俊端着一杯酒，因为武三思在身旁的原因，正如端着一杯毒酒般发愁，哪里知道谢云流的心思？正发怔间，忽听武三思大笑道："如此良辰，我等皆国家大臣，岂能枯坐饮酒？怎么没有可乐之事？"

"整个京师的乐工、戏班子，此刻都在苑中，"李隆基侍立在侧，说道，"叔王要乐，侄儿去唤他们一个个前来便是。"

"呃！"武三思道，"此乃凡夫俗子之乐。三郎，你是楚王了，叔叔说不得要教教你，何谓天子、诸侯之乐。"

"哦？"李隆基道，"那真得要请教请教叔王。"

武三思得意洋洋，左顾右盼，见唐休璟坐在一旁，便道："老货，你老儿身体可好？"

"老臣身体——"唐休璟乍然惊觉，不知道该说"好"还是"不好"，说到一半改口道，"还可为千岁，为太子殿下效劳。"

"哈哈哈哈，好！"武三思大笑着起身，竟拉着他的手，直出长廊，走到花园中。

此时满苑的目光都投了过来，数千人不敢饮宴，只怔怔地把武三思看着。武三思丢下唐休璟的手，又进到另一间廊中，须臾又拖了一个人出来。众人看得清楚，正是致仕大臣、尚书右仆射、前同平章事、历事三朝元老魏元忠。

武三思将魏元忠牵到唐休璟身边，毫不介意地从自己腰上解下腰带——不过是滚龙袍外的镶玉金丝秘绸银带，将银带一边一头，递到两个颤巍巍的致仕大臣手中，手抚着唐休璟的背道：“老货身体还好。听说前日又娶了一门妾？新如夫人年纪还没满十六吧？”

唐休璟笑得露出一口稀疏的黄牙，道：“这是儿孙们孝敬我的，不过是服侍汤水罢了。”

“我知道你的心意，”武三思仰头道，“你是想向陛下表明，你身子骨儿还去得。你心里头还盼着左仆射这个位置，是吧？”

“那全仰仗陛下恩典，千岁看重。”

武三思拍拍他的肩头，不再说话，又看向魏元忠一边，道：“西京留守苏瑰奏劾原秘书监郑普思作乱一事，陛下已有决断。”

“愿闻其详。”魏元忠三世老臣，倒也不怕这位梁王，只拱了拱手，让他继续说下去。

“郑普思作乱一事，我知道右仆射的心意，”武三思道，“不过求普思一死，苏瑰无罪而已。但是天子已有决断，要释放郑普思，给苏瑰一个目无纲纪的罪名。”

“郑普思身为国家大臣，祸乱朝纲，送女入侍内宫，又阴畜死士，图谋作乱！”魏元忠低声吼道，“苏瑰捕杀此贼，朝廷竟然会怪罪于他，这真是岂有——”

“我知道你要说什么，”武三思嘿嘿一笑，打断他道，“说起来，这都是陛下仁德太深，所以容易被小人钻空子。在你们眼中，我武三思也是小人。嘿嘿。可是我辅佐先天后十余年，天下并没有如今这么乱，是不是小人，自有公论！”

魏元忠恨恨地盯着他，唐休璟则缩成一团，也不知在想什么。武三思见太子、众亲王、公主、大臣们都惶惧不安地围在周围，更是得意，大声道："陛下仁德通天，所求的不过是个安静祥和！我武三思自然也要成全陛下，你们这些政争，陛下没空搭理你们，我武三思倒可过问一二。有人说我狂……对不起得很，我武三思从天授元年开始，已经狂了二十年了！"

他的目光恶狠狠地扫过众人，连太子在内，人人都垂头低眉，不敢与他对视，只听他一个人咆哮："今天难得是太子寿辰，我武三思不请自来，总得有个礼吧？好吧！那我这个狂人就来解解天子家事。唐大人，你位在宰辅，意欲再进一步，求拜为左仆射。魏大人！你虽三度为相，现在已经致仕在家，想要干预朝政。也罢！"他指着那条银腰带，道，"你们俩就在这儿拉这条带子，以此石为界！谁被拉过了石子儿，就算输，我武三思必成全他心意，如何？！"

拿国家大政、宰辅之位，来押一局拔河的胜负，而且两个参与拔河的都是国家元老、相国，年纪都已是八十以上的老人！在场众人都惊得目瞪口呆，不知哪个上了年纪的中官心悸发作，竟"扑通"一声直挺挺地倒在地下。

在死一般的沉寂中，唐休璟老着脸呆了半晌，竟然真的拖起了腰带，紧紧地抓在手中。不说他四十余年为将，单是他那高大的身板，就比书生世家的魏元忠高了足有一头。在场众人心中无不厌弃他贪得无厌、奴颜媚骨的无耻，却无人敢出来言语一句。

魏元忠亦是面如死灰，却并无奴颜，淡淡地看了武三思一眼，道："梁王有命，元忠原是该效之以死的。可惜元忠已老，已无力再与唐大人争个你死我活。"

“哦？那么郑普思、苏瑰的公案，我可就装瞧不见啰，”武三思道，“魏大人就这么看着堂堂的西京留守白白送死？”

“送死我魏元忠无能为力，”魏元忠低声喃喃道，陡然间怒目圆睁，大喝道，“但我魏元忠岂能让苏瑰白白送死？！今日借梁王千岁的腰带，元忠就死在这御花园中，先走一步，令苏瑰地下有伴，岂不快哉？！”说着用力一夺，唐休璟已是呆了，猝不及防间被魏元忠夹手夺去了腰带，他脚下虚滑，扑通一声摔倒在地，再也挣扎不起来。

在场众人谁也没去管同中书门下平章事摔得半死，全都直勾勾地盯着魏元忠。魏元忠三朝旧臣，忠义举国皆知，在高宗、天后时代就以批龙颜冒死直谏著称，当着天后的面要自杀也非一次两次，而且绝非做作，每次都是真心寻死，连御臣下甚苛的天后都怕了他，每当魏元忠有奏本，天后即便不同意，也要朱批恩准，怕活活逼死了他，落下逼死忠义大臣的污名。

现如今他又要以死相拼了！就在大明宫、御花园、太子生辰寿宴，当着上千人的面！太子李重俊脸色顿时变得死白——魏元忠一死，不管是受谁逼迫，史书上也只会写上“忠臣死谏”四个字，现在的天子，和将来的天子，想想竟是都承受不起这四个字！

全场死一般的沉寂中，李隆基忽然“扑哧”一笑，道：“叔王错了！”

武三思转向李隆基，上上下下打量他几眼，道：“哦？三郎说我错了？”

“叔王错了，”李隆基肯定地道，“这不是天子、诸侯之乐。”

“异论相导，文武分流，以上御下，”武三思道，“这不是天子之乐是什么？你祖母教你的东西，都忘到九霄云外去了吗？”

“祖母那时候有祖母的难处，”李隆基微微一笑，“作为一个女人，又新开辟大周国，无论如何也要保住江山，所以必须令天下臣子互斗，以掌握权柄。如今世代大不相同，圣明天子在上，天下皆大唐忠义之臣，天子信任诸大臣，又何须搞什么异论相导，弄得人人自危？”

“是吗？”武三思冷笑道，“原来个个都是忠臣？那依你所见，又当如何？”

“太平年景，对唐大人这样的老臣，魏大人这样的忠臣，要敬，要爱，”李隆基笑道，“敬事百官，则百官警醒自重，爱养百官，则百官爱护百姓，天下何愁不长久太平？前头祖母、叔王辛苦二三十年，才得眼前这繁花似锦的天下，侄儿辈们爱之、养之，方不愧对叔王当年的辛苦，叔王，小侄说的可是？”

武三思脸皮抽搐，半天也憋不出一个字来。周围众人都瞧得呆了，也不知平日里不哼不哈的楚王李三郎，怎么会忽然有如此见解。

李隆基也不看众人，走下长廊，亲手将唐休璟扶起，笑道：“两位都是天子、相土敬重的老臣，别累坏了身子。来人啊，扶着点唐大人、魏大人。”

几名中官连忙连滚带爬上来，将两人扶住。这二人一来上了年纪，二来狠狠地激动了一把，都有些头颤手摇，站立不稳。唐休璟摔得嘴皮都破了，中官赶紧给他疗治，这边厢魏元忠摇着头，叹息道：“楚王……唉……您这心田……”

"两位老臣都与国有功，"李隆基向太子行了一礼，道，"太子殿下当赏赐老臣，以隆恩信。"

"呃……嗯？"太子惊醒过来一般，茫然地道，"这当然……自然是要赏的，嗯……嗯……"

武三思冷笑一声，道："既然是太子爷要赏赐，本王可就要看个稀罕了。不知是赏魏武帝的赤兔马呢，还是苻坚的玉格车？"

太子脸皮抽搐几下，正要赌气开口，站在一旁的李华婉忽然一拍手，笑道："大哥，叔王说的阿物儿俗气得很。依着小妹的意思，眼前这荷塘里，正好有荷花开放。荷花洁白无污，又正是时节，何不就在塘中采摘一二枝荷花，赐予两位德高望重的大人？"

话还没说完，周围数位李氏皇族的子弟已经拍掌叫好。太子颇为感激地看了她一眼，道："好，好！"心神一定，说话终于流畅起来，大声道，"既然叔王觉得应赐予恩赏，便赐两位大人御园荷花一株，以昭彰两位大人数十年勤劳王事，拳拳忠贞之心。"

站在旁边的中官大声唱喏，将太子的旨意传递下去。唐休璟和魏元忠二人激动不已，连连行礼致谢。偌大的苑中，上千宾客，无不大声称圣。

早有中官出来，从池塘边推出宫娥们采藕的小舟，上去数人，便向池塘中划去。

这池塘中漫漫洒洒，种了不下十亩荷花。可能因为刚值初夏，荷塘中长满了亭亭玉立的花苞，却只有中间一小块地方，有十余枚花已经开放。那花白里透粉，洁净如玉，在阳光之下颤巍巍地反射着日光，实在是爱煞人儿。多看得两眼，众人不由得对李华婉暗自宾服——在这样的场合中赐予老臣御园之花，的确是难得一见的风雅，以出淤泥而不染的荷花来赏唐休璟和魏元忠，一个国之重臣，镇守边境数十年，虽然上进之心未免惹人嗤笑，但终究是大节不坏；另一个则更是朝中公认的三朝忠义，士人砥柱，这份赏赐传之后世，当也是一段佳话。

太子虽疏阔，却不笨，慢慢地想通了其中的道理，对李华婉不由得又赞又佩。眼见着那几名中官划着小舟艰难地穿过满塘荷叶，就要靠近中间那几株花，忽然眼前一花，一条人影雷闪一般地向荷塘中飞落。

那是一个身穿紧身黑衣，短发高鼻的青年。但见他双臂大开，在柔软的荷叶上纵跃，荷叶不点头，他却一跃数丈，直如没有身体的鬼魅一般，几纵几跃间，已经飞过了大半个荷塘。

荷塘周围千余人都张大了嘴不知所以，谢云流和李华婉却同时对望一眼，同声道：“是他！”

小舟上的中官也瞧见了此人，见那人轻飘飘而来，吓得几个人脚都软了。眼见那人从荷叶上高高跃起，就要落入舟中，一名中官挥桨击去——众人眼前一花，待看清楚时，那名中官和桨一边一个，远远地飞出了小舟。

啪的一声，那人踩在了船舷帮子上。说来古怪，荷叶他都踩不弯腰，这舟能载七八人，却被他轻轻一脚，直接踩得翻了过来，舟上数人更是被那巨大的翻滚之力直接从舟中甩了出来，惊叫着飞出去一丈多远，好似刚才踩在船帮子上的不是一个人，而是一头大象。

那人借着这一踩之力，更是箭一般地向前射出，“锵啷啷”一声拔刀在手，待他在中间那亩荷花中一落，两朵最外面的荷花便脱离了花茎，高高向上飞起。

荷塘周围，千余人齐声大叫起来。原来这人想要赶在中官之前，将那些荷花尽数砍倒！

一名中官大声嚷了出来：“那……那是梁王千岁爷的部下！”

武三思转头怒视，须发皆张，喝道：“什么？！大胆的东西！那是本王的部下？他可穿着中书省的绯袍？！你敢胡说，本王架你柴山上烧了你！”

那中官白眼一翻，竟自活活吓晕了过去。周围众中官、众大臣和李家一众小子辈，人人心中发寒，哪里敢说半个字？

不过两句话的工夫，又有几朵荷花飞上了天。那人在荷花堆中纵横往来，便如在花间散步一般自由。周围众多千骑、神策、羽林军士，谁又敢舍身下去？有人拿出弓箭来，便即讪讪地垂下手——这荷塘周围一圈全是长廊，这一箭放出去只要射不中那人，便不知会落到哪个贵人堆中，谁敢胡来？

李华婉忍不住向前两步，忽然身旁风声大作，一个人影从她身旁掠过，只两个起落便已落到了湖中，正是谢云流。

众人眼睁睁地看着他落向池塘中，眼看要落到水中，忽见他猛地在空中转了个身，身形又不可思议地向前蹿了两丈，落在了一片宽大的荷叶上。荷叶微微一弯腰，谢云流又向前飞去。

那黑衣人在水中来回跳了两轮，荷花已被削去了大半，只剩下中间一团荷叶中，还有三四朵在绽放。谢云流提气直冲过去，黑衣人回转身来，谢云流已在目前。两人都在全力地飞跃，在空中高速交错而过，“啪”的一声，谢云流的身子去向不变，那人却明显地歪了一下，落下荷叶时，荷叶也终于弯了腰。

那人反身跃起，毫不迟疑地向谢云流冲来，手中弯弯的西域刀在阳光之下猛地拉出一条烂银般的光弧。

“谢大哥！”

谢云流和那人再度交错而过，那人身体摇晃着落到一边，谢云流却连连几纵，落到离岸边很近的地方才停下。众人皆见他一晃，随后顺手一扯，将半条袖子从衣服上扯了下来，扔在水中。

“谢大哥！”

谢云流回头瞧了李华婉一眼，道：“我没事！没伤到我，只是衣服而已。”

李隆基上前两步，从自己腰间拔出长剑，道：“接着！”连鞘掷过来。谢云流反手一抄抓在手中，也不及说话，立刻奋身向池塘中冲去。

黑衣人在原地打了一个转，又有两朵荷花飞上了天。周围的千余人终于忍不住喝呼起来，数百人一起高叫：“住手！住手！”

李隆基见太子黑着脸，唐休璟急得双手发抖，魏元忠闭目冷笑，百官吵嚷之声震天，忙凑到武三思身后，低声道：“叔王，这么下去不是事。叔王于百官有恩，胜过有仇，何苦在光天化日之下，逼迫老臣如此？”

武三思也黑着脸，低声道：“本王也不知道怎么回事！此人是本王带来的护卫不假，但他是半年前才入我府的，自称安息人，不过瞧着武功好，人又老实……本王怎么知道他失心疯了，要去摘那劳什子的荷花！本王便在这里站着，你可见本王下过令？”

李隆基跌足叹息。那边厢黑衣人得意洋洋，站在最后两朵荷花前左顾右盼，大有别人叫得越是惶急，他越开心之意。他稍等了一下，听得心满意足，才举起弯刀。

旁边的荷叶微微一弯腰，谢云流已落在叶上。黑衣人冷笑一声，连身也不转，背对着他，直到谢云流“嚓”的一声，拔出了长剑。

连谢云流自己在内，两人同时脸上变色，同声道：“好剑！”

那剑长约莫三尺三寸，宽两寸，又细又薄，声如龙吟。阳光之下，剑身上一层一层细纹如血丝一般，弯弯曲曲布满剑身。这是最上等的“龙血纹”，非得上等精钢，经过无数次地淬火锻打才能得见。

两个人都是兵器的行家，只听了一声拔剑出鞘的声音，看了一眼，便都已直了眼睛，再也转不开视线。

黑衣人看了两眼，艰难地咽了口口水，道：“小……小兄弟，你这是何剑？”

谢云流低头瞧剑锷前的篆字，念道：“动魄……动魄！”

“动魄？！”黑衣人道，“倒真是……名不虚传！”

“你昨日既然走了，今天就不该再来。”

“啊？”那人惊道，“什么，你昨日……见过我？”

“……”

谢云流和那人对望一眼，谢云流看得清楚，那人的相貌万中无一绝不会错。可那人瞧他的目光有些飘移，拿不定主意似的看着他。谢云流盯着他的眼睛，那人浑身一缩，将眸子藏进阴影中，恶狠狠地道："你到底是谁？"

"纯阳宫门下，谢云流！"

那人一声怪叫，手中弯刀自下而上，划向谢云流双腿，谢云流第一次用"动魄"，不敢托大，一个筋斗闪过。那人却无丝毫停留，一招使过，便即向最后两朵花冲去。

他快，谢云流更快。纯阳派梯云纵轻功本就是天下少有的高深轻功，谢云流此刻全力施为，更是惊人，那人身形进入荷花一丈之内，身后凌烈剑气已到，那人无力再向前，转身弯刀挥吟，"当当当当当"数声爆响，那人退了一步，身旁十余张荷叶炸成了絮状。

周围众神策、羽林、中官、贵人们，同时爆发出一声"好！"

一个好字还未落地，那人的身影已经和谢云流的身影重叠在一起，"叮叮当当叮叮当当"，两人在不到一张圆桌大小的四片荷叶上展开对攻，谢云流的动魄闪动着烂银般的光芒，随着他在四片荷叶左闪右纵，变成一片拉不断的银色光墙，而那人的弯刀则反射着诡异的金光，往往银光云水一般流动了半天，才见到金光一闪。

不知何时，天空中薄薄的云霾被风吹尽。烈日光焰倾泻而下，湖中心那两道光影变得格外耀眼，众人几不能直视，在场没有几人看得清那金银光中发生了什么。猛然间一声龙吟，嗡嗡地震得众人耳鼓一涨，却见那人一个倒翻出了圈子。这一回却是全力地倒仰而出，直接跃出了池塘，落到最近一处廊桥外。

廊桥中轰的一声，人人争相出逃，杯盘狼藉滚了一地。那人看也不看，回身向池塘中拱了拱手，道："好功夫！这一招好生厉害，敢问可有名号？"

谢云流在荷叶上站直了身子，随着荷叶缓缓起伏，冷笑道："自然有名号！纯阳太虚剑意，夺魄！"

"以剑动我之魄，以招夺我之魄……"那人喃喃道，"果然好算计。"

谢云流一怔，才发现事情竟然如此之巧。那人不待多言，向他一拱手道："好俊的功夫，陆某这算是见识了中原武学的风骨。既然答应了别人之事，无力完成，还有何面目立于此？告辞了！"

众人不意他说来就来，说走就走，竟是走得极其干脆，吐出的字儿还未落地，身影已在廊桥之上，且是绝不回头，轻轻的几个起纵，消失在高大的宫墙之后。

直到这时，廊桥周围的数道大门才同时打开，数百名羽林千骑一拥而入。这些都是守卫东内苑、小儿坊等处的精锐羽林军士，按说这些人速度也不算慢，距离荷花池最远的小儿坊离此有六里，这些人不到一刻钟便悉数赶来。可惜终究还是迟了一步，连"反贼"的影子都没瞧见。

"胡闹。"看着众羽林军一拥而入，苑中又是一片鸡飞狗跳，李隆基忍不住低声骂了一句。太子却甚是高兴。羽林千骑是他的心腹，大批羽林进苑，太子顿觉底气十足，转头瞧了眼武三思，目光也变得不再畏畏缩缩，道："胡闹什么？他们来得正好！"

“太子……”

“三郎，你不用管，”太子道，“传令下去，今儿是我的寿辰，父皇昨日已下诏，文武百官各加一阶，以示恩宠。我想，文武百官们都晋了级，羽林千骑们终日护卫，难道没有恩赏？着羽林千骑也各加一阶，今日……咳咳……眼下便入苑中，与百官同乐！”

他冷冷地看了眼李隆基，等着瞧他反驳，李隆基深吸一口气，低头道：“……是。遵太子圣命。”

在场众人哪里知道，就这么一眨眼间，太子又动了如此脑筋？因见谢云流出手阻止了那人疯狂地砍削荷花，太子和唐休璟、魏元忠二位老臣不至于当场出丑，顿时欢声雷动。人人都以为谢云流这便要去摘下荷花，却不知谢云流不过是激于义愤出手，并非贪图功劳之人，见那人退去，他便也从容退到岸边。

众大臣、勋贵们从湖畔四周的长廊，纷纷涌向太子所在的廊桥，有人经过谢云流身旁，但此时太子、梁王才是他们关注的焦点，转眼之间，便没有人再将他放在眼里。

自有数名中官匆匆划小舟过去，将那剩下的两株荷花小心翼翼地摘下，快速地回到岸边，两名中官将荷花用漆盘托上。

太子见众臣大集，转头又瞧见武三思气得老脸歪斜，不由得心情大爽，竟亲自过去，端了两盘荷花，一一递到唐、魏二人的手中。两老臣自是涕泗横流，魏元忠只说了声：“太平可期……”便再也说不下去，唐休璟老而弥坚，开始从上元元年他受高宗皇帝知遇之恩说起，滔滔不绝，绵绵无有止境——这都是二人秉性所致，自也不必细表。

这边厢李华婉好容易才挤出被众人挤得水泄不通的廊桥，下到湖边草地。谢云流站在一株柳树下，背着双手，若有所思地望着湖水。

“谢大哥！”

谢云流转回身来，奇道：“你怎么来了？太子呢？”

“太子好好的，你瞧瞧这周围，难道还缺人围着他，奉承他吗？”李华婉轻叱一声道，“说起来，人都是没良心的。明明是你打退强敌，却人人都围在太子身旁，好似是他跳下湖里、手握长剑把那人打退了一般。”

“这岂不是正好？”谢云流笑道，“我一时义气，下场与那人交手，将来师父知道我在皇宫内苑与人动了刀兵，还不知怎么责罚我呢！哦，对了，这口剑真是神物——快还给你三哥。”

“我不还，”李华婉眼波流动，哼道，“三哥生性好骑猎，爱玩的都是弓、长戟这些玩意儿，这把剑还是祖母在三哥生日时赐给他的，我瞧他一次也没用过，只是每次太子召见，都把剑佩带着……你喜欢，便拿去好了！”

“哪有这样的道理！”谢云流道，“则天天后赏赐我纯阳宫中的东西，师父都好好地供在宫中，受万世香火，以答谢天后的建宫之赐呢！”

李华婉苦笑一下，神色黯然地道：“难为你们纯阳宫啰！现如今，谁还记得则天天后这个名字？嘿……既然你觉得不妥，那你有机会自己还给三哥吧，我不碰这玩意儿。”

谢云流转身便欲去廊中，走了两步，只见那廊桥现在拥挤得实在不堪，又犹豫着停下了脚步。

“谢大哥。”

“嗯？”

“太子或许想要感谢你。”

“不会，”谢云流道，“他定是已忘了我的名字。”

李华婉掩嘴而笑，道：“是。太子疏阔，性格很粗野的，谢大哥，你别放在心上。”

“我是从死人堆里被师父捡回来的，”谢云流道，“除了我心中看重之人，其他人于我如浮云，所以师父给我取名谢云流，”他看了眼忽然间脸红起来的李华婉，继续道，“太子、武三思这些人或许于天下，是重要得不得了的人物，可于我而言，不过是不相干的陌生人而已。”

“谢大哥来京城几日，可有不陌生的人了？”李华婉笑道。

两个人不知不觉间，并肩在湖畔边走起来。谢云流仰头思索道：“不多。也就是四……不，六个人。”

李华婉倒是真吃了一惊，道：“谢大哥，就这么短短几日，你倒认识这许多人了！”

“不多呀，”谢云流道，“你，重茂，隆基三哥，上官昭容。嗯，还有一个人，我不知道他的来历、去向，可我也不能说。还有一个人……”

“你不说的人，我不认识，可是最后那个人，我认识，”李华婉笃定地道，“他刚刚连滚带爬的，跳上楼顶跑了。”

“对。”谢云流忽然忍不住笑了。

“谢大哥你行走江湖，认识的人却不多，”李华婉叹了口气道，“连仇人都算作了熟人。”

“他也不算我的仇人，”谢云流摇摇头道，“他虽然乱杀人，绝不会是我的朋友，我却没觉得他是我的仇人。他两次跟我交手，第一次他有机会杀我，却没有。刚刚那一次……”

他的声音渐渐小了下去，直至于无。两个人并肩走着，都低头皱眉，似乎各有心事，不知不觉间，行走得越来越快，已经出了池塘，穿过长廊，前面出现一道宫墙。

这道宫墙的大门与城门不同，乃是一座完全木制的大门，雕斗画梁，精美异常。这是东内苑通往大明宫后宫叫做东延寿宫的门。按礼，这是大明宫外朝与内苑之间的宫门，大唐朝廷开放，不禁百官入宫，但无论什么官员，在这道门前也须得止步，因为里面就算是真正的内苑了。

通常这道门前有大批的羽林军士守卫，今日却是半个人影都没有，所有的人现在都已在东内苑小三里黔陵上柱国将军苑中饮宴。两人同时一怔，停下脚步。

“不，”谢云流眉头皱得更紧，道，“刚刚那一次，他并不是败给了我！”

李华婉眉头紧皱，似乎并不意外，道：“他故意输给你？”

“不，不不，更奇怪……”谢云流凝神回忆，道，“当时我以一招碎星辰破他的周遭，他还招很是奇怪，似乎没有尽到全力。之后我们在荷叶上交手，在那上面站都站不稳，他先以西域的刀法攻我左路，我单脚站在荷叶上，还了一招七星拱瑞……”

他口说手比，将他与那人在荷塘上数度交手，自己所用每一招每一式，那人的每一招每一式，详细到当时两人各自的身体及四肢所在的位置、荷叶的分布、每个招式所牵涉的在摇摆不定的荷叶上用力等等，一一道出，无不详尽，如在目前。

与高手过招，每一招都是电光火石的速度，性命都在呼吸之间，很多人打斗中都已纯属本能地反应，早已分辨不清别人的招式，自己用了什么招式都没有几个人记得清爽，谢云流却不仅说出纯阳招式在这里头的用处，连那人的武功——他连名字都不知道——也清楚每一刀的出力方式、虚实所在，便如研究过多年的一般。李华婉听得目瞪口呆，仿佛是第一次认识他一般——这少年确是有些傻头傻脑，不通世故。但他年仅十七岁便成为名震天下的纯阳宫大弟子，绝非是浪得虚名。

谢云流比画到一招上，忽然停住，道："便是这样。他的招式到这里根本没有用老，以他刀法的走势来瞧，这一刀他当直劈我下路，逼我转向右边——你看出来了吗？"

李华婉有些发呆地盯着他的脸，道："什么？"

"他没有顺势劈下，却往左转，我这一剑挑他尾门穴，就逼得他跳出圈子自保，否则必死无疑，"谢云流说到这里，放慢了速度，一字一句地道，"他故意让我胜了这一场。"

"那时候羽林军已经赶来了。"李华婉眼珠一转，"他已经听到。"

"所以他跑了？"

"谢大哥，我问你，"李华婉严肃地盯着他道，"以你对他的了解，你觉得他会不会怕几百个羽林军？"

"不。他杀不光他们，却不会被他们抓住。"

“那他为何落荒而逃？”

谢云流皱起眉头，道：“我便是一直在想这个事儿。按理……”

“不用想了，谢大哥。你不知道内情，是永远也想不出来的，”李华婉面对着那扇巨大精美的门，淡淡地道，“没有几个人知道，东延寿宫乃是皇家藏宝秘辛所在。今日那人一番折腾，一切只不过是为了这里面的什么宝贝罢了。”

这一下，终于轮到谢云流惊讶得合不拢嘴了。

“那人借武三思的势进来，把一件小事闹得满宫皆知，拼着连武三思的面子也拉下来，难道当真是个傻大胆，事情闹大了收不了场，说走就走人了？”李华婉道，“太子和武三思都在当场，那人既不是要行刺，似乎所作所为也不是武三思指使，那除了宝贝，还能有什么是他心里所想？否则费偌大的劲，你说是为何？”

“呃……呃……”

“谢大哥，那人的武功，真的高于你？”

谢云流毫不犹豫地道：“是。我也不知他高我多少，但总之，我……我在湖上，根本没存过打倒他的念头，只求能拖得一时而已。”

“谢大哥的武功已是一流，在武学上的心思动得那般快，连我自己的师父都有所不及，可是还是打不过那人，”李华婉笑道，“以谢大哥的见识，能练成这般武功的人，难道真是个缺心眼的？”

“和你们比起来，”谢云流讪讪地道，“我恰巧正是缺点心眼……”

李华婉哈哈大笑，道："那是谢大哥你少经江湖，有些事你不愿意去想罢了。可是这几日我见你，虽然傻乎乎的，可是关键时刻总能出现，事事凑巧——你哪里缺心眼了？"

谢云流被她说得哑口无言，低头一想，确是如此。他缺的不是心眼，而是与这些政治人物斗智的经验。那个家伙看上去呆呆的，可若是没有聪明的心智，是绝对学不会那一身令谢云流忌惮无比的诡异武功的，对这一点，谢云流比谁都清楚。

"真正能练成绝世武功的，都不是笨蛋，"李华婉叹了口气道，"那人若真如你所说，乃是放你一马，那必然是有目的的！谢大哥，你的心思总是动得这么慢，只知道看见眼前的事，便信以为真，将来在江湖上，不知会闯出多少祸事来呢。"

为何李华婉说的话，和师父说的一模一样？难道他自己在别人眼中，便是如此冲动盲目之人？谢云流被她说得哑口无言，唯有深深叹息。

李华婉望着那高大的门良久，终于也叹了口气，转身便行。

谢云流一把抓住她的小手，叫道："华……华婉！"

"嗯？"

"难道……就这么……让他进去？"

李华婉笑道："嘀！关我何事？又不是相王府，也不是去西内苑刺杀天子、皇姑，我着什么急？这二三十年来，皇族死的死，逃的逃，国难未已，这东延寿宫里的宝贝再稀罕，我也不放在眼里。什么都比不上命重要。嗯，比起来，我更在意谢大哥你叫我华婉。"

谢云流顿时绯红了脸，道："抱歉！"

“我喜欢得紧啊，你又干吗要抱歉？”李华婉笑道，“你叫我华婉，嗯，我很高兴。”

谢云流实在搞不懂，这种紧急的时候，一个专门抹人脖子的杀手进了西内苑延寿宫，还是什么皇家秘辛藏宝之所在，连他这个方外之人都觉得不妥，大大地不妥，李华婉这妞儿平日里精明万分，果决勇毅，怎么却忽然糊里糊涂地尽是小儿女情态？

李华婉喜滋滋地走了几步，在一株桃树下仰头看碧油油的叶子。谢云流讪讪地站在她身后，看着她雪白的长裙拖在地上，忽然间想起昨日在鸡鸣寺桁梁之上，她那纤细苗条、又湿又滑的躯体，两人当时交手的一幕幕、一招招，又不由自主地涌上心头。

李华婉忽然回过头来道：“谢大哥。”

“啊？啊？！”

“你老是神不守舍的，在想什么？”

“没什么，”谢云流涨红了脸，“我……我不知道该去哪里，所以在这儿等你。”

李华婉嫣然一笑，谢云流眼前不由得一黑。李华婉却道：“你想不想瞧瞧那人究竟想干什么？”

谢云流道：“啊？嗯……不了。这是皇宫内院，我怎么能进。师父知道了我在皇宫中胡来，不打断我的腿才怪。我只是……只是担心……咳咳……其实这也不该我来担心……”

“你师父打断过你的腿吗？”

“没有。”谢云流老老实实地道。

“那你还怕什么？”李华婉抓起他的手，向他挤挤眼睛，转身便扯着他向大门跑去。

谢云流吓得不轻，更是搞不懂李华婉的心思这么鬼魅般地变来变去，是何道理。但是不管怎么想，此刻要他主动将手从李华婉温润的手中挣出来，那却是万万不可，即便要被师父打断腿，也绝无商量。

李华婉出生在距离此地六里远的东内苑小儿坊中。

彼时当今天子已被贬斥房州安置，过着朝不保夕的日子，她的父亲、当时的天子李旦则刚刚上书则天天后，请求将皇位让给母后。在她出生四个月后，她的父亲便正式禅位，被封为皇嗣。

和被贬去房州的当今天子不同，李旦因让位于天后，甚得天后欢心，他和他的子女都受天后恩宠。李华婉和李隆基从小便在大明宫中长大，即便后来李华婉、李隆基的亲生母亲被天后赐死，对这兄妹俩的恩宠仍旧不曾消退，相比起在外随父亲颠沛流离的太子李重俊，以及生下来就差点被当今皇后韦氏下令扔在水中溺死的李重茂比起来，他们兄妹更像是这座宫殿天生的主人。

李华婉牵着谢云流的手，并不走大门，沿着宫墙向西走了一箭之地，墙上出现一座小小的甬门。毕竟内宫中的宫墙并不是起抵御外敌只用，所以每隔一段距离就会有供内侍进出的小甬道。谢云流见李华婉走得十分笃定，又忍不住开始胡思乱想，道："华婉，要……要是那人是真的败退，并非前来宝库，又当如何？"

“那正好呀，”李华婉道，“谢大哥救了我，救了皇姑，救了重茂，现下又帮了太子这么大一个忙……我正想着要送谢大哥一件宝贝，岂不正好顺路？”

谢云路吓了一跳，道：“使不得！我不需任何宝物，再说，救这么多人，我不敢当！”

“怎么？不是你救的？”

谢云流皱起眉，道：“奇怪得很……这几日好似云里雾里一样，你说我救了这些人，我似乎确实也做过。可是仔细想来，又那么凑巧，总是误打误撞碰上的，并非我的心意。”

“一入江湖身不由己，”李华婉笑道，“朝廷政争，比江湖还要可怕，你多留在京中一日，只怕永远也要身不由己、误打误撞地下去呢。还是早点清醒，自己找一条正路。”

谢云流心中一动，道：“正路？”

李华婉看了他一眼，欲言又止，待迈过甬门高高的门槛，门内两名守卫的中官一起弯下腰来，道：“公主殿下。”

李华婉瞧都不瞧他们一眼，直接迈步进去。两名中官弯腰待她过去，同时伸出手来拦住了谢云流，齐声道：“贵客留步。”

谢云流一怔，李华婉背上像长了眼睛一般，头也不回，双手反手疾点在两名中官肋下，两人同时闷哼一声，歪歪地软倒在地。

“华婉！”

“谢大哥，跟我来！”李华婉向他挤挤眼睛，转身便向前疾冲。长长的甬道又窄又高，她冲了数步便踏上旁边的高墙。也不知她的轻功是什么门派，纤细苗条的身姿在高高的宫墙上快速地前进，怪在她于一个方向上借力，却能始终直直地向前，十余步之后便轻轻巧巧地上了宫墙之顶。

谢云流看一眼两名瘫倒在地的中官。那两人虽然气急败坏，却毫无惊讶神色，而是一副又上当了的表情，看来这位公主殿下没少在宫里折腾。谢云流叹了口气，只好将两人重重叠叠地摆好，又小心地将甬门关上，道：“抱歉，抱歉……”向上纵起，在两堵墙之前交替蹬踏数下，轻轻巧巧地便上了墙顶。

延寿宫内苑果然不愧一个宫字，放眼望去，七八十亩地的范围内，矗立着四座高大的宫殿，庞大的殿宇虽不能与太极宫的正殿相比，也是大到几乎一亩多地的巨大四面坡顶，黑压压地盖在数不清的柱头上。

大殿旁边小小的抚殿一座接着一座，组成殿宇的群落，群落与群落之间则是高大的宫墙连接——只瞧了几眼，谢云路便不由得有些眼晕，眼前的殿宇群落如同迷宫一般，怪不得李华婉要跃上宫墙，若是在宫墙之下的正道走，不知道要绕多久、过几座守卫森严的宫门才能抵达中间那一片辉煌的殿群。

李华婉的身影如一道雪白的光影，已经到了正殿群落旁边的宫墙上。此时日刚西斜，正是未时初刻时分，谢云流提气追过去，一路都小心被守卫者瞧见，可是奔过了数座殿堂，下面的宫门都紧闭着，也没瞧见有人守卫。适才东内苑的一场喧闹，果然把这些地方的羽林都给吸引了过去，太子爷心情一好，又全部留下宴饮，这里便空荡得好似冷宫一般。

李华婉的身影忽然间消失不见。谢云流跟着跃下宫墙，见她苗条的身影在大殿下的须弥台边一晃，便又不见了踪影。

这位公主，任何时候和他在一起，都从未考虑过自己追不追得上她这个问题，只管自己像青烟一般地在前面奔跑着，谢云流真是又恨又笑，只得打起十二万分的精神拼命追赶。

这座延寿宫自大明宫修建之初，便是作为皇家内库的核心之用，因此虽然也是宫殿结构、有三层须弥台，但这台阶已经不是用来衬托君主至高无上的地位，而是为了防潮隔水，须弥台下方不是黄土堆垫，乃是用无数根柱子将整座宫殿撑在离地一丈高的空中，外面用一层薄薄的黄土围起来。

李华婉消失的地方是须弥台背面的转角之处，谢云流跟着过去，转过高大的台基，便见到一道黑石砌的小门，估计是留作须弥台的透气出口。只是皇家殿堂，即便是个透水汽的口子，也是以黑曜石砌墙，白泥膏弥缝，修得像一个正常供人出入的口子一般。

谢云流凑到那洞口，一阵冰冷的风吹出来，冷得他一激灵。探头进去瞧，李华婉正在门里，谢云流叫道：“……”李华婉早知他要开口，一伸手就蒙住了他的嘴，张口不发声地道：“别闹！”

谢云流还在发呆，李华婉一把抓住他的领子，将他拖进口子中。

这里面是条只有不到三尺宽的小巷，小巷中柱头林立，柱头与柱头之间则是石砖砌起来的矮墙，又冷又霉，谢云流鼻子一酸，就要打喷嚏，赶紧一运坐忘功，眼观鼻鼻观心，立时便沉静下来。

李华婉似乎早已习惯了这里头的霉味儿，牵着谢云流的手便往前行。行不数步，已是黑乎乎的一片，几乎啥也瞧不见了，只感觉一直在碎石铺就的地面上前行，而两旁的砖墙曲曲折折，以直角相交，他们转了几个弯，谢云流便以云里雾里，完全不知身在何处了。

李华婉忽然停下脚步，谢云流屏息跟随，不意她忽然停下，一头便撞了上去，黑暗中也不知撞上了什么，只觉又软又香，伸手一摸，却是李华婉的满头青丝。

谢云流吓得赶紧又退一步，李华婉的身躯却反过来，靠在他身上。满头青丝直往谢云流鼻子里钻，谢云流大骇，生怕一个喷嚏打出来，正在这时，李华婉忽然低声道："嘘——听！"

谢云流侧耳听去——什么异样声音也没有，只听得见微风穿过排水巷道的嗡嗡声。

接着，噗的一声，一个什么软软的东西落在距离头顶不远的地板上。谢云流心中一紧，以为是什么人倒在地上，李华婉似是知道他的心意，一把按住他肩头，低声道："是书！"

"书？"

"羊皮大卷的声音。"

她似乎听出谢云流惊讶地吸气，凑近他耳旁道："这间殿里头，存着从苻坚、刘义隆时代传下来的典籍、国史。苻坚的国书，还有魏收的'秽史'都是写在羊皮大卷上，那一卷有一人那么重呢。"

谢云流从来就没听过苻坚、刘义隆这些流传千古的前朝皇帝名讳，自是更不知道北魏魏收写的《魏书》从杀青的那一刻起就被世人讥笑为"秽史"的典故，只觉得奇怪，居然还有写在羊皮上的书。皇帝家的宝藏，原来就是些比人还重的书卷？

不远处又是噗的一声。两人侧耳听着那声音，在狭窄的小巷里跟着走。李华婉在谢云流耳边轻轻地道："你说，那家伙有点傻笨傻笨的，是也不是？"

"呃……嗯……"

"那个又傻又笨的家伙，可真是厉害得紧哪，"李华婉轻笑道，"延寿宫里八卦藏仙阵，可真是难不倒他。"

"什么……阵？"

远处又是啪的一声。这一次大概是竹简一类的东西了，摔在地上脆生生的。李华婉牵着他寻声而去，一面低声道："快走，他到了地辛第七排架子了。这座宫可不是咱们大唐建的，早在隋炀帝大业六年以前就建好了，是著名的将做大匠宇文恺专为隋炀帝存他的国藏书籍所建。隋炀帝心狠手辣，生怕别人盗走了他的宝贝书，这里面曲曲折折的走廊、画架，统统都是有机关的——当壁有一幅《天子巡幸西天极北万寿一统图》，图里面有如何在里面走的提示，可是那可难得紧！我十五岁以前，受皇姑教授十年，还不能读懂那图呢！"

"哦？可我瞧你……好像很是熟悉这里面……"

"废话，"李华婉白他一眼，"你以为我和三哥，小时候在哪里玩？从前隋炀帝时，这下面的通风排湿的走道里都布满了机关，听说还有禁卫守卫，有些禁卫一辈子住在这里面，等到隋灭唐兴了都不知道呢！后来先太宗皇帝说，图书乃是纠正人心的东西，怎么能藏着呢？地下藏着人，也有伤阴德，才把下面的通道通通开放。"

谢云流迟疑道："那……那上面的机关……"

"机关是都拆除了，可是宇文恺留下的布置却没有变化。太宗皇帝觉得这有看图巡宝的意思，雅得很，所以一直留了下来，不知道的人，走来走去总会迷路，怎么也走不到大殿的中央，"李华婉道，"直到去年，我和三哥才破解了图中的秘密，在阁里头自由地走了一遭。"

"啪"，远处又是一声。李华婉牵着谢云流的手都抖了一下，道："这人好生厉害！他快要走到大殿的中心了！"

谢云流忽然间觉得手心出汗。自鸡鸣寺一见，那人武功卓绝又呆头呆脑的形象，在他心中已成定势，若真如李华婉所说，那这人岂不是妖怪了？他跟着李华婉，转过几个高高低低的台阶，前面柱头越来越密集、粗大，看来真是接近了大殿的中心。也不知当年大殿的设计者宇文恺出于何种心思，大殿中央的位置设计得比外面要重很多，因此用的梁木都要粗上足足一倍。

青砖砌成的墙已经消失不见，这里柱头虽然粗大，却宽敞了很多。当年的设计可谓巧夺天工，这里密密麻麻数百根柱头、数百面相互隔绝的墙壁，可是空气却能四通八达地流通，一百多年的陈旧殿堂下面，除了略有点霉味儿，一点难闻的气息也没有。

转过一道特别粗大的柱头，前面是一组由六根柱头构成的柱头群组。这样的设计真是奇怪，难道在上面殿堂里，也有这么六根柱头紧密地排列在一起？谢云流越来越觉得离奇，只见李华婉向那堆柱头走去，绕到柱头后面，忽然凭空升起一尺。

谢云流差点绊在她身后，昏暗中提脚一踩，果然有一道根本瞧不见的木级，他踩着上来，才察觉脚下不过是一块紧贴在柱头上的木块而已，只有三寸宽，只容得下一只脚站立。

李华婉脚下不停，一步一步上升，原来有一圈木块围绕着柱头螺旋向上，若非是李华婉带路，谢云流只怕一辈子都看不见。两人都是轻功卓绝之人，这木块历经百年，已经朽烂不堪，两人却好似青云直上一般轻松。

上了几丈，谢云流觉得应该早已在大殿的地板上露了头，但柱头里依旧黑漆漆的，上升不见尽头。这里处处透着古怪，谢云流哪里敢发出半点声音？小心翼翼地跟在李华婉身后，见她忽然停了下来，一只柔荑抓住他的手，将他也拖到与她并肩而立。

待他立稳了，李华婉低声在他耳边道："别出声。"说着轻轻推开眼前的一小块木板。

眼前顿时一亮，谢云流情不自禁地低头闭眼，等眼睛适应了才转回头来，从那个小小的不足半尺宽的格子里望出去，竟然已经身在延寿宫大殿的上方，从这里可以俯瞰大半个大殿。

这大殿果然如李华婉所说，修建得极其古怪，殿中便如地面下一般，无数柱头林立，柱头与柱头之间是高高的直抵藻井的百宝阁、万宝阁，这些密密麻麻、相互榫和的阁台面十分薄，黑沉沉的，竟然都是用铸铁所造。虽然阁与阁之间都是通的，整个大殿可以相望，但阁间都十分狭小，成年人根本无法钻过。

谢云流顿时明白了李华婉的话。在这样一座殿中，百宝阁和柱头将大殿划分成无数个可望不可及的区块，头上的藻井显然也是铁铸铜造，就算看得到咫尺之外的物事，若不知该如何行走，那是绝无拿到的可能。

谢云流原以为他们所在的柱头群落，便是整个大殿的中心，现在看起来却还不是，眼前便有一块两丈方圆的地方，被四扇百宝阁紧紧地围在中间。那地板的中央摆放着一只四脚圆鼎，周围则摆放着十来只香炉，只不过香炉中没有烟火，却是一卷一卷的画轴和竹简。

环顾整座殿中，八宝阁、百宝阁上都不过是些书卷、画轴，偶尔有一些香炉或者小小的漆盒，完全不是谢云流以为的堆着金山银海的宝藏库模样。

偌大的殿中，此刻只有一个身影在晃动，自然就是那家伙。他此刻正在靠西的巨大落地窗台下，在一排被阳光照亮的百宝阁中找来找去。那一阁摆放着许多大大小小的罐子，实在瞧不出和谢云流幼时乡下所见的土陶盆罐有何区别，那人却小心翼翼地一只只捧起来，又一只只放下，轻脚轻手，生怕碰落罐罐上一层灰似的。

李华婉凑在他耳边，低声道："瞧见没？那一排子坛坛罐罐，可是从前宋传下来的，是宋文帝占卜用的'兼乐陶'，这家伙可是个识货的人哪！"

话音未落，那人忽然放下陶罐，俯身在阁下一摸，似乎摸到什么东西，蹲在那里半天不起来。

李华婉道："那里有一张宋文帝拜访徐湛之时，二人在江枫亭验算文王先天八卦所用的一张八卦图，其实是个很深奥的筹算问题……若他解得出来，那便能开启最后一道门，若是那样，那这人可就厉害得紧了……哎？"

话还没说完，便见那人长身而起，转过身来，阳光斜照在他脸上，但见他胡子拉碴的脸上满是喜悦兴奋之情，却是含而不发，喜而不狂，昨日鸡鸣寺中的嚣张、适才荷花池上的张扬都已全然不见，换作一副极其沉稳的面孔。

谢云流感到一颗心直往下沉——在自己入京见到的一干人等中，这人是自己最以为笨的一个，却结果比谁都聪明，连李隆基、武三思那样的人都被瞒过了。自己在鸡鸣寺和荷花池上接连跟他战了两场，其实不过是人家早就步好的棋局，等着自己跳而已，他却还在嘲笑人家傻！

他脸色苍白地看着那人沿着一条弯弯曲曲的狭窄巷道，走到那四面八宝阁墙前，在面西的那一面墙前蹲了下来，不知在干啥，只听见零星的金属簧片的清响，忽然间辄辄连声，面朝北的那面墙缓缓移了开来。

四面墙露出了缝隙，那人却尴尬地站在那里——他所在的位置，现在是去不到北面的。看到他一本正经的脸上一副又气又急的样子，李华婉绷不住噗的一声笑了出来。

那人一惊，但立刻就恢复了平静，道："原来还有高人在此。敢问是何方高人？可否现身一见？"

"不行，"李华婉道，"一见也不能见。"

那人立刻望过来，眼中闪过一丝讶色，道："原来佛像之中另有通道？怪不得……阁下是谁？"

谢云流这才明白，这几根柱头撑起的根本不是大殿的屋顶，而是一尊巨大的佛像。

那人定定地盯着佛像，不知他在想什么，忽然间，那人脸色大变，露出恍然大悟的表情。

李华婉低声叫道：“不妙！”拉着谢云流的手便要纵下柱头，却见那人手一扬，“啪啪啪啪”几声响过，柱头里顿时亮堂起来，一道道光从他们脚下透入，想来却是佛像上被那人的暗器打了几个洞。

那人见暗器没打中人，“咦”了一声。谢云流反手抓住李华婉的手，道：“咱们跳下去！”

李华婉苦笑道：“来不及了！那人已经知道我们是怎么来的，下去只有死路一条。”说着袖中翻出短刃，一刀横切，将眼前薄薄的木板划开。谢云流只好跟着一掌击在木板上，“啪”的一声，木板飞出去老远，两人一起从佛像的肚子中跳了出来。

那人看清二人的面目，微觉吃惊，道：“姓谢的小子，还有李家的公主。原来昨日鸡鸣寺里，是你们两个在搞鬼。”

“见笑了，”李华婉拱手笑道，“咱们两个小子实在眼拙，没有瞧出阁下原来真是一代高人，冒死敢问阁下高姓大名？”

“嘿，嘿嘿，”那人冷笑道，“贱名有辱清听，还是不用说了吧。”

“也好，”李华婉毫无脾气，笑道，“那就大路朝天，各走一边。这位大侠，请了。”说完转身便走。面前一道百宝阁，李华婉伸手在某处轻轻触碰两下，那百宝阁便咯咯咯地转了开来，让出一条路。

那人见李华婉居然举手投足之间便开了一扇门，不由得大惊，叫道：“慢！等一下！”

李华婉和谢云流哪里会等他？快步走到下一个百宝阁前，便去找机关。

蓦地里“啪啪啪啪啪”几声脆响，谢云流根本来不及思索，将李华婉往后一扯，一块小得看不清的东西正弹在李华婉刚刚触碰的百宝阁上，“啪”的一声，迸射出几点火花。

两人顿时都变了脸色。如此劲道，谢云流若不是拉开了李华婉，李华婉的身体绝对已被射穿。

那人的声音从几重百宝阁之外传来：“二位，得罪了。二位若是就这么走，陆某可舍不得，还是请二位过来，咱们聊上几句，如何？”

两个人都没看清他是如何在重重百宝阁中将一粒什么东西射得如此之准、之劲，自忖若他放开手脚施展，都顶不住几下。谢云流忍不住要转身，李华婉一把抓住他的手腕不让他动，口中道：“我不过来。好好的，用弹丸子弹人家，我们还是躲远一点儿好！”

那人笑道：“这，只怕就由不得两位了。公主殿下，你再走一步，我不敢杀你，我却敢把你旁边的心上人脑袋弹个窟窿，你信不信？”

李华婉摇头道：“不信。”

“你转过来瞧瞧便知。”

“我不转，”李华婉道，“我一转过来，你就把我心上人打死给我瞧，好让我告诉你这殿中的机关所在。我既怕死，也舍不得心上人死，所以我不转过来，你要打，就趁我瞧不见的时候打死他，我便立刻自尽，这殿中的秘密，你是别想从我这里知道。”

那人料不到李华婉一上来就把口封得死死的，笑道：“那又是何苦？又不是你一个人知道这里的机关，只不过是凑巧罢了，回头我另外抓一两个宫人来，一样能问出机关的秘密。你告诉我一声，皇帝难道还能杀了你？何苦赔上你们两个人的性命？”

谢云流站着不动，一直在苦苦思索如何在如此小的空间之中抵御那瞧不清楚的弹丸的办法，忽然手中一沉，李华婉已递了一个冷冰冰的铁板在他手中。李华婉道：“你说的，也有些道理。我和我的心上人若死了，的确是有些冤枉。不过，却不是一点用处也没有。若是我代国公主李华婉莫名其妙死在了这里，你说，当今天子会做何想？是不是该派羽林卫、凌霄阁、大理寺、刑部兵部户部工部……三省六部，宫里宫外的人，都来这里好好查验，看本公主是如何死于非命的？你想要做个什么事儿，敢问还做不做得成呢？”

那人被反将一军，心中暗骂，口中却道：“公主好刁的嘴。说得如此决绝，那是没得商量了。俗话说得好，贼不走空。今天我可不能白白走一趟。你不说，我拿你没办法，但我瞧你旁边那人，十分的不顺眼，打死他我就走，可好？”

“好啊，随便你，”李华婉道，“你要杀人，难道我还能拉住你的手不成？”嘴上说着，手一直偷偷地摸着身前的百宝阁。那人远远地看不清楚，喝道：“我说的可是当真的，我数三声，你们若不转过来，那我就必须杀掉你们俩，我可就管不了杀的是公主还是小子了！一！二！”

李华婉手伸到百宝阁中，连按几下，口中接到：“三四五六七！”

那人一怔，便听咯咯连声，三人之间的几重百宝阁同时转动起来，那人知是上了李华婉的缓兵之计，暴怒之下手一扬，“啪啪啪啪”连串声音爆起，李华婉尖叫道：“头！”

谢云流根本不及思考，将李华婉递到他手中的铁板往头上一举，啪的一声，一颗弹丸结结实实打在铁板上，弹了开去。那人不由得大吃一惊，就这么稍微缓上一缓，四重百宝阁转了方向，那人虽还能看见他们，中间却又多了两重阁，这几重阁上都摆满了古董、卷册和书籍，再要想用丸子打到二人，便没那么容易了。

高手过招，讲究的是一击中的，若无九成以上的把握，一般是不会出手的，免得徒惹笑话。那人叹息一声，道：“好机灵的公主，好听话的小子！”

“客气，客气，”李华婉直到现在才放下心来，喜滋滋地道，“阁下打鸟的手法不错，改日李华婉必上门来求教。”

“不必了，”那人傲然道，“不要以为你们两个逃过一命，我就不来了。只不过换个时间而已。我又不急，天天来做个客，总有机会。”

“既然阁下喜欢来做客，我又岂能不好客？”李华婉笑吟吟地道，“从今日起，这座殿里便每日安排四百名羽林军士，上上下下只管站着——啊，对了，听闻阁下你喜欢抹人脖子，咱们宫里别的没有，倒是人多得紧。便允你随便抹，瞧瞧要抹多少个人的脖子，阁下的手才酸得举不起来。”

那人哭笑不得，道：“我试过。抹上二三十人，这手就要酸了，而且第二日必定酸疼难耐，得喝西域的红酒才能抵挡这疼痛。”

李华婉拍掌笑道：“原来红酒还有这等效力，我又长了见识！”

那人低头沉吟，想了半天，竟是拿李华婉无可奈何，叹道：“我原来以为机缘巧合，今次可以得见平生所欲的宝贝。如果吸引羽林军士离宫的计策不行，那便先藏在宫中，到夜里总能见到。又或者，进入殿中，有人看守，说不得，便要大杀一场，那也无所谓，杀个把人的业障，老陆丝毫不以为意。”他看了看李华婉、谢云流二人，叹了口气又道，“可是万万没有想到，公主殿下几句话，倒把老陆的一番雄心打消得干干净净。嘿！也罢！看来今日是与这玩意儿无缘了。既如此——告辞！”

说着一拱手，转身便行。李、谢二人没料到他居然说走就走，毫不拖泥带水。眼见他头也不回，一路弯弯绕绕走向大殿出口，李华婉忍不住道：“呃……喂！”

那人脚下不停，道：“怎么？”

“你别多心，我没有什么恻隐之心，会给你开方便之门，”李华婉老老实实地道，“我就是觉得奇怪，随便一问——这殿中的东西，我多多少少都知道一些，你想要的，究竟是哪一件呢？”

“嘀！”那人冷笑道，“你等我说了出来，便即拿走，藏得远远儿的，让我一辈子找不着，这个当我也会上？”

“那不一定，”李华婉道，“说不定你想要的东西，在我眼里根本一钱不值。说实话，这座殿中的物事，天下又有几个人知道每件东西内中的价值？你觉得价值超过世上一切的宝物，说不定别人早就想扔到街上去。你若是不说，那我可以保证你很久很久都得不到。可是若是你说了出来，万一那东西并不值钱，我又大发慈悲，说不定就给你找了出来。”

“嗬！”

“说不说，在你，给不给，在我，”李华婉笑道，“你说出来，得到那东西的可能性也小得很，可是并不比不说出来得到的可能性更大，是不是？我也不过是小小的好奇，阁下既然不愿意说，请便，请便。出门时，请上宫墙走，别在路上走，少杀几个无辜，李华婉就承你的情啦。”

她说得十分洒脱，那人却听进去了，停下脚步，沉思起来。沉吟了一阵，那人抬起头，道："我要找的东西，在他人眼中，确实是一文不值，不值一文。说穿了，其实在我而言，也是一文不值。那东西在百余年前，的确是世上第一要物，可是现在？不过是一张花里胡哨的画而已。是我执着于此太深，才用身家性命来做这种无聊事，唉。”说着摇了摇头，起步又走。

李华婉好奇心旺盛，果然被他勾起了兴趣，追问道："一幅画？什么画？这殿里前朝画册可是不少，太宗皇帝半生积蓄都在这里呢。”

“嗯，嗯。”那人心不在焉地点点头，继续快步走。殿中百宝阁曲曲折折，他转了几个弯，眼看便要出去。

“啊！我明白了！”李华婉一拍手道，“可是前朝展子虔的《游春图》？”

那人大笑道："《游春图》不过是酸腐文人喜欢的东西，我拿来做什么？擦刀上的血都嫌不够软！”

“那可是——王羲之的字儿？可对不住，《兰亭序》已经陪葬在昭陵了，这里没有。”

“那不是什么正经书画，”那人停下来，头靠在百宝阁上，淡淡地道，“那不过是一幅地图……而已。”

李华婉惊讶地道：“地图？”

“一幅叫做《江山社稷图》的地图，”那人咳嗽一声，索性说了出来，“不过那并不是什么重要之物。因为它是一百多年前隋朝文帝时代绘制的地图，于今一百多年过去，无论是都邑郡县的设置、江山河流的走向、外邦藩国，都已经起了不小的变化，今人看来，不过是幅画得特别精细的图而已，并没有什么大用。我……咳咳……我不过是祖上与此画有些渊源，所以只求能看上一眼，足矣！”

李华婉皱眉思索。她从小就在这里头厮混，倒是见过不少的图、画、册，三哥李隆基比她更爱在这里看书，两人从小交流，从来都没听他提起过什么地图之事，一边想，一边皱眉道：“倒是……没听说过什么地图。”

那人一直仔细端详着她的表情，闻言哈哈一笑，道：“小气，小气。嘴巴上说得大方，其实骨子里还是透着小气。”

李华婉涨红了脸，喝道：“没有！这里收藏有我大唐建国以来所有的史册、文书、典籍、纪要，从来就没听说过什么《江山社稷图》！”

那人冷哼一声，道：“这由得你说，我陆危楼难道还能把这里再翻一遍？”

李华婉一拍手道：“啊！原来你叫做陆危楼！”

那人吓了一跳，想想已经脱口而出，不由得大窘，道：“怎么，难道这名字不好听吗？你不借《江山社稷图》，那便算了，我以后有机会，自然会自己来寻。哼！”说着气哼哼地出门而去。他倒也干脆，两人在殿中听见他上了宫墙，果然是一个人不杀，一溜烟地去了。

谢云流口中低声念着他的名字，道：“陆危楼，危楼，危楼……这个名字儿真是不俗，是什么人取的？他有这么雅致的名字，做的却是抹人脖子的事，这人……真是奇怪。”

正说着，李华婉忽然击了一下掌，叫道：“上当了！”

谢云流吓一大跳，道：“怎么了？！”

李华婉脸上满是后悔之色，叫道：“上了他的大当！他明明已经无望再找那《江山社稷图》了，可是走的时候，却故意拿话套我，引诱我问他——谢大哥，我上当了！他知道我对这殿中很熟悉，几句话一说，我便失了警惕，你想想看，当时我在想的时候，脸上的表情都被他瞧去，这殿中有没有《江山社稷图》，他现在已经很清楚了！”

“这——”谢云流大惑不解地道，“没有就是没有，他就知道这个，又能如何？”

“你不懂！《江山社稷图》这东西，一听名字就是国之重宝，从前只听说西汉武帝时曾有方士为大汉画了这么一张图，那可是一直流传到刘宋时代的宝贝！前隋有没有这东西，我不知道，但以文帝、炀帝父子那番做派来看，想必是有的！而且一百多年过去，城邑或有变化，山川河流能有多大变化？肯定是大大有用的东西！”

“那又如何？那又如何？”

“那人处心积虑来寻这东西，必是在哪里听说过此殿中有。对他而言，此殿中有没有，其实真是件很重要的事。若有，他便无论如何也要再来寻找，我或许可以设下圈套，把他降服，”李华婉眼中波光流转，说得神采奕奕，“可是却被他轻易地从我这里套走了那东西不在的确切消息儿。现下这家伙必是远远地再去寻找，我们可又怎么拿得住他？”

谢云流没想到她的弯弯肠子转了这么多圈，不由得失笑道：“华婉！你这……真是多虑了！那陆危楼费尽心力来寻，既然已经让他吃了亏，赶走便是了，你又何必想得如此……唉！”

“陆危楼，”李华婉一字一顿地道，“这个名字呀，说不定都是他用来套我话的！哼！这人有些门道，我必要小心才是。”

谢云流哭笑不得，道：“你是公主殿下，他不过是个亡命江湖的杀手，你们俩这辈子，只怕再难有机会见面。与其想那些，还不如好好想想前面宴席之上，万一太子和武三思打起来，那该如何收场。”

李华婉白他一眼，道：“你当太子爷和梁王是江湖上的小混混，一句话不妥就打起来吗？刚刚那会儿那么凶险，两个人还有说有笑呢。我跟你说，谢大哥，这世上，越是仇敌，便越是交情好；越是背后捅刀子，人前便越是得笑。你那些直来直往的江湖习气，在朝堂之上是行不通的。”

谢云流点头服气，道：“是。还好我谢云流只不过是闲云野鹤，飞来宫中一二日便即飞去，不用过这当面笑背后哭的日子。”

李华婉深深地叹了口气，伸手抓过谢云流的手握着，却终也是无话可说。

两人从殿中出来，已过了申时。便见一队队喝得烂醉的羽林军士相互扶持着，吵吵嚷嚷地回各宫驻地。

李华婉脸上挂着寒霜，迎面走去。众羽林军士虽然喝得烂醉，总算还有一丝意识，一见代国公主寒着脸过来，一个个顿时满腹烈酒化作冷汗散去，忙不迭地行礼。

谢云流偷眼看李华婉，见她气得胸口起伏，却终于还是忍了下来，知道这都是太子的缘故——太子不在乎把东宫弄得一团乱，她李华婉岂能越俎代庖？索性冷着脸，一路快步走开，谢云流也只好不吭声地跟在她身后。

两人沿着原路转回小三苑的荷花池，却见遍地狼藉。席已散，看了连场好戏的达官贵人们一个个半醉着，在仆役们的扶持下退场。两人去寻李隆基，李隆基却已经走了。唐休璟、魏元忠等人也都已消失不见。

李华婉在遍地狼藉中默默站了一会儿，摇摇头道："谢大哥，咱们走吧。"

于是两人掉过头来，往苑外走，路上都是些慌慌张张跑来跑去的中官。李华婉说是不管，却又看不惯，终究还是揪住几个慌乱得失了礼节的一痛好骂，算是出了口气。

好容易走到延政门前，却见宫门处人头攒动，拉过一名小中官问，原来是太子李重俊亲自将梁王武三思送出宫门之外，双方在那里客客气气地告辞，羽林军封闭了宫门，要待这二人分别离开，才能让其他人穿过宫门离宫，刚从宴席上下来的贵人们，全都给拦在了这儿。

李华婉何等身份？看见两人过来，众贵人们忙不迭地让路，两人走到宫门近旁，果然看见太子与武三思相对而立，似乎在说着什么。两人的仪仗就在身后，双方人马怒目而视。

太子白着脸，武三思红着脸。太子说话慢，武三思说话快。武三思的话一直不停，太子的脸色十分难看，也只好不停地点着头。好容易等到武三思说完，太子率先行了一礼，却不料武三思袍袖一甩，转身便走上了停在他身后的马车。

太子的腰还没有直起来，武三思的马车已经开始掉头。站在宫门之内，瞧不见太子的脸色，谢云流听见李华婉低低地骂了声："蠢货！"

这一年是景龙三年。梁王武三思已经五十八岁，太子李重俊刚刚满三十一岁，然而从此刻算起，他们中的一人生命只剩下不到三十六个时辰，而另一个还只有不到二十四个时辰的生命。人生的际遇如风云变幻，实难逆料，就连那掀起风雷的人物，也不过是夕阳西下时地平线上飘动的凄惨风影而已。

第六章

谢云流翻来覆去，难以入眠。

已是丑时初刻。先是下了会儿雨，又刮起了风。今夜的长安城，格外安静，前几日的喧嚣、热闹，仿佛被这场风雨刮去了九霄云外一般，剩下的只有盛夏无尽的燥热、烦闷，站在二楼的窗口望出去，天空、大地都笼罩在一种似黑非黑、似云非云的雾气中，几乎听不见什么声音。

四周安静得可怕，令人难以入睡。谢云流辗转反侧，即便运起了紫霞功，也无法让自己静下来、定住心。这很是奇怪。自从八岁开始随师父吕洞宾修行以来，他的心从未在午夜里这般乱过，他也不明白究竟是何原因。

夜，太深太沉了，难以入眠，难以安心。

他不自禁地去想李华婉。一想到李华婉，他的心像火烧一般……她那曼妙的身姿，天马行空一般的念头，忽冷忽热，忽颦忽笑的性子……谢云流青春年少，自小便跟随师父游历大江南北，却从未如此与一位年纪相仿、如魅如精的少女相处，好容易修炼得古井般的心胸，刹那间就被扰动如麻，却又不知如何是好。

沉思半日，由李华婉那精致的小脸，又想到上官昭容，想到那站在她身旁的小小的重茂，既而又想到李隆基，不知怎的，又想起陆危楼、太子，甚至是滑稽可笑的武三思、唐休璟……心乱如麻。来长安不过数日，于他却好像过了几年，人事繁杂，江湖险恶，庙堂难测……他原来以为自己来此，定能寻获别册，可是现在别说是别册了，他连自己丢了只怕都不自知。

这个时候他才猛然发现，最想念的人是师父……倘若师父在身边，绝不会令他纷扰至此；师父若在身边，定能看破一切诡计，震住一切邪人，令他周围的这些乱七八糟的物事统统消于无形；师父若在，必令他立身正派，不伤人致死。

谢云流心中一会儿激动，一会儿惋惜，一会儿欢喜，一会儿懊恼……终于长长地叹了口气，决定无论如何，明天一早就离开长安，回纯阳去。

他心略略安定，立时便听到了些不同寻常的声音。

声音是从西边那一排黑压压的高楼中传出来的，呜呜咽咽，如泣如诉，夹杂着偶尔一声清脆的磬声。谢云流心中骤然一紧——贞元内院。那是……紫金观的道士们在为他们的观主哭灵的声音。

这幽森低泣的声音，在黑暗中像风一样飘来，谢云流不由得打了个寒战。他探出身子望了望，但见整个贞元内院中漆黑一片，道士们显然不敢公开为观主举哀，只能在半夜里偷偷给他哭灵。谢云流身上起了一层一层的寒栗儿，却忍不住从窗中爬出，纵身跳上屋顶。

紫金观中黑乎乎、静悄悄，一切都似乎在昭示随着观主的离世，百年旧观即将面对的不可测的命运。这一次谢云流并未刻意隐藏，可是各个殿、屋、小巷中，到处冷冷清清，看不到道士们的身影。

贞元内院的大门紧闭，上面贴着两条巨大的黑色封条触目惊心。谢云流纵上高高的院墙，探头一看，吓了一跳。

贞元内院中竟然密密麻麻的挤着不下两三百人，差不多全观的道士都在，人人身披灰色慈袍，盘膝而坐。没有油灯、烛火，每个人的怀中抱着一根星火般的香，一起低声诵经，压抑的声音像从一口枯井中发出，低沉嘶哑。

乍一听到这声音，谢云流心中像被人揉了一把似的难受。他不敢下去，却又不知道是否该离开，傻乎乎地在那院墙上站了一会儿。

漆黑的夜色，忽然亮了起来，好似有人将天地这密闭的盖子掀开了一条缝，吹过一阵略感清凉的风，谢云流精神一振，转头望去，但见西天极上云层裂开了一条缝，露出一轮朦胧弯月。

再过几天，就是满月了。谢云流怔怔地望着那轮不太清晰的月亮，心中百感交集。忽然间什么东西在月亮的清辉中一闪，虽只一闪，谢云流已瞧得清楚，那是内殿殿顶上晃过的一条人影。

谢云流一惊，左右看看，根本没有人注意到那条影子。难道是陆危楼？不……他和太子的瓜葛，都是装着为武三思效力，如今已无可效力处，再说紫金观主已死……难道是为了别册而来？

他不敢怠慢，跳下院墙，缓跑到距离大殿最近的院墙外，忽地深吸一口气纵身而起，在墙头一撑，身体轻飘飘地掠过四丈远的空间，落到了大殿六层复式重檐的第一层上。

他不在任何一层屋顶停留，稍一借劲便向上涌起，一口气翻过了六层重檐，快得令他自己都倍感惊讶。他以为那人已经进到殿中，不料他就坐在屋顶的月色之中，淡淡地看着他，好像早就知道他会上来一般。

谢云流不由得大窘，差点在光滑的屋顶上一脚踩滑，定了定神，才上前深深地行了一礼，道："延……嗯……前辈，原来是您。"

延平郡王身穿一袭白色长袍，坐在屋脊的镂空石雕螭吻上，端详了他好一会儿，才道："两日不见，你又进步了。"

谢云流道："啊，啊？"

"你第一次跃下院墙的时候，就提了一口气，从那时开始，你一口气上院墙、上重檐、一直到上到这里……啊，对了，你见了我，吃了一惊，所以直到现在，"延平郡王慢慢地道，"你还没有换上一口气。"

谢云流猛地咳出来，跟着又咳了两声，满脸涨得通红，但肺腑之中，确实已没有了往日这般狂奔之后的憋闷与火辣的感觉。他愣怔了一下，立刻再向延平郡王深深地行了一礼，道："前……前辈！"

"你也不用谢我，"延平郡王道，"你学武的资质，本就是万中无一的难得，我不过随口给你一说，你便能领悟、贯通，这确实难得！”

谢云流实在不好意思说，自己刚才上到屋顶时，确实已经想大大地喘一口气，乍见延平郡主，实在是超出他心中所有预想，所以一口口水吞下去，竟然将气又憋住了老长。

自从延平郡王那夜给他一声暴喝，他的呼吸吐纳确实大有长进，这种变化断然不是长久修炼而来的武功，而是猛然间开辟了一片新天地般，直接进益到一个新境界，这样的修为不需要修炼，只要一通窍，那便是全盘融汇。谢云流深深地吸了口气，道：“不！云流须得拜谢前辈。前辈的一席话，云流终身受益，若非境遇非凡，云流或许一辈子也勘不破这一层。”

延平郡王微微叹了口气，站起来道：“随便你吧。武功的进益，有人点拨便能勘破，做人要是这么容易一点就破，那就好了。”

谢云流听他声音中充满萧索悲凉之意，心中一沉，道：“前辈是因为紫金观的观主？”

“我与他幼年相交，”延平郡王叹道，“一晃四十多年过去，我和他，人生的际遇都大大地不同……当年我去终南山修行，他不肯放弃眼前的虚伪繁华，拼着命也要在京城的旋涡中随波逐流，到头来终究没有逃过这场旋涡，被撕得粉身碎骨……”

他站在屋脊上，朝下冷冷地看了一眼，谢云流以为他会为老友的逝去悲痛万分，不料他只是叹了口气，便转回身来，决绝地一抖长袍，脸上已不见任何哀伤之色。

沿着屋顶一块块被月光照亮的瓦片，他背着双手向下缓缓走了几步，闲适得好像在花园中散步一般，道：“谢云流。”

“是，前辈。”

“你感觉如何？”

在谢云流于长安城中认识的所有人中，此人最是深不可测，但偏偏只有他的话谢云流听得懂、跟得上，不像其他人，根本就搞不懂他们在说什么。他的意思，绝不是谢云流对新学会的内功心法感觉如何，而是问这二日来，谢云流过得怎么样。

谢云流微微沉吟了一下，道：“前辈说得对。京师里到处是旋涡，云流性情疏阔，心思散漫，实在……实在不宜在此地久居。”

“你身怀绝世武功，是因为你心思敏拙。敏，是你学得快，看得准；拙，却是你少心机，没心眼。这样的人，在长安城是混不下去的。”延平郡王淡淡地道。

“是。弟子初入世道，没想到朝廷中贵人们的争斗，丝毫不比江湖中的争斗少……不，是弟子说错了。江湖远远不能和朝廷相比，”谢云流诚恳地道，“江湖恩怨，牵扯的只不过是一人、一家、一门，这里的恩怨，牵扯的却是一城、一国，无辜者纷纷卷进来，小人物一个个……朝不保夕。”他脑中闪过紫金观主、那死于非命的老者、独孤祎之等人的身影，不由得打了个透心凉的寒战。

“是啊，傻小子，”延平郡王叹息道，“这是什么地方？皇帝、太子、武三思，还有你那亲近的李隆基、李华婉，哪个不是在比谁的脑子转得快？人家下棋，你连自己当了棋子儿都不自知，还凭什么去跟人下棋？早点离去吧。我也要该离开这个是非之地了。”

谢云流被他说得满脸绯红，心中懊恼不已，待听到最后一句，奇道："前辈，您——"

"天下要变了，武家已经不再见容于天下，"延平郡王无比落寞地望着明月，喃喃地道，"三十年前，我答应了天后，要帮她照管天下，三年前，她临走时，我又答应了她，要为她照看武家……嘿……什么照看，真是恬不知耻。我和你这个没心眼的小子，又有何区别？别人的脑子都比我们转得快，我们傻傻地站在一旁，看都看不懂，还好意思说照看两个字？"

"前辈……"

"别提那些无关紧要的事了，"延平郡王忽然展颜笑道，"天下，武家，如今与我都没有丝毫关系了！来，小子！难得我在离开此地前还能遇上当年故人的门下，并且还是一块可造之材。你不是想要找那别册吗？何须去找！我这里有几句话，你不妨听听。"

谢云流再笨也听得出来他言下之意，不由得大喜，道："是！"

"你附耳过来。"

谢云流立刻抬头，将耳朵凑到延平郡王面前。这时候他全无提防，浑身的罩门都在延平郡王一手掌控之下，哪怕不会武功之人，此刻只要有利刃在手，谢云流便非死即伤。

但他说凑就凑过来，一脸诚恳地听着。延平郡王沉吟半晌，才在他耳边低声说了几句话。

话一说完，他便后退数步，远远地离开谢云流，仿佛连他也忍受不了那掌控别人生死的滋味似的。

谢云流呆呆地站在那里，一动不动，嘴中低声呢喃，似在重复延平郡王的话，又似在自言自语，身体不由自主地微微颤抖。不知道延平郡王在他耳中说了什么，像是在他脑中陡然开辟了一片新天地般，令他痴迷，难以自持。

“谢云流。”过了很久，延平郡王开口道。

谢云流的回答，是目视远方，缓缓拍出一掌，又蓦地收回，抱住脑袋，一脸迷惑不解。

这是入了痴迷之境了。延平郡王不由得苦笑一声，摇摇头。月光已经消失了，天空浓云密布。他背着手，不胜疲劳般地弯着腰，走到屋顶的尽头，在那里望着城西的方向——不知怎的，月光消失，城西头却亮起了一片暗淡的红色光芒。隐隐有听不太清楚的犬吠声，凄惨地划破夜空。

延平郡王瞩目良久，喃喃道：“您嘱托我看顾武家。武家已经不在了！世道如水，过后无痕，连你的武周都不在了，还奢求什么武家……今夜夜色很好，看来也该是离开的时候了。”

他慢慢地向前走，从屋檐直直地走了出去，就好像在那十余丈高的屋檐下面，真的有座楼梯一般。

七月四日，辛丑日。宜开光、祈福、求嗣、斋薰、修造，忌做灶、出火、进人口。

谢云流坐在临街畅轩之上，静默沉思，良久不语。

他手中端着一杯酒，面前桌上放着一壶酒。杯中的酒是热的，壶中的酒却是冷的。

他呆呆地端着酒，并不言语。杯中的酒像烧开了一般滚动，须臾便干了，他默不作声地又倒上一杯冷酒，默默地注视着滚开的酒水化作蒸汽，只留下一杯底细细的酒糟渣子。

街上比前日冷清得多。没有了鱼龙杂戏，也没有了满街挤挤攘攘的人流，甚至连临街的店铺都没有几家开门。尽管朝廷、皇室并未公开前日鱼龙杂戏时发生的意外，但长安人的耳朵，谁不是长在大明宫宫墙上的？一夜之间，来自全国各地的商人、乐工们，便一个接一个的从街面上、从长安城中消失了，连续兴奋热闹了几个月的长安人也松了口气，这口憋了好久的气松下来，大伙儿也就都消停了。全城一片安静，在新长安城一百多年的历史中倒是真的难得。

谢云流并不关心街上有多少人。对于在华山上听惯了松涛云音的他来说，街上一个人也没有最好。只可惜每过片刻，便有十余骑、几十骑军士从街上奔驰而过。谢云流也懒得去分辨那是什么军士，反正京城里神策、羽林、天策、左右厢军乱七八糟，实在也难分清。

他的脑子还沉浸在昨夜如梦如魇的回忆中。

延平郡王在他耳边只说了二十四个字，仿佛是刻在他心头一般。一刹那间，纯阳心法中那些一直隐隐未解之谜，未尽之意，那些像昨夜天空中压得厚厚的积云一般的难以勘破之心法，被这二十四字拨开了云雾——虽然只是一条窄窄的云缝，却刚好露出真月，照亮了谢云流心中的山河。

他一直在屋顶上念念有词，手中时而虚捏长剑，时而化掌为剑，竟然就那么比画了大半夜，等到骤然一声鸡鸣，天下大白，他才惊觉过来。

延平郡王早已不知去向。他浑身大汗，站在屋顶，低头一瞧，满屋顶的青玉屋瓦寸寸断裂，竟无一片完好。他吓了一大跳，还好大殿之下的紫金观道士们早已不知去向，偌大的紫金观中空空荡荡，竟无一人，连昨夜摆放在殿外那口收殓紫金观主的巨大棺材都不见了。

谢云流纵下殿顶，才发现自己浑然不觉间练了一夜的纯阳内功心法，浑身大汗，却无丝毫疲累之感，反而神清目明，劲气见长，呼吸纵跃之间，直想着翻筋斗。他居然真的翻了个筋斗，耳边呼呼作响，一个筋斗便翻过了贞元内院的墙头。

这下子他真的吓了一大跳，忙落下地，老老实实地走回自己的客房。

他更换了衣服，将自己那点儿随身之物打好包袱，就准备走了。心里头一阵阵地扑扑乱跳，总想着在离开之前，当再见一面李华婉。可是……以何名义呢？李华婉贵为相王之女，代国公主，岂是想见就见？说来可笑，进京这几日，他和李华婉见面也不在少数，可是都是李华婉来找他，他至今连李华婉住在哪里都不知道。

他沉吟良久，可惜年少幼稚，实在想不出办法。换作是李华婉，只怕眉头都不用皱一下就计如泉涌，可惜谢云流不行，想不出就是想不出。他摇摇头，继续将包袱打好，背在身上，忽然想起，要不要去和重茂告别？

算……了吧！

重茂身居深宫中，得跟在上官昭容身后才出得了宫门，更是想都不用想。谢云流一念及此，心情更是郁闷。

这一年多来的朝夕相处，谢云流实实在在地是把重茂当作了自己的亲弟弟一般。忽然之间，连个信也没有，重茂就这么眼巴巴地一步一回头，进了深宫内院。以此刻皇族内斗之残酷、朝廷风向之严峻，重茂在宫中别说过安稳日子，能不能保住性命都难说。

他站在屋中，长吁短叹，一时间五情迷乱，都不知该如何是好。手无意间一挥，“啪嚓”一声，碰翻了一件冷冰冰的东西，谢云流本能地反手一操，将那东西抓起，却是李隆基昨日给他的“动魄”。

谢云流眼前一亮，当机立断，转身便出了门。

那时节还早，才刚过了辰时初刻。神道东厢空空落落，几无人迹，只有一些神情紧张的神策军士在满街乱窜，一见布衣平民，便上去一阵吆喝踢打。

谢云流也不知大清早的这么多军人在街上乱窜干吗，过去找了两个军士询问，谁料这二人一见谢云流，立刻大呼小叫，说他违反宵禁之法。谢云流跟李华婉相处日久，不由得跟着学得匪气上身，一出手便放倒二人，拖到旁边小巷中，逼问相王府的所在——那二名神策军士自是不说，谢云流点了其中一人的哑穴，定了他的身，再给他足底一脚，内息直透那人涌泉穴，那人奇痒之下，浑身僵直不能动，竟然眼泪口水鼻涕，连同屎尿都一起默默地淌了出来。

另一人看了自己同伴一眼，则直截了当地说出了相王府的路。谢云流听了，转身便走——他也真是缺乏经验，居然就这么走了出来，没有将那人点倒。要是那人一嗓子吼出来，可如何是好？

那神策军倒真是如此想的，待要开口，回头瞧了瞧自己的同伴——继续躺在地上发怔，鼻涕眼泪兀自流个不停——立刻改变了主意，忙追出来，谄笑着给谢云流指了路。谢云流走出去老远，回头一瞧，那人还在原地打躬作揖，甚是虔诚。

不料相王府门前，亦是大批神策军士把守。沿大门差不多有三百多人，雁行展开，两队骑兵不停地在府门前后奔驰往来，人人手持长戟，气氛极为紧张。谢云流不知发生了什么事，但见府门前连一个相王府的长随都没有，便情知有大变。但此刻青天白日，大军云集，谢云流便有通天的本事也进不去了。

他在相王府前的一条小巷子里待着，不知该当如何，心中烦躁。有神策军士上来问话、搅扰，谢云流便随手点倒，态度好的扔在一边，态度恶劣，或者长得丑恶的，再在涌泉穴上一脚。磨蹭了半日，实在没法子，只好掉头离开，留下一地痒得鼻歪嘴斜抓心挠肺屁滚尿流的神策军士。

谢云流自己心中也如抓如挠一般难受，游魂似的在长安的大街小巷中转来转去，不知怎的，待得忽然停步，眼前一番熟悉景象，原来又到了神道东厢的杏花楼前。

他抬头看看，时已近午。无头无脑地跑了一上午，也实在是乏了，便走入楼中。杏花楼中居然半个客人都没有，老板、伙计都缩在角落中，看起来像一窝受了惊的兔子，见谢云流进来，竟然没有赶紧迎上来打招呼。

谢云流知他们是被早上奔驰往来的神策军们吓坏了，也不多言，丢下句："店家，给我来点儿素席，再……再来一斤酒。"便上了楼。老板伙计们不知在下面挣扎了多久，终究还是战战兢兢地把他要的东西端了上来。

谢云流动用心法，将一斤杏花楼镇店老酒蒸发了大半，心中正自安定下来，却听楼下马蹄声响，几个人在楼前滚鞍下马，一个熟悉的声音道："店家，休得害怕。我们是中书省的郎官，在你的店里歇一下。给我们来点牛肉、酒，我们吃了便走。"

店家小二连声答应。谢云流已从座位上站了起来——这声音，不正是相王府家的窦约？紧接着便听见楼梯响动，那几人从楼下上来，带头的一个头戴镶白玉头冠，身穿雪白学士服，面如冠玉，竟比衣衫还要白，正是李华婉。

两人乍一见面，同时都瞪大了眼睛，震惊得无以复加，竟都愣住了。

后面窦约等人不知李华婉为何忽然木头似的杵在楼梯口，又不敢开口催促。窦约在后面探头一看，吓了一跳，忙回过头，杀鸡抹脖子地赶着身后的人下楼去。

李华婉愣怔了片刻，淡淡一笑，道："谢大哥，原来是你。"

"是……是我……你怎么……"

"真巧。"

"啊……是啊……"

两人怔怔地站着，李华婉笑道："谢大哥，你桌子边有人吗？"

"呃……请坐！"

李华婉缓步走到他的桌前，款款坐下，默默凝视着他。她从来没有如此沉默，谢云流心中扑通扑通乱跳，却不敢说话，生怕恼了她。因见她目光盯着自己面前的酒壶，谢云流知道她善饮，忙又拿了一个杯子出来，不料李华婉道：“我怕中毒，就用你的。”

谢云流哽了一下，只好把自己的酒杯斟满酒，递给李华婉。李华婉接过，也不劝他，只端起来向他微一致意，一仰头便喝了下去，喝完放下杯子，继续凝视着他。

谢云流承受不住她的凝视，只好又给她斟上一杯。他还没坐回座位，那边李华婉啪的一声，已把空杯放回桌上。这下子，谢云流也不敢再给她斟了，讪笑着道：“华……华婉，你真是好……酒量。”

“谢大哥，你在这里做什么？”两杯黄酒下肚，李华婉一张苍白的脸顿时红润起来，眼中润润的都是水，明艳得不可方物。谢云流看都不敢看，转头望向街道，道：“我……我来这里坐坐。”

“你要走了？”

“啊！啊……呃……”谢云流心慌地垂下头，道，“是。华婉，我……我要走了。我想要回华山，回纯阳宫去。”这么一说，语气倒流利起来，“这几日在京中，我……我坏了很多门规，也看到了许多我不想看到的人和事。华山之外的世界，于我真是辽远又陌生，所以……你不会笑话我吧？”

“这么说我便是你不想看到的人？”

“不不不！华婉！”谢云流慌得抬起头来，看一眼李华婉，又晕晕地低下头去，手足无措之间，只好抓起一直酒碗，给自己倒上一碗酒，却又不敢喝，只端在手中道，“我在京中，唯一想……想要见到的人就是你。我……我刚刚去了你家府上，可惜，好像……没有人……”

“我们家的人都不在。”

“嗯……嗯……”

“昨日夜里寅时，羽林卫大将军李多祚率羽林军闯入城西梁王府，在照壁前斩了梁王武三思的头颅，武氏一门无分老幼良贱，被杀了个精光。”

“啪！”的一声，谢云流手中的酒碗碎成无数片，酒水淋漓地淌了他一手，桌上也全是碎瓷片和酒渍。谢云流双眼瞪得溜圆，叫道：“什么？！”

李华婉看着她，吞声苦笑一下，道：“你着什么急？武三思一家被杀，关你什么事？着急也该是我着急……大哥、二哥、三哥他们，昨夜就护着父亲逃出城去了。我昨夜在宫里，今天早上才得到消息，从宫里出来，这就……这就要亡命天涯去了。”

“华婉！太子杀武三思，关你们什么事？！”

李华婉苦笑道：“关我们什么事？太子爷为什么要杀武三思？难道就为他在寿宴上不给太子面子？不过是因为他已经威胁到太子的皇位。别忘了，我父亲也是做过皇帝的人！太子杀红了眼，谁拦在他面前，谁就得死。”

谢云流费力地咽了口口水，道：“难……难道……天子就不管太子？天子……天子可是你爹的亲哥哥！”

李华婉哈哈一笑，仰头看天，谢云流正待继续说，却听下面街上一片嘈杂声，由南面一路传来。他忍不住探头出去瞧，却见街上行人奔走乱窜，紧接着隆隆的马蹄声从后追赶，行人纷纷闪避到两边的店铺里，数十骑羽林军士拔剑在手，一路高呼着：“梁王、相王、上官昭容反！梁王、相王、上官昭容反！太子奉诏讨贼，已入宫矣！”铁蹄如雷，一路过去了。

路上行人一个个面如死灰，待铁骑远去，几乎没有一个人站得起来。路中心躺了数十个奔跑不及的行人，被踩得惨声呼号不休。

谢云流煞白着脸转回头来，却见李华婉一脸强笑，眼中忽然间盈满了泪水。

“华婉！”

“瞧吧，太子爷……已经造反了……天子他也容不下，何况我父亲！”

“太子要……要对天子不利？”

“自古太子造反，哪有和皇帝一起活的道理？”李华婉冷笑道，“什么相王、上官昭容造反，不过是个杀进宫去的理由罢了！哈，哈哈，哈哈哈！亏我把他当大哥看，尊崇了十几年，结果却是个无胆匪类！和皇后、安乐公主、武三思的仇，却只敢拿这么多年来最疼他、最爱他的两个亲人来开刀！这样的儿子，不造反又能怎么样？！”

谢云流心中惶急，却不知如何是好，只道：“华婉，华婉！你……打算去哪里？”

“我哪里也不去，”李华婉终于再也忍不住，泪水走珠般地淌下来，她也不擦，道，“反正太子爷要是杀了天子，我们一家就算走到天涯海角也活不成了。当年被祖母发配流放的那些人，哪一家是全须全尾走到了贬所的？一个个凄惨无比地死在路上……

我不走！死也要死在长安！我要瞧瞧，那个我爹疼、我和我哥景仰的太子爷，到底要做个什么？他要杀我们全家，我不会让他手下那些什么羽林、千牛……脏的臭的什么玩意儿来杀我，我伸着脖子给他，他要杀，就亲自来杀！”

谢云流睁大了眼，像第一次认识她一般看着她。直到今时今日，他才算彻底知道了这位时而可亲、时而可爱、时而可怕的女子的真性情。

谢云流默默地端起酒壶，在李华婉面前酒杯中斟满，又在自己面前酒碗中斟满，端起来道：“我陪你。”

“陪我？”

“喝酒。”

李华婉看了眼面前的酒杯，笑了起来，端起来与谢云流的酒碗轻轻一碰。

谢云流脸烧得通红，生怕被她小瞧了，忙一口喝干，放下酒碗，却见窦约不知什么时候已经站在了楼梯口。

李华婉道：“说吧，怎么样了？”

窦约深知她对谢云流的亲近，不敢失礼，忙行了一礼道：“谢大侠！公主，咱们在北营的人已经回报。今日跟随太子的，有左羽林大将军李多祚，左金吾大将军成王千里，右羽林将军李思冲、李承况和沙吒忠义。”

“嗯。”

“杀武三思的是李多祚，是他亲自动的手。成王千里负责把守长安四门。现在带领左右羽林和金吾军攻打玄武门的，是太子殿下和李多祚等人。”

“李思慎、魏元忠、唐休璟、贺成期、宋景、姚元之这些人，在什么地方？”

“李思慎大将在神策营约束神策军，不得乱动。太子于辰时路过神策营，向营中呼喊，李思慎出来说，神策是天子亲掌的军队，太子爷要调动须得圣旨，太子就走了。魏元忠不在府邸，去向不明。唐休璟已经进了玄武门，现在应该在陛下身边。贺成期在城外追上了王爷的车驾，现在一同往神策军营中去，宋景、姚元之从左肃门出京，遇上了楚王殿下，现在和楚王在一起。”

李华婉点点头。谢云流这才惊觉，这位公主根本就不是什么要“伸着脖子给太子爷砍”。京中的一举一动，大臣们的顺逆、立场，统统都在李隆基和她的掌控之下！

绝不将命运交到别人手中——这才是皇族子弟最基本的生存原则。谢云流看李华婉英俊的脸庞，不由得又敬又爱，说不出话来。

窦约正待要继续说，却听楼下一阵仓促的脚步声。一名和他一样打扮的家将奔上来，匆匆行礼道：“右厢军反了！”

“哦！？”李华婉坐直了身子，道，“皇姑和重茂他们呢？”

“上官昭容昨夜和温王殿下宿翠音寺，打算今日一早去法门寺，夜里太子杀梁王的消息传开，上官昭容连夜带温王殿下入宫，但是咱们在宫中的人一直没有见到上官昭容车驾。刚刚才得到消息，上官昭容和温王殿下在通过肃章门时，已被左羽林大将军李多祚劫持！”

“轰”的一声，谢云流跳了起来。李华婉严厉地看他一眼，继续问那家将："人呢？！"

"小人不知！小人一得到消息，立刻就跑来了……对了，太子殿下现在已将所有造反之人，都带去了玄武门。若……若上官昭容和温王殿下还活着，当是和太子一起！"

谢云流一把将"动魄"抓在手中，叫道："玄武门？在哪儿？！"

窦约和那家将都看着他，却不敢说话。李华婉道："谢大哥，你要去救重茂？"

"重茂和你不同，他连自己也救不了，太子不把他当弟弟，皇后也没把他当儿子……不管太子是赢是输，他都活不下去！"

"是的。所以，我和你一起去。"

"殿下！"窦约等人一起叫了起来。

李华婉举起一只手，示意他们闭嘴，道："你们去三哥那里。把京里咱们所有能调动的人，都带去三哥那里。若我猜得没错，三哥现在应该去了太平公主的府上，你们直接去，一切听三哥的吩咐。"

"可是，殿下……"

"窦约！"

"是！"窦约忙一头磕在地下，道，"公主殿下，保重！"

"放心，"李华婉忽然笑了起来，"有谢大侠在，你们还有什么好担心的？你们去吧，把马留下两匹。"

窦约大声道："是！"转身下楼，走了两步又回过身来，竟向谢云流行了一礼，道："谢大侠，我家公主殿下，就委托谢大侠代为照顾。窦某在此谢过！"

谢云流慌忙回礼道："不敢！谢某人拼了性命，定教公主、温王安然无恙！"

窦约等人转身即去。谢云流看着李华婉，道："华婉，你真要跟我去？"

"不跟你去，你找得着玄武门吗？"李华婉白了他一眼，"再说了，你要去救重茂，难道重茂不是我的弟弟？"

谢云流心中一热，道："好！"

两人下得楼来，窦约等人已策马而去，留下一红一乌两匹高头骏马。李华婉飞身上了黑色骏马，见谢云流骑上红马，顾盼间英姿风发，笑道："谢大哥，这匹霸红尘乃我爹最喜爱的马，这次怕守城的军士认出，就留了下来，我瞧和你很配！回头我便求爹爹，把这匹马送给你，好不好呢？"

谢云流于马一知半解，并没有什么喜好，但这匹马高大神骏，翻身上马，马匹纹丝不动，骑在上面气相开阔，令人神清气爽。他与李华婉已没什么好矫作客气的，大声道："好！"

李华婉一夹马腹，黑马略向后退一步，低叱一声，箭一般地向前弹出。这位公主永远都在前飞奔，根本不管人追得上追不上。谢云流倒也习惯了，轻夹马腹，那霸红尘猛地前蹿，三纵两纵便追上了李华婉。

二人风驰电掣，穿过神道东厢南麓，在中府里弄转了个弯，驰入了狭窄的弄巷。

太阳已经西斜，长安城却仿佛还未醒来一般，街市里弄，处处无人。快马在窄窄的巷道中奔驰而过，一条巷道连着一条巷道，仿佛没有尽头……除去永无休止的马蹄声外，谢云流渐渐地听到另一个声音。一种压抑的、低沉的风声，声音时而悠长，时而急促，听上去像是某种难以言喻的呻吟，穿过里弄、穿过长街，这声音始终未曾消失，一直在他耳边萦绕着，挥之不去。

终于，他明白了。

这不是风声。

这是那些成千上万躲藏在房屋、街道中的长安人的呼吸之声，一人吞吐曰呼吸，万人呼吸曰民风，这是压抑的民风啊！对今日的长安人而言，已有差不多一百年未见过刀兵，最近一次发生在长安内城的战斗，是八十一年前的玄武门之变，太宗文皇帝斩太子李建成，留下他波澜壮阔的一生中唯一洗不净的污点。

现在，又一个太子，又一次在玄武门前！

长安城屏住了全部呼吸，所有的目光都偷偷地射向那道横亘在代表至高无上之皇权的太极宫与真正的皇帝居所西内苑之间的玄武门上。

他们很快便将看见那道宫墙，看见无数旌旗，和超过万人呼号的声音，声浪震天动地，斗气直冲云霄。

玄武门前，本是一片低矮的宫室，是太极宫后宫建筑群落。当日高祖皇帝入据长安，赖太宗文皇帝征讨天下，自己则入居太极宫后的西内苑中，饮宴高乐，懒思朝政。直到武德九年六月初四日，他的三个儿子于黎明时争着进宫，争夺国储之位，最终太宗文皇帝在太极宫与西内苑之间的玄武门外，手刃太子李建成和齐王李元吉，用手足兄弟的血肉之躯铺平了通往权力之巅的道路。太宗皇帝一生英名，足以传颂千古，但玄武门前的血，永远沾染在他伟大帝业的光荣之上，洗之不尽。

太宗登基后，接见外夷，常在玄武门上——常人若是在此杀兄屠弟，必是远远避开，终身不再靠近，太宗皇帝却偏偏喜好在此，以示他胸中并无愧意，乃是为了天下而正大光明夺取皇位。为了接见外夷使臣，玄武门前拆除了上百亩的建筑，将原先狭窄的宫门扩张成一个较大的广场。

当日扩建之时，魏征曾当面批谏，认为太宗在作为寝宫的西内苑前接见使臣，本就无礼，再在前面扩建广场，乃是给人作乱制造机会。

太宗皇帝招魏征前来："魏卿！如今天下全盛，四海归一，大唐版图北至大漠，南至交趾，东临大洋，西尽瀚海。自古国家之兴，有如此日？"

魏征："无有之。"

太宗皇帝："何以谏宫门之扩？"

魏征："陛下之天下得之于此门。臣恐千秋万代之后，有不肖子孙效法，得以广场便宜行事。"

太宗皇帝大笑："卿可谓多虑。智者多虑，卿实为智者！"然后下令赐魏征布帛五百匹，玄武门前的扩张继续进行。

八十年后，另一位太子果然如魏征所言，开始沿着太宗皇帝开辟的巨大广场向着玄武门进攻了。

从辰时末刻起，大批羽林军士便将玄武门周围五里之内封锁得严严实实。李华婉带着谢云流在小巷中传来传去，终于再也无法避开来回奔驰的羽林军士的搜索，刚过西外坊的兼善内小院，前面三十多丈外密密麻麻地全是羽林军士，有人高声呵斥，几乎同时便有箭羽嗖嗖地从他们头顶掠过。

二人掉转马头，驰进旁边一条小巷中，身后传来追兵隆隆的马蹄声。但这二人艺高胆大，怕得谁来？沿着小巷继续向北疾驰而去。

这一排绵延数里的里弄，正是被太宗皇帝用作前来进贡朝拜的四夷居所，因此上排列整齐，巍然有度。自从高宗和则天天后移驾东都洛阳，这里已然荒废了数十年。二人沿着颇为破败的小巷向北跑了三箭之地，渐渐地听得见一片由鼓声、号角、上万人的喧闹、间或有建筑崩塌摧毁的巨响组成的嘈杂声。

前面一排高大的双层殿宇挡住了视线，两人只闻其声，不见其形，心头都像被石头压住一般沉重，不约而同地在那殿前勒住了马头。

那殿约六丈高，大约是礼部用来调教外藩四夷的场所，如今大唐礼崩乐坏，也是早就破败不堪。两人同时从马上立起，同时向上蹿起，李华婉居然比运起梯云纵的谢云流还快一步跃到殿顶。

巨大的四面坡顶平缓起伏，两人跃到殿顶，竟然都放慢了脚步，似乎不敢立刻看到大殿之后的景象。踩着溜滑的屋瓦，一步一步向上走着，谢云流手心一热，李华婉的小手已经钻进他的手中。

两人什么话也没说，在沉默中牵着手上行，直到玄武门前的一切，真真实实地出现在眼前。

距离他们不到三里的距离，正在下着雨。

箭雨。

黑色的长矢雨点般地打在玄武门厚实的城墙上。墙头但见旗帜，不见一人。

城墙下的广场之上，超过两千名羽林弓手排列成三排，每人背后摆放一筐长矢。他们在号角声的指挥下此起彼伏，不停息地向墙上倾泻着箭雨，并不指望能杀光城墙上的人，但得压制住一时，直到城墙之下攻城器械组装完成。

大约四百名身穿绿色吏装的工匠，正在被压制的城墙下组装一大批攻城器械。这些工匠当是被太子从位于西市的工部左春芳监造所掳来的工匠，瞧那服色，估计从六品以下的官吏都被赶去当了苦工——其实并非从头开始制造器械，这些器械都是左春芳监造所事先做好，用来攻打平壤、鄯善等大城，只要运输到城下，就地就能组装起来。

建造攻城器械是攻打城池的最后一步，一旦使用器械破城，那城内的未降之人就要面临一场大屠杀了。太子将这个阵势摆出来，无异于撕破所有伪装，将西内苑的天子置于自己直接弑杀的屠刀之下。

在工匠、弓手的身后，是黑压压望不到边的羽林骑兵。人马上万，无边无岸，广场上的羽林军士至少也在一万上下，招展的旗帜、林立的枪戟，从玄武门左侧的西六部内苑，一直排列到右侧尽头的银台门。银台门自贞观二十年起封闭至今，昨夜太子从东内苑出发，到城东头的羽林军营中召集军队，再到西城的怀远坊梁王府杀掉武三思，再回来玄武门，一夜间几乎将长安城绕了一遍。

谢云流还是第一次看见如此规模的会战，不由得一时为之气窒。李华婉却在紧张地数着那些旌旗，口中念念有词，不久便双手一拍，道："好！"

"华婉？"

"羽林的飞虎、飞熊、飞廉和飞豹军已经到了，"李华婉指着远处一排排旌旗道，"右厢军的熊、鳄和祢部，也都到齐了。这就是进攻玄武门的主力。"

"那……那你觉得好在哪里？"

"守卫京师的六师，只来了一师半，"李华婉道，"神策、天策都没有动静，左厢军没有跟来，内宫的神龙、飞凤军在守卫玄武门，太子爷只要一天没有拿下玄武门，各军齐集，太子就败了！"

谢云流不懂这些政军之事，只傻傻地点头，想了想，道："怎么这么多人？我还以为……那这下子，到哪里去找重茂？"

"应该是在阵中，"李华婉皱眉道，"太子既然掳掠了皇姑，以重茂的性子，一定会死守皇姑，太子要是不杀他，也杀不了皇姑……他们定在阵中，可是这千军万马的，上哪儿找去？"

她沿着屋顶往前走了几步，目光在玄武门高大的城墙上搜寻，喃喃地道："陛下去了哪里？城墙上为什么人都没有，这……"

谢云流抓住她的手臂往旁边微微一带，嗖的一声，一支羽箭擦着她的胸口射过。李华婉回头一瞧，一名羽林骑兵驻马楼下，身上的明光铠在阳光中闪闪发光，却是一名羽林千骑大将。这千骑大将见箭未射中，破口大骂道："楼上的小子！你们是干什么的?！太子殿下在此用兵，你们还不快快束手就擒?"

李华婉看了眼谢云流，道："他说什么?"

"他说，让咱们束手就擒。"

"就凭他?"

嗖的一声，两人同时向后微让，那一箭从两人鼻尖之间穿过，不知飞去了哪里。李华婉拍手道："好！说得好！咱们这便乖乖地束手就擒！"

下面那千骑大将正在手忙脚乱地弯弓搭箭，身旁落下两人，都笑吟吟地盯着他。那人背上生寒，颤声道："你……你们……"

谢云流轻轻跃起，揪住他的领子，顺手拿住了他颈椎旁的风府、哑门二穴，那人顿时全身僵直，被他拖下马来，李华婉知谢云流始终不敢对人下杀手，上前一脚踢在他咽喉的天突穴上，那人顿时白眼一翻昏死过去。

"谢大哥，我瞧着他和你差不多高，快快快，把他衣甲脱下来。"

谢云流知道自己脑袋没她灵光，便乖乖听话，将那人的明光铠扒了下来。李华婉道："袍子也扒下来！"谢云流依言照做，将那人扒得只剩一条兜裆裤才停手。

李华婉皱眉道："丑死了，扔一边去。"

谢云流抓起那人的腿，顺手便扔到几丈外的草丛中。李华婉用脚挑了挑地上的衣服、铠甲，道："脏也脏死了，不过，唉！

谢大哥，委屈你了，就把这些儿照他的样子穿上吧！”

谢云流莫名其妙，但已习惯了对李华婉言听计从，一声不吭地捡起衣服就穿。那人比精瘦的谢云流胖了足足一圈，谢云流将他的衣袍、铠甲直接套在自己的衣袍外，居然还宽松得很。李华婉低头为他系上腰带，头发梢儿钻进他的鼻子，谢云流忍不住打了个大大的喷嚏。

“好，”李华婉拍拍他肚子，“好个高高大大的千骑哥儿，现在，把我绑起来吧。”

“……”

李华婉见他一言不发，居然真的找了根带子，拉过她的小手就开始捆，不由得大奇，道：“喂！叫你捆，你就捆啊？！”

谢云流奇道：“你说把你绑起来……”

“绑吧，绑吧！”李华婉没好气地道，“真是个傻子。我问你，你把我捆起来，然后呢？”

“……”

李华婉哭笑不得，道：“傻子！我告诉你，你把我捆了，便放到马上。你这位千骑大将骑上你的霸红尘，牵着我的马儿出去，大声地嚷嚷，就说抓到了代国公主！”

末时一刻，风云变幻。太子李重俊、左羽林大将军李多祚遇到了反乱以来的第一个问题。

自古造反、革命、天下纷争，不过是英雄豪杰、帝王忠臣风云际会，牧野鹰扬、千军万马铁骑如洪的场面，太子李重俊自己也没想到，自己起兵造反的四个时辰之后，就遇到了造反的第一道真正难题——

午时已过，开饭的时间到了。

因是仓促之间在长安都城之中起兵，自寅时在东城将羽林军全部拉出营一直到现在，近万人都是水米未沾牙地来回奔波了近三十里地，又在坚城之下仰攻两个时辰，羽林千骑、千牛备身、右厢军士们一个个都干得嗓子火辣辣的，腹中饥肠如刀绞。

那李重俊当惯了太子爷，自以为知军，其实他每次出游、出巡、游猎，自有大批白头役提前准备一切饮食，要吃要喝，身边自有人随时侍奉，哪里让他动过脑筋想吃的？平日里随军的谋士，皆是朝廷官员，太子半夜里性起杀武三思，煽动羽林军围攻玄武门，稍微有点脑子的人谁敢跟着他胡来？早就跑了个精光。

待得这位太子爷回过神来时，形势已经变得有些失去控制。城下的数千羽林军士阵线动摇，成堆成堆地开始坐在地下，有的队伍出现了逃兵。派人去羽林军营中催问，回报说营中留守的人已经逃了个精光。欲去西城的西市掠夺，回报说整个长安街市都已空无一人。

未时初刻，左羽林大将军李多祚下令一队人马，沿着神道东厢“搜遗”，其实就是公开地抢劫民居。但是很快又有回报，说有神策军在神道东厢布防，阻止羽林军进入。太子和李多祚一度紧张异常，若是神策军此时攻击羽林军后背，已然不成列的羽林军岂不是要立刻一败涂地？！

然后神策军并没有摆出攻击的姿态，紧守神道东厢，并不出战。则天天后时期，将京师六军的职责分得清清楚楚，羽林军负责大明宫、太极宫、东西苑等处的禁卫和戒备，神策军则负责整个京师的防卫。如今负责防守大明宫的羽林军掉过头来攻打大明宫，神策军却依然摆出一副维持京师治安的模样，其余各军仿佛不存在一般的安静，实在是诡异又滑稽。

太子还在那里大骂神策军，连连派人去召唤神策军统领李思慎，李多祚却深知，李思慎这人人如其名，看上去是个各方面都讨好的墙头草，其实是条恶毒的狼——等待是他狩猎的方式，而他的猎物只有一个，就是今日玄武门的失败者。

一旦攻打玄武门失败，甚至，不需要一个明确的失败，只要饥肠辘辘的羽林军士们开始离开玄武门广场，这条饿狼就要扑上来咬人了。

不能再等了。李多祚刀砍斧削一般坚硬的脸皮一阵抽搐。今日之事，已难善终，他心中那丁点儿对大明宫中那个可悲皇帝的怜悯已被他扔到九霄云外去。必须要在天黑之前，一鼓作气，打下玄武门，然后耀兵皇城，杀个片甲不留，才能保住眼前这位铸下大错的太子！

赫赫有名的左羽林大将军并非浪得虚名。命令传下来：右厢军就地杀马两百匹，由太子中官匈奴小儿烹马，诸军就食。申时就食毕，烧玄武门，攻城。仓促造反的将近一万禁军，乖乖地就地杀马就食，一时间玄武门下硝烟四起，烤肉味四溢，一场闹得长安城鸡犬不宁的兵变，莫名其妙地变得温馨又可口。

在一片闹腾中，两个人并骑缓缓走向玄武门前的广场。

离着广场还有几百丈远，羽林军已草草筑起一道壁垒，壁垒后面张弓搭箭，有人喝道：“什么人，胆敢来此？”

"噢！在下是羽林军飞熊的的的……"前一骑上的羽林军士期期艾艾地道。

"无耻小辈！"后一骑上的女子瞠目骂道，"竟敢挟持本公主！你们一个个都活腻了？！大唐王法何在？！"

壁垒之后的人吓了一跳，忙出来看，但见第二骑上的女子身着男子装束，但容颜秀丽无方，羽林军长期担任皇家护卫，早有人认出来，忙上前一躬道："原来是代国公主！小人等见过公主！"

"既然知道本宫的身份，还不快快放开本宫！"

那几名羽林一愣，才发现代国公主李华婉衣衫歪斜，双手背在身后，竟是被捆了个严严实实。几名羽林积习难改，顿时吵嚷起来："什么人如此大胆？！""快快放开公主！""来呀，速速报……"

声音忽然间低落下来，直至于无。几名羽林面面相觑，脸上都流露出"吾等如今已从贼，奈何？！"的表情。

"你们都昏了头吗？"骑在马上的羽林军士冷冷道，"相王和武三思勾结造反，太子殿下已经下令捉拿相王一家！我们一棚军士死了一半，才把代国公主抓到——还不快快带路，速去见太子殿下！"

这几名羽林军士位分极低，哪里见得到太子殿下？再说现在玄武门乱成一团，太子爷在哪里谁也搞不清楚，谁敢乱说？相互看了看，一人道："我等也不知道太子在哪儿。不如劳烦你带公主进去，自己找找可好？"

旁一人道："反正玄武门也就这么点儿大，自己找找去吧，我们还在等着吃的呢！”

另一人嗤笑道：“吃的！太子爷倒是随时随地都有吃的！这当口哪里找吃的去？就有，也是大将军手下那帮黑羽千骑老爷们的，嘿！”

“太子爷手下的匈奴番子，烤马肉可是一绝。我刚瞧见右厢军那帮被宰了马的，一个个比死了老子娘还难过，哭的哭叫的叫，嘿嘿，什么玩意儿！”

几个人开始讲起乐子，荤的素的混作一起，笑得不可开交，根本不在意谢云流和李华婉穿过壁垒，一路向北。

玄武门前已经乱作一团。广场边上原来几排拴马的马棚已经被拆得七零八落，在广场中央升起了七八堆篝火，烟炎张天，倒也像是在攻城。靠近东面的一排照壁，原是百官候见天子时排列班次所用，现在照壁前污血遍地，宰杀声不绝于耳，数百名赤裸上身、头扎小辫的匈奴番子在热火朝天地屠杀着军马，宰的宰，剐的剐，一扇一扇的肉血淋淋地拖过广场，就在篝火上开始炙烤，肉香横溢——自前东晋冉闵以来，太子都附有可汗封号，养外藩四夷少年为奴，称为匈奴小儿，乃是数百年不易的传统。衣甲鲜明的羽林军士们在火边吆喝跳跃，列队舞蹈。要不是那面高大的城墙上还时不时地擂起战鼓，射下来几支冷箭，这儿简直就是太子爷的狩猎场了。

谢云流看得五色迷乱，实在不知该如何评价。李华婉咬着嘴唇注视良久，眼中汪满泪水，道：“太宗皇帝当年在这里一箭射倒李建成，入据大统。五年后生擒突厥可汗，就在这广场上阅兵庆典……现在的子孙，就是这么副德行？咱们大唐还是亡了算了！”

谢云流吓了一跳，忙拉住她的马头，两人穿过一堆堆席地而坐的军士，往东走了一箭之地，便见玄武门门楼正前方，上千名羽林精锐骑兵结成一团，数百面旌旗招展，十余辆巨大的鼓车环绕在周围。

“那是太子的本阵，”李华婉低声道，“重茂和皇姑很可能就在那里。”

“咱们冲过去？”

“不要——你照我说的做。”

谢云流便不再多说。两人沿着广场的边缘走，尽量躲在人群之外，离着太子的本阵还有一里多远，谢云流拐进广场边几间还在冒烟的屋子旁，下了马。

这小巷子里散落着一些羽林军士，都是些低级的军官，有的背上还插着令旗，当是传令官一类的人物。这些人在战阵之上，也是不用站队列的，早散漫惯了，太子爷攻城迟迟不展开，这些军队中的老油条们便一个个钻沙溜号，躲到一边休息起来。

谢云流翻身下马，牵着两匹马在巷子里走。众人见他牵的马上坐着一个如花似玉的小娘子，都好奇地把他看着。但谢云流身穿的又是中级军官的明光铠，也没人敢上来惹。直到一名也穿着明光铠的中年人走过来，喝道：“喂！你这是干什么？军中重地，由得你胡闹？”

“在下是飞熊军的谢云流，”谢云流按李华婉所教，行了一礼道，“奉大将军之命，前去捉拿叛王相王一家，现在只抓住了代国公主。可是我回来，飞熊军本阵都找不着了。”

“飞熊军本阵？”那人愣了一下，冷笑道，“娘的，哪来的本阵？除了太子爷手下那帮子人，谁他娘的还在本阵里？”

“本阵都没了？”谢云流吃了一惊道，“那……那怎么办？”

那人不无讥讽地瞥了他一眼，又看看他背后的代国公主，冷笑一声，转身便走。谢云流忙一把抓住他的肩头——稍一用劲，那人竟然半根脚趾都转不过去，不由得气往上冲，怒道：“怎么？你要造反？”

难道眼前这还不是造反？谢云流吞声一笑，道：“这位大人，请恕在下无礼，但是在下要是实在找不到本阵，总不能一直把代国公主带着，要是有点差池，在下有几个脑袋赔得起？不如将代国公主交给大人，由大人帮我交给太子殿下，如何？”

那人瞧一眼李华婉——李华婉风华绝代，骑在马上冷眼横扫，众羽林都不敢与她对视。大唐立国近百年，不是那些南北朝时代的短命王朝，皇子、公主在普通人眼中地位尊崇，即便落难也无人敢随意轻慢，何况太子爷还没攻下玄武门，这些羽林的中级将官们一个个心思活泛，自是不敢轻易把事做绝了——想了想，道：“我这位分，哪里进得了太子爷的本阵？你交给我，我他娘的交给谁去？自己带走！那边……银台门那边，上官昭容和温王，都被拘押在那里，你就把代国公主带去关在一块儿，多省事！”说着头也不回地便走。

谢云流大喜，李华婉对下面这些军官武臣们的心思，果然是揣摩透彻，稍一运用便见奇功。忙牵了马拐出小巷，向东走去，走了两里地，军阵渐渐稀疏，广场空旷下来，便见远处高大的银台门下，停了一辆车，周围有十余名千牛备身持械戒备。和那些懒散得几乎不成列的羽林们不同，这一队千牛备身全服武装，一丝不苟地环绕在马车周围。

谢云流更有何惧？牵着两匹马直走过去。隔着十丈远，一名千牛备身大喝道："来者何人？"

谢云流并不答话，牵着马慢慢地走着，脑袋偏了偏。李华婉知道他要说什么，立刻便小声道："不要着急，先看看皇姑和重茂在不在。"

再走近点，那千牛备身拔出长剑，厉声道："太子殿下有命，擅自靠近此处者，格杀勿论！"

"在下是飞熊军谢云流，"谢云流赔笑道，"奉命将代国公主带来与昭容、温王一起……这个这个……嘿嘿……"

那人听是代国公主，忙上前细看两眼，李华婉瞪眼望去，那人低头后退两步，道："既是公主殿下，那便交由我照看吧。你辛苦了，去找你们飞熊军的李忠臣，自然有赏的。"

谢云流道："是！"走到李华婉面前，道："殿下，小人失礼！将来大事一定，小人和飞熊军定到公主府上请罪。"说完便走。

李华婉叫道："等等，站住！"

谢云流和那人一起抬头，李华婉厉声道："你把我点了穴道，我怎么下来？"

那人忙道："那么由小人……"

李华婉怒目而视，喝道："滚开！本宫要多少臭男人来碰？你！反正你抱也抱了，就劳你的大驾，把本宫抱下来吧！"

谢云流心中暗笑，脸上却是苦哈哈的，道："这都是上官差遣，小人有什么办法？冒犯了公主，这怎么当得起？"

那千牛备身虽然恭敬，却深知代国公主一家人都要活不成，见谢云流一副诚惶诚恐的样子，心中腻味，喝道："让你抱你就抱，啰唆什么！"

谢云流这才上前，搂住李华婉的纤腰，将她从马上抱下，横抱于手中。两个人心中都不禁一动，同时红了脸，好在背对那人，倒也看不出来。

那人道："把公主殿下送到车上去就滚蛋，别在这里磨磨蹭蹭的。"

谢云流低头道："是。"抱着李华婉向车走去。

那车是一辆帝室格车，比之李华婉先前在桥上遇袭时乘坐的那辆还要大得多。两人一边走，一边默不作声地偷眼瞧去，只见围绕格车站了两圈千牛备身，一圈十余人面朝外，手中持弓，一圈七八人面朝内，手中持刀。显然，不管太子如何粗疏，对上官昭容和重茂是认真动了杀心，关在车中的二人只要稍有风吹草动，或者外面有什么人来解救二人，这些千牛备身们根本不用抵抗多久，只要里面那一圈人将上官昭容和温王杀了，便算是完成了使命。

那人一直紧跟在谢云流身后，见他走得慢便出言呵斥。谢云流与李华婉根本无法说话，谢云流低头看她，只见她粉脸微红，一双大眼睛直勾勾地盯着他。

两人只来得及微微交换几下眼色，便走到了车厢边。车门哗的一声拉开，一名千牛备身从车中探出身来，道："把人给我！"

谢云流抱起李华婉递给他，感觉李华婉背在背后的小手在他手腕上一捏，转头投过来一个严厉无比的眼神——谢云流一怔，那人已将李华婉夺去，“哗”的一声关上了门，谢云流连车中有何人都没看清。跟来的那人在谢云流身后一推，喝道：“行了！代国公主如花似玉的身子，你他娘的也抱过瘾了，还不快走！”

谢云流转身便走，一边走，一边心口忍不住怦怦乱跳。那人说的话，他丝毫也不在意，满脑子里都是李华婉最后给他的那一眼——这一眼含义清清楚楚，那是要他不惜一切代价救她。

不惜一切代价？那是要杀人啊！杀人！

他一时心乱如麻，眼神迷离，经过一名千牛备身身旁，那人转头看了他一眼，竟被他的目光吓得一抖，手中弓都掉落在地。

他默默地走回自己马旁。那名千牛备身一直跟在他身后，这时候才看清楚他的马，不由得哼了一声，道：“你小子，居然有这么好的马？是从相王府上……顺来的吧？”

谢云流忙赔笑道：“瞒不过您。这是相王最爱的霸红尘……”见那人目不转睛地盯着，忙又笑道，“兄弟我去相王府上办的这差事，实在是吃力不讨好的事，太平年节，谁愿意跟王爷们过不去，是不？可是兄弟我又违抗不得军法……这会子回去，要是我们家老爷子知道我抄了相王的家，说不定得用大拐杖打死我呢！”

那人心不在焉地听着，眼睛只管在霸红尘身上瞟来瞟去。谢云流故意牵着霸红尘和李华婉的那匹马，左走几步，右走几步，两匹神骏被他牵得伸展开来，蹄声在玄武门广场的青石地上嘚嘚作声，清脆有力。

在场的都是羽林军中的精锐，且几乎可算是精锐中的精锐，从小就在马背上长大，如何不识得马？一个个都瞪圆了眼睛。谢云流偷眼瞧去，那围在内圈监视着格车的几个人，也不由自主地转身过来看。

格车中一片安静，谢云流心中不由得着急。李华婉一入车中，必定立刻动手解决车中的看守，现在这么久了还无动静，难道是又出了什么变故？

忽然一只手搭在谢云流左胳膊上。以谢云流的武功，早已没有几个人能无声无息侵入他身遭三尺以内，这只胳膊忽然便搭上来，谢云流心下大惊，一把抓住那只手腕跟着急速转身一掌平推，却骤然发现是那个一直跟着他的羽林军，脑中急转，知是自己想着李华婉的事而失神，被他表示亲热的一巴掌拍在了肩头，忙又硬生生抽回掌力，饶是如此，手掌已在那人胸口轻轻拂过。

那人手掌刚一放在谢云流肩头，下一瞬间那只手便失去了知觉，跟着便见到谢云流闪电般地转过来身来，吓了一跳，手被谢云流抓住了，竟然没有跳得起来。谢云流茫然地望着他，他便也茫然地望着谢云流，浑然不知自己已经在死亡边界上走了个来回。两人尴尬对视一下，都笑了起来。

“怎么？”

“你这个马，左右也是……嘿嘿……那个来的，”那人被谢云流一抓之下，全身麻痹，早收起了轻慢之心，赔笑道，“不如就顺给老哥我，如何？不叫你吃亏——之前在武三思的府上，老哥我也有点那个，一尊西域进贡的鎏金玉马，咱两个交换，如何？”

一尊西域进贡的鎏金玉马，不用看大小也知价值至少在万金以上。那人说调换就调换，倒是真看得起这马。谢云流哈哈一笑，道："这有什么？老哥喜欢，咱们就换。不过你那东西，不用瞧也知道是珍品，这马真的配得上？"

"那当然，那当然。"那人连声道。

"这样，咱们都是羽林手足，谁也别亏欠谁。你来试试这马，若觉得好，回头咱们再瞧瞧你的玉马去，如何？"

那人大喜，连连点头。谢云流见众人都盯着他们俩，一笑将缰绳交到他手中。那人也不客气，翻身便上，动作倒也颇利落。周围众军士一起叫了声"好！"

那人洋洋得意，一抖缰绳，霸红尘低啸一声，缓缓地走了起来，那人连连催夹马腹，霸红尘便慢慢地跑了起来，越跑越快，沿着银金门下弯曲的广场边缘奔驰起来。

所有人都不自主地盯着那一人一骑，看着他们飞驰而过。谢云流一边讪笑着一边慢慢退到了人群中。这些人早已无警惕之心，谢云流站在一名手持长弓的人身边，向他笑笑，那人也茫然地回以傻笑。

就在霸红尘飞驰过银台门下，众人齐声叫好之时，那辆巨大的格车微微摇晃了一下。除去谢云流，根本无人留意到。

就在这同一瞬间，谢云流动手了。

站在他身旁的弓手只觉手中一轻，弓已到谢云流手中。那人一惊，眼前一花，嘣的一声，弓弦断裂之声是他听到的最后一声，跟着便什么也不知道了。

谢云流一指弹断那人手中弓弦，反弹的弓身直接将那人打晕，速度来得太快，那人晕去了竟然还站着不动，周围谁也没有察觉。那弓乃是长安东市的小东楼将做监制造的上等铁胎弓，中间为铁柄，两侧为层压法压铸制造铁木弓身，这一下反抽过来力道之大，那人头上戴的铜盔都凹陷进去。

谢云流深吸一口气，右手紧拽着断弦，猛地挥舞开来！

长长的弓弦加上长长的弓身，这一挥开来足有一丈长短，站得离他最近的一名羽林军一声不吭，扑地便倒。

即便如此，还是有一大半人根本就没留意到。谢云流身后一人刚喊了声："干什——"谢云流手腕一抖，那弹性十足的弓弦猛力回弹，弓身化作一道闪电正中一丈之外的那人的胸口，谢云流这一招脱胎于纯阳宫的太虚剑意，力道猛而含蓄，那人身中这一击，胸口和腹部的肌肉群都打散了，却没有后退一步，一时间软绵绵地也倒不下去。

这弓使起来竟是如此顺手，谢云流不由得精神大振，迈开大步，尽情挥舞。众羽林们终于惊觉，一起呼号起来，但谢云流手中的武器似鞭非鞭，似枪非枪，挥舞起来如鬼如魅，根本无迹可寻，众人稍一迟疑，噼里啪啦便被打翻一片。

内圈中众军士回过神来，齐齐拔剑向格车冲去。谢云流化弓为长鞭，贴地扫去，顿时放倒七八人，都被铁胎弓打断了脚踝，一时间惨叫声震耳欲聋。车后面还有数人，谢云流手中弓向后一扔，打翻两人，自己腾身而起，一个纵跃跳过格车，"动魄"剑锵出鞘，两人滚倒在地。

便在这时，最后一名羽林军冲到了格车之上。谢云流大喊一声"华婉！"已来不及。

那人一拉开车门，浑身一震，姿势怪异地停住了。一柄雪白的长剑刺进他身上唯一没有覆甲的咽喉，从后脖颈中透了出来。谢云流不由得闭上眼，听得“咕咚”一声，那人直直地翻倒车下。

车门开出，一名金环束发的女子挺剑而出，不是李华婉是谁？

剩下三四名羽林军士见势不妙，拔腿就跑。李华婉叫道：“谢大哥，杀了他们！”

谢云流一脚跺在地下，青石板碎成碎片。他弯腰捡起几块，一一投出。四名军士奔向不同的方向、速度距离都不同，却几乎同时被石块击中，一个个跟斗扑爬地滚到地下，再也挣扎不起。

李华婉哼了一声，对谢云流这死也不肯杀人的软绵绵性子十分的不屑，却也不再说什么。转身进车中，和重茂两个将上官昭容扶了出来。

重茂头发乱蓬蓬的，精美的长袍也撕破了，显然被抓时曾经激烈反抗过。他见到谢云流，大喜过望，道：“师兄！我就知道你一定会来！”

谢云流伸手将他从车上抱了下来，道：“你好好的怎么又被抓了？太子是你亲哥，难道也装作看不见？”

重茂眼圈发红，苦笑道：“亲哥哥……师兄，我这世上，只有你一个亲哥哥，华婉姐姐一个亲姐姐……别人恨不得我死呢，没有亲手杀我，我就要感恩了！”

谢云流心下黯然，一时不知如何回答。因见李华婉也扶了上官昭容下车，忙放开重茂，向上官昭容行了一礼。

上官昭容脸色略微有些苍白，却仍是从发丝到长袍收拾得一丝不乱，向谢云流点点头道："谢少侠，又劳烦你了。"

"不敢当。国家混乱至此，谢某虽身为方外之人，又岂能置身事外？再说，重茂又是我纯阳宫中弟子，谢某岂能见死不救。"

上官昭容点点头，坐在车架上，深深地叹了口气。

远处广场中的硝烟弥漫到整个玄武门上空。已经是下午申时，太子和李多祚的本阵处，绛骑四出，点将的号角声呜呜吹响，数不清的羽林军士像四合的浓云一般向着太子的本阵汇聚而去。

"太子要攻城了！"

谢云流看看脸色苍白的重茂，道："昭容、重茂，咱们赶紧走。"

"去哪儿？"重茂道。

谢云流看看李华婉，本以为她会说及一起出逃之事，李华婉却罕见地沉默着，只把上官昭容看着。

风卷着一片浓烟飘过来，随之而来还有一个人惊讶的叫声："喂？！你们——"

谢云流转头看去，只见几丈之外一人骑在霸红尘上，惊讶地望着他们——却是刚才那名羽林军士，原来霸红尘极其神骏，那人稍一放缰奔驰，便从银金门下一路奔到了玄武门下，等他一路耀武扬威地驰回，才发现同袍倒了一地。

那人见机极快，刚说了半句话便猛然打住，深深地盯了众人一眼，转身打马狂奔。

“留下他！”李华婉高声叫道。

谢云流脚边便有一支短矛，他却迟疑一下，还是用脚尖挑起一块碎青石，凌空一脚踢去，正中那人后背。

那人大叫一声，趴在马背上，身上的明光铠都露出一个深陷的坑。然而毕竟没有贯穿，不至于气绝身亡，还用力夹紧了马腹，霸红尘长嘶一声，飞也似的去了。

谢云流心中暗叫不妙，李华婉也已跳下来，抓起一张弓，刚刚搭上箭，又颓然地放下来——那一人一马，已去了百丈有余，无论如何也射不到了。

谢云流看了眼李华婉，一对上她严厉的目光，顿时面红过耳，垂下了头。

“皇姑，咱们不能再等了，必须立刻做出决断。”李华婉道。

“陛下在哪里？”上官昭容的声音中听不出一丝动摇。

“不知道，应该在宫中，”李华婉道，“成王千里也反了，外城四门都已被他封闭，陛下若是离开了大明宫，太子……咳……太子早就进宫，宣布父王和武三思弑君了！”

上官昭容端坐在车架上，仰头看那黑烟笼罩的城头，过了好一会儿才一字一顿地道：“李显……这个废物！”

李华婉、谢云流和李重茂都瞪大了眼睛，怀疑自己听错了。

“天后当日病卧在床，他也不敢去看上一眼，”上官昭容惨笑道，“天后就算在地下，也必不瞑目，怎么就将天下交给了这么个废物！太子造反如此愚蠢，一言便可喝退三军，这种时候，李显在哪儿？他在哪儿？！”

于今天下，敢于连名带姓把皇帝提的，大概除去皇后，就只有这位昭容了。李显在房州流放十年，回京后又过了几年战战兢兢的日子，全靠上官昭容在天后面前婉转曲回，才算勉强混到登基。这位天子虽然柔弱笨拙，对上官昭容的回护之恩是不敢忘的，连如今嚣张蛮横的皇后都不敢得罪这位昭容，据说在宫中，上官昭容恼起来，皇帝都得乖乖地立着听训。这一声声“废物”，实在是把这种地位彰显得明明白白。

李华婉道：“皇姑，陛下的龙体大概是吓着了，眼下不是说这些的时候。父王和三哥已经与神策、天策军联络上，只是现在京中扰乱，一时还不知道在哪里。咱们赶紧地冲了出去，找到父王，好定匡扶天子的大计。”

上官昭容看了她一眼，道：“相王没事便好。只是不知道相王是怎么想的——现在其实不急在一时，待太子开门进去，相王岂不是更便宜？”

李华婉顿时脸色惨白，双膝跪下，颤声道：“皇姑！相——我爹绝无此意！爹爹一心一意要救天子，那可是他唯一的哥哥！”

重茂也煞白着脸，跟着跪下，哭道：“皇姨！大哥无礼，那是他不成器，叔王和三哥、三姐他们一片忠心，重茂不敢隐瞒！请皇姨早点离开这里，只要皇姨脱离危境，京师里的诸军一定都唯皇姨马首是瞻！”

上官昭容咬着牙，道：“都起来，像什么话？华婉，姑姑要是不信你，也不会当着你说这个话。好吧……既然你们都忠于陛下，那我……我再为他想想法子……”

“皇姑，我们先走——”

“去哪里？”上官昭容站起来，背着手环视玄武门一圈，冷冷地道，“大唐的核心在此，离开此地，一切都成叛逆，只要太子入了此门，你们相王一族，我上官婉儿，还能求个全尸吗？”

“那……”

“我要回去，”上官昭容笃定地道，“回大明宫，现在，马上！”

三个人都睁大了眼睛。李华婉迟疑地道：“皇……皇姑，可是……太子马上就要破城，您……”

“破城？哈哈哈哈，笑话！”上官昭容仰天大笑道，“只要站上那个城头，眼前的这一切不过是土鸡瓦狗！太子再蛮横，在我眼中也不过是个吃奶的小孩，不亲自拿条子抽打一顿，岂能饶恕？华婉！”

“是，皇姑！”

“谢少侠！”

谢云流早对这位昭容的霸气佩服得五体投地，忙行礼道：“昭容但请吩咐。”

“我不管你们用什么办法，立刻送我进城，”上官昭容不容置疑地道，“不管是为大唐、天下百姓，还是为相王、为李家，你们听明白了吗？”

“是！”两人同声道。

“好，咱们走。”

李华婉和重茂一起伸手，将上官昭容从车上扶下。众人都望向谢云流。谢云流脑中一片空白，道：“那……咱们绕到大明宫的旁门去，如何？”

“银金门已经封闭了几十年，这么怎么绕得出去？”重茂道。

谢云流挠挠脑门，道：“那……那怎么办？”

“从玄武门正门，冲进去！”李华婉厉声道。

一声洪亮的鼓声，打断了她的话。紧接着，“咚咚，咚咚咚，咚咚，咚咚咚……”十六辆鼓车同时擂起响亮的战鼓。唐军令，鸣鼓则进，鸣金则退。一排排整齐的羽林军离开太子本阵，踏着令地面震颤的步伐，向玄武门缓缓推进。

最后的攻城战开始了。

“玄武门已经无法靠近了，”谢云流道，“咱们必须先绕道……”

“不！”上官昭容怒道，“我不离开！离开这里，就是死！”

李华婉深知她其实是则天天后一手栽培长大的，当今世上唯有她几乎全盘继承了则天天后的能力、威望甚至是性格，说一不二，根本没有将生死放在眼中。正着急间，重茂眼尖，叫道：“姐姐，师兄！羽林军！”

风卷着广场上的黑烟扑向他们，众人都忍不住以手遮面，等到那一阵令人窒息的烟飘过，眼前一团团黑云般的浓雾中，出现一大片林立的长戟。大约三四百名羽林军士排成一排，在一名骑着黑马的大将带领下，向他们压过来。

狂风大作，黑云漫卷，一团团黑烟飘过，将那一片枪林掩盖了又显露，显露出又掩盖。重茂牙齿相击，咯咯作响，道：“姐姐，师兄，是李多祚！”

上官昭容傲然仰头，道：“这个老东西，乃是高宗、天后一手栽培起来的，居然敢造反？他也配？”

李华婉急道："皇姑！配不配的咱们再说，祖母留下的将帅中，这人最是可怕，他忠于太子，万难改变，这几次三番的为难于您，可不是一见您的面就跪下求饶的人！咱们得赶紧走！"

"去哪里？"上官昭容冷笑道，"四面八方，都被这小子围起来了。"

众人一看不假。李多祚带来的羽林军虽不算多，却排成一字长龙阵，南面直抵银金门南侧的城墙，蔓延了三里多地，虽然北面留出一大片空隙，那里冲出去却是玄武门广场的核心，无异于自投罗网，而他们的身后，却是将近十六丈高的银金门城墙，城墙光滑陡峭，即便谢云流也完全无法一纵而上，而墙头上更是一个人影也没有，大明宫中的皇帝缩成一团，宫中守卫自然谁也不敢露头。

嗖的一声，一支羽箭划过黑云，落向他们，落在数丈之外，紧接着，零零星星的羽箭跟着落下。李多祚手下的羽林军士们似乎并不急于将他们射死，而是用这种零星的羽箭来消磨他们冒死一搏的勇气，封锁他们直冲阵前的空间。

谢云流看了看焦急万分的重茂、面无表情的上官昭容和一脸苦笑的李华婉，咬咬牙道："昭容，重茂，华婉！跟我来！"

"谢大哥，你——"

"跟我来！"

众人都是无法，只好跟着谢云流向银金门下跑去，重茂扶着上官昭容跑在前面，谢云流与李华婉并肩倒退而行，一面走，一面注视着越逼越近的羽林军。

"谢大哥，你有办法？"

“我……”谢云流傻笑道，“只有蠢办法。”

“什么……蠢办法？”

谢云流回头看了眼高大得仿佛要倒扣下来的巍巍城墙，道：“送你们上去。”

“谢大哥？！”

“华婉，你能跳多高？”

李华婉看了看身后，道：“四丈，中间借一下力，能跳六丈。”

“那差不多够了。”

“那墙有十六丈高，是长安城中最高的墙，谢大哥！”

“我有办法。”

李华婉脸色苍白地看了眼谢云流，仿佛第一次认识他般。这少年傻归傻，木讷归木讷，可是武学上的造诣，在他们这样的年纪的确不做第二人想。他说话虽少，屡遭嘲笑，可是……说一句是一句，从来没有意外。

她看着他宽阔厚实的肩头，迟疑地道：“……好！你打算怎么做？”

“我抛你上去。”

“……”

“你有匕首吗？”

李华婉唰地一下从怀中拔出一把锃亮的短刃，刃口血槽上还有未干的血迹，却是刚才在格车上杀那两名护卫时留下来的。

谢云流转开视线，不去看那刀口上殷红的血迹，道：“我先抛你上去，你用这匕首在四丈高的墙上坚持一下，我再跃起，你便跳到我的手上，我用力上抛，你用力下踩……或者能把你抛到接近墙头的地方，那时，你自然有办法上去。”

“上去之后呢？皇姑，重茂他们怎么办？”

谢云流笑道：“我这样的脑子，也就只能想到此了。上面若有人在，那你便可想出办法来救他们，若没有人……”

他们两人对视一眼，又同时转开头去。

“华婉，若没有人，”谢云流一边说，一边将身上的明光铠卸下，扔在一边，道，“你就跑吧。远远地离开长安，或许，去纯阳宫，师父定会为你想出平安一生的法子。”

“你呢？”

咚的一声巨响，声音的涟漪从玄武门六丈高的铜铸大门那里传出，向着巨大的广场一圈一圈地散播开来。攻城的撞锤第一次击中了大门。鼓车上的鼓手像疯了一般狂擂战鼓，摄人心魄的鼓声催迫着成千上万的羽林军士，向着玄武门列队进发。

两人注视着远处，又看看不断逼近的李多祚的钢铁阵线，不知为何，同时淡淡地笑了出来。李华婉道：“好！那，我便走得远远的，想办法平平安安地过上一生。”

“正如我愿。”

两人一起回身，向城墙下跑去。银金门城墙因是内墙，没有抵御冲车和骑兵的马面，巨大的城墙直接压在三层青石上。李华婉轻轻跃上青石，谢云流道声：“得罪了！”抱起上官昭容轻飘飘的身子，便将她扔了上去，李华婉伸手接过。谢云流一把夹起重茂，跟着纵上了青石。

青石台只有不到一丈宽。那城墙倒是修建得别出心裁。笔直的墙壁上，每隔三丈便凸出来一丈宽的墙柱，这一方面起到美观的作用，另一方面，因银金墙是隔断大明宫东西两宫的墙壁，高达十六丈，比玄武门城墙还高出四丈，乃长安城中第一高墙，这样的墙柱可以大大加强单薄墙壁的强度，不至于倒塌。

上官昭容也不问他二人如何安排，只牵着重茂的手，静静地站在青石台边上，注视着已经迫近到不足一百丈的羽林军士。她根本不会在意自己的生死，更何况，李多祚再狂妄，也不敢凌辱于她，对她这样的人物就算是杀，也必是以尊崇的礼仪进行，没有人敢于冒犯这位事实上暗中执掌大唐多年的人物。

谢云流牵着李华婉的手，走到最近的一处墙柱下。两人相对而立，贴在一起，看着对方脸上黑一道、黄一道，头发凌乱，满头大汗，不由得都笑了出来。李华婉伸手擦去谢云流额头上的汗水，顺着他削切般的脸颊慢慢滑下，道："谢大哥，你这个法子，是不行的。"

"哦？"

"我可以上去，也必找来人相救，但那需要时间。可是你想想看，你不肯杀人，又怎么护得了皇姑、重茂他们两个人的周全？"

谢云流抓住她抚在自己的脸上的手，道："我也没有别的法子，救得了一个是一个，救得了一时是一时。"

李华婉点点头，道："说得对。看起来，这里只有我一个人有法子逃得出生天了，谢大哥，我……"

谢云流深吸一口气，猛地双手抱住李华婉腰间，大喝一声："走！"用尽全力将她向上抛去。

李华婉纤细的身躯向上升了两丈，在空中抱膝打了个转，全身打开，竟又不可思议地向上蹿了三丈，墙面上火光一闪，她已一刀扎进青石墙中的缝隙，身体贴了城墙上。

谢云流将她抛起的同时，便一个筋斗倒翻出去，落到青石台边，双膝微弯，猛然间向前扑出，直直地冲向城墙——就在撞上城墙前的一瞬间，他双手撑在墙上，用力下撑，纯阳心法梯云纵岂是浪得虚名？谢云流修长的身躯箭一般地贴着墙向上射去，一下子就飞升到四丈高处。

几乎与此同时，李华婉放开匕首，身体在空中拉直一个大回旋，向下落去，谢云流双手抓住她的双脚——有那么一瞬间，两人似乎在空中凝固，两个人都团身抱膝，只有谢云流的手和李华婉的脚连接在一起。

然后，同时间，两个人的身体剧烈地打开，谢云流用尽全力向上推送，李华婉亦是全力下蹬，巨大的力量压得谢云流眼前一黑，直往下坠，李华婉却借此高高跃起，一下子越过了超过六丈高的城墙。

重茂仰头看着李华婉纤细的身躯越升越高，却渐渐失去速度，眼看离那墙头还差着两丈距离，却再也升不上去，不由得高声叫起来。却见李华婉在空中一个翻转，一道银光飞上墙头，李华婉身躯再度升起，落入了银金门城墙顶的女墙之后。

一只手按在重茂的额头上。重茂抬头道："师兄！"

"抱歉，"谢云流道，"师兄没能力把你送上去了。"

"嗯。"

"重茂。"

“师兄！”

“像个纯阳宫弟子那样死吧。”

“嗯！”

一声号角。数百名羽林军士一起停下脚步，长枪在地下同时一杵，轰的一声，烟尘四散。李多祚骑着一匹浑身上下漆黑如夜的大宛马缓缓出列，穿过一团团浓烟，直趋台前，朗声道：“左羽林卫大将军李多祚，拜见昭容。”

“李多祚，你做得不错，”上官昭容冷笑一声道，“咱们大唐国好容易出了一个弑逆君父的太子爷，全靠你的功劳。今日过后，怕是要封王了吧？”

“多祚不敢，”李多祚在马上恭恭敬敬抱拳行礼道，“多祚今日之事，事在弑君，只要玄武门一破，多祚就自杀谢罪，赶在天子之前去地下伺候。”

“说得倒是好听，你煽动太子造反，就为了去地下等天子？呵，呵呵！笑话！”上官昭容厉声道，“高宗和天后栽培你，把你从一个行伍小卒一路提拔，就是为了今日？我倒要瞧你有何面目去地下见高宗、天后？！”

“多祚今日，情非得已，”李多祚缓缓地道，“天子受韦氏、武三思蛊惑，所作所为已经危及大唐江山。多祚就是没法报当日高宗、天后之恩，所以拼了一死，拼了死后万劫不复的污名，也要替大唐除掉祸害，其他的，多祚不敢言！”

“大权尚在天子手上，你说得可怕，武三思不过是天子的一个弄臣，皇后虽然跋扈，却也还没资格做新的天后，”上官昭容冷冷地道，“眼下攻打玄武门的人，才是真的祸害。等到太子进入玄武门，宫室之内纵兵大掠，天子亦无可避免。你们是要拯救大唐，还是要灭我大唐？！”

李多祚默默地端坐在马上，绛红色的长袍被黑云吹拂起来，无力地拍打着，良久才道：“太子下的第一个命令，是杀掉武三思，第二是皇后，第三个人，便是昭容。”

“嗬！”上官昭容冷笑道，“有眼无珠的太子。他不第一个把我杀掉，还能做什么大事？”

“我下令将昭容关在马车中，是不想太子就那样杀死昭容，”李多祚道，“高宗、天后时代留下来的人，昭容是多祚最尊崇之人，多祚不敢无礼。若昭容愿意随多祚一起离开长安，永远不再返回，那多祚可以保证昭容一世平安。”

上官昭容注视他良久，冷冷地道：“多谢了。上官婉儿生于此宫，长于此宫，也将没于此宫，没有别的地方可去，也没兴趣去。李大将军要杀便杀，无须多言。”说完决绝地转身，不再回头。

李多祚长叹一声，怏怏地道：“既如此，多祚只好放肆了。昭容，咱们地下再见。”说着拉转马头，向阵线中缓缓而去。

排列整齐的羽林军阵中，立刻便有三十人列队而出，隆隆地向着城墙脚下逼过来。

谢云流一把抓住上官昭容的手，将她拖到靠近墙边，道：“纯阳弟子重茂！”

“师兄！”

“你守住上官昭容。她必死在你之后，明白吗？”

“是，师兄！”重茂手中提着一把刚刚从被打倒的一众羽林军身上找来的短刀，毫无惧色地道。

出乎所有人意料的是……谢云流比重茂还要紧张，握住“动魄”剑鞘的手都在微微发抖。他并不怕死，但是却仍旧感到透骨的害怕。

害怕杀人。

李华婉说得对，他不杀人，就没法救重茂和上官昭容。或许杀了人也不一定能救，但，不杀人，就一定没法救。

他自是不畏死。从死人堆里出来的人，对生死早已看得不那么重。可是他却害怕重茂死。重茂如他亲弟弟，死了会令他发狂。而华婉呢？若他和重茂都死了，上官昭容必无幸免。上官昭容一死，玄武门一破，华婉就离死不远了。太子弑君登基，天下必将大乱。

终究这一切，都是因为自己不肯杀人？这其中的道理，谢云流想不明白，也无以自明。他只是在发抖，在害怕，害怕自己面对那些必须杀死的人时下不了手，从而推金山倒玉柱，直接导致这一切他不愿意得到的结果。

那三十名羽林军士走到离城基十丈远处，同时停了下来。这些人都手持长戟和半身高的盾牌，停下脚步，同时将盾牌往地下一顿。

谢云流缓缓拔出动魄，薄薄的剑身在手中微微颤动，发出动人心魄的吟声。

三十名羽林军中响起哨声。三十人的阵形突然一动，十五人向前一步，相邻的十五人后退一步，分为两列，紧跟着，后一人将盾牌叠到前一人的盾上，十五张高大的盾同时移动一步，又合成一个紧密的队形。

“师兄，这是却月阵！他们组成一团，盾阵相接，你就没法打倒他们了！”

谢云流只听重茂说到一半，便已身形一晃，飞身而出。青石城基本就高出广场一丈，谢云流轻轻一翻，便翻到了那堵严密盾墙的另一边。

众羽林们万没料到敌人竟然说来就来，一下子出现在身后，顿时慌了阵脚。谢云流面对一大帮背对自己的人，自是不会客气——杀人，他纠结得很，若是不用杀而伤人，那又有何客气？

白光一闪，第一名羽林军闷哼一声，跟着“哼、哼、哼、哼、哼”一连串的闷哼过去，人翻盾倒，阵形顿时倒下了三分之一，谢云流只一招，便在几乎一眨眼工夫之内挑断了十一人的脚筋。

这些人浑身上下重甲覆盖，连脖颈处都有铁护颈，周身上下几无破绽，短兵刃根本无处可入，只有长戟、六尺长的铁羽才有可能破甲而入，但再严实的装甲，膝盖以下是没办法覆盖的，只能在小腿正面绑一块铁甲，后面则裹以厚布，只有绑腿绳的地方，留有半寸的缝隙。

谢云流目光如电，身法如龙，剑走偏锋，一剑一剑极其精确地刺入了重甲羽林军士那唯一的缝隙之中。动魄剑锐利无比，加之谢云流极为刚猛的纯阳功力，一剑从后腿刺入，往往透穿骨头，有好几剑甚至从小腿正面的铁甲中透了出来。

一剑，一闪，一个人惨号着倒下，根本全无反抗之力。剩下的羽林军士目眦皆裂，齐齐回身重新布盾。谢云流刺倒十一人，眼前盾阵已成，他弯着腰接近盾阵，众军士长戟齐出，他却猛然一个翻身——这一翻跃过了一丈五六的高度，不可思议地从众军士头顶翻了过去。

一声又一声惨号响起，盾阵从一头开始噼里啪啦地倾倒。谢云流速度快得众军士只有眼神跟得上，一个个眼睁睁地看着他鬼魅般地接近，电光刺破自己的小腿，然后一个个倒下。

三十面盾满地乱滚，人人四脚朝天，放声哀号，剩下的几个人抛下盾、戟，撒腿狂奔，谢云流杀得兴起，放开步子追杀，六个人奔向三个方向，却都在十丈之内就被他追上，一一放倒。等到最后一个人惨号倒地，青石墙下，亦只剩下他一人还站着。

远处的羽林军阵看不清楚，还以为这三十人都被谢云流杀了个干净，顿时一片死般寂静。

谢云流深吸一口气，缓缓吐出。按照昨晚延平郡王所传心法，呼吸和心跳一下子便稳定下来。他冷冷地看了眼远处的阵形，手腕一抖，将动魄上的血迹甩落一地，慢慢地转过身，向青石城墙走去。

满地的羽林军挣扎哭号，人人都只伤腿，身上其他地方并无受伤。但谢云流提剑走来，众军士慌得忘了伤痛，拼命从遍地的刀枪剑戟中爬开，竟无一人敢拿起任何一件武器向他挥动。

谢云流从满地血污中走过。终于，有一人拼命挣起，双手端着长戟向他后心刺来。谢云流正待回身给他一剑，忽然嗖的一声，一箭破空而来，从那人肩头射入，将他钉在地下。

“谢大哥！”

谢云流抬头望去，却见高高的城墙顶上，露出李华婉的面孔。

“华婉？”

但见一根长长的绳索从城墙上垂下，正落在上官昭容和重茂身后。

“师兄，师兄！”重茂欣喜若狂地叫了出来。

谢云流心中不由得怦怦乱跳，加快脚步，走了几步，又猛然停下。

重茂拉着上官昭容跑到城墙边，拉了拉绳子。绳子结实稳当，抬头看去，只见墙头上哆哆嗦嗦露出几名上了年纪的中官，原来银金门因为封闭已久，早已无值守的羽林军、内殿侍卫，却仍旧留了几名上了年纪无法在其他宫中伺候的中官，在这里负责清理银金门城楼。

几名中官见是上官昭容和温王，激动万分，连连呼喊，要重茂赶紧将他与上官昭容绑在绳上，次第拉上去。重茂刚说了声：“皇姨，你先……”上官昭容一把夺过绳子，便将她自己与重茂绑在一起，道：“别磨磨蹭蹭，一起走！”

“是，皇姨！”重茂道，回头一瞧，不由得尖声叫了出来，“师兄！”

一团黑云低空掠过城墙前，只影影绰绰看见谢云流的身影。他正背对着城墙，左手提着一杆长戟，右手反背长剑，向着一百丈之外的羽林军阵线走去。

“师兄！师兄！”长绳猛地绷紧，开始缓缓上升，重茂嘶声喊叫，谢云流却头也不回。

“看清楚，重茂，好好看看你的师兄，”上官昭容冷冷地道，“我们能不能活着到达墙头，全看你师兄的了。”

“皇姨……”从被劫持以来，重茂第一次放声哭了出来。

“不准哭！”上官昭容厉声道，“天家子弟，纯阳弟子，血流干了也不准流泪！”

重茂转过脸，看着浓烟中时隐时现的谢云流的背影，他想要忍住泪水，眼睛却又疼又涩，根本无力阻拦。

羽林军的阵线，距离银金门城墙百余丈。

彼时羽林军背负的乃是两头反曲的角弓，主要为六石的硬弓，能达百二十步，差不多三十丈远。这和攻城的弓兵使用的长弓不一样，长弓的射程能达三百步，六十丈远，这个距离足可保证弓兵在一个安全距离上向城头发射弓箭。

作为一名纯阳宫弟子，谢云流并不太清楚这些区别。他只知道一件事——绝不能让羽林军接近到可以向城头放箭的距离！

一队羽林军离开阵线，向他迎面而来，另一队则远远地向左而去。谢云流冷眼看时，那离开的一队都只背负了角弓，显然是想找个安全地方向城上射击。谢云流顿时血都沸腾起来——他若是去追那弓队，迎面而来这一队就能直扑他身后，他若是直面这一队，只怕转过身来，上官昭容和重茂都已成墙头的刺猬。自己独自一人，要面对的却是李多祚手下的大批人马，哪怕这些人加起来也杀不死他，但却有十足的把握，将自己最重要的人杀死。

不杀人，要被人杀。杀了人，也保不住最重要的人。眼前的一片浓云、黑烟、倾斜的城头、沸腾的大地、号叫和箭雨，都在大声嘶喊着一件事：杀人，或者被杀，在这里根本不是一件需要用心去想的事。杀欲横行，止杀的我执实为无聊。

谢云流双眼渐渐变得血红，浑身血液烧得滚烫。他向着迎面而来六十多羽林军组成的盾墙走去，越走越快，长戟拖在身后，枪尖在青石地面上刮起一路火星。

那一队弓箭手已接近射程，弓手们开始放慢脚步，将角弓从身上摘下。距离他们的一次齐射，大概不到半炷香的工夫了。他们似乎非常放心自己的侧翼，相信谢云流不敢置那六十人的盾阵于不顾，直接来攻击自己。他们开始放心大胆地准备弓矢，将背了一天的弓重新上弦，有的人开始比划着估算距离。

上官昭容和李重茂两人加起来虽不大，但缓缓地上升，却是谁也不会错过的绝好靶子。

谢云流深吸口气，突然提枪向前狂冲，双脚轮流踏在青石地上，青石发出可怕的碎裂声，乱石飞溅！正面他的羽林军士们不敢丝毫小觑，哨声急响，六十多人猛烈收缩，“啪啪啪啪”盾牌一层层重起，正面瞬间见收缩成横六面、高四面的盾阵，左右及后方亦快速收缩成团，几十支长戟从盾阵中伸出，等待着单枪匹马的谢云流。

谢云流狂奔不休！直直地朝着坚硬的盾墙冲去！

银金门的墙头上、羽林军的阵线中都发出惊呼之声。这般冲上去，只怕……

玄武门方向传来的持续不断的轰鸣声、千军万马奔腾咆哮之声，似乎都化作一片模糊不清的风声。没有人还在意那些声音，所有人都张大了嘴，等着看谢云流一头撞在那堵钢铁之墙上。

“嗒、嗒、嗒、嗒，啪！”谢云流连跨四步，最后一步腾空而起，纵过了六丈远的距离，飞到盾墙前方。

阵线方向传来惊叫。盾阵中的众羽林军只有最前排的人能从巨盾的缝隙中看出去，但是第一排的人——什么也没看见！

“咚——啪！”一杆长戟洞穿了第三层盾，从两名踩在第三层的羽林军士之间插了过去，巨大的盾阵向后微微一仰，几乎就在呼吸之间，真正巨大的冲击到了。

谢云流双脚重重地踏在第三层盾上，盾阵本已被他那一枪捅得立足不稳，他这一踏千钧之力，再也无人能敌，第三层的六人六盾顿时飞散开来，下面两层的羽林军士踉跄后退，长戟、巨盾、羽林军士喷射般地甩向四方，水银泻地一般泼洒开来。

一人，一踏，便即粉碎了羽林军聊以自傲的盾阵。而显然谢云流并非专为破此阵而来。

满地乱滚的羽林军士们，谁也没有瞧见将他们一脚踢翻的人在哪里。事实上，在场很少有人看清楚那条身影，差不多只有不到三四个人，才真正看清了他是如何从巨盾塔前惊鸿般地跃到二十丈之外——弓队的背后。

谢云流如同一颗流星般落地，团成一团在地上滴溜溜地滚了五六丈远，弓队之人虽然早已听到从盾阵传来的惊呼，却没人想得到谢云流借那一踏之力，能一下子越过二十丈那么远的距离。待得地下那团灰扑扑的球迥然站起，众人齐声惨呼，哪里还来得及反应？

李重茂和上官昭容升到银金门的一半高度时，最后一名持弓之士摇晃了几下，双手大开，夸张地仰天倒下。

“真是精彩。”李多祚端坐马上，喃喃地道。

没有惨号，没有呼喊，也几乎听不到玄武门方向的雷霆。谢云流手中持剑，仿佛不胜疲倦般地走了几步。没有人知道，他现在其实已经看不见——两眼望出去一片血红，胸口不再起伏，命悬一息之间。

蹬踏盾阵的那一脚，已是超出了普通人所能承受的巨大冲击，虽然他将之化为飞跃的动力，但落地的那一刹那他的心肺几乎被压成了一饼。紧接着的一连串杀招，一共用十六招、出剑五十四次、腾跃三十七次，刺穿了三十六人的手腕或脚踝。

在此期间，谢云流没有吸入一口气。

他的胸口火烧一般剧痛，眼前已经由血红而至于发黑，可是他拼命张大了嘴，空气在口中打转，却怎么也无法钻进灼热的咽喉。人虽然还站着，但早已感觉不到四肢的存在，一股冰凉的麻木感正从大腿根部和肩头，向着身体肺腑前进。

谢云流勉强仰面朝天，张着嘴颤抖着，金星乱闪的眼前，他看得见师父的影子、重茂的影子、李华婉风姿绰约一日十变的身影……以及那个刚刚从地下挣扎起来，正张开一张角弓，转向城墙方向的弓手。

那名弓手挣扎着跪起，忍痛张开了弓。上官昭容和重茂距离墙头还有三丈远，来不及了……无论如何也来不及。

谢云流转向那人，眼前的一切却快速地消失，他只影影绰绰看见，那弓手身旁的另一名弓手也翻身坐了起来。他居然还向谢云流招了招手。

然后一刀割断了那张弓弓手的喉咙。

谢云流弛然跪下，眼睁睁地看着那人朝他走来，他想要提起长剑，却一头栽向青石地面。那人用脚尖一垫，总算没有让他的额头直接撞在地面上。

“纯阳宫的人，可不能随便给人磕头啊，”那人笑道，“区区举手之劳，谢大侠何须多礼？”

他的手看似无意地在谢云流背上一拍，谢云流浑身一震，一股温暖之气从背脊直透入已经冰凉的肺腑，他张嘴“呕”的一声，好像是吐了，其实什么也没吐出来，倒是一股清凉的空气从口中直灌入肺中。

“咳……咳咳咳！”

那人盘膝坐在一众惨叫不息的羽林军士中，就好像坐在一群待宰的羊群中一般从容，笑道：“你还真喜欢咳嗽。不过就你刚刚那番身手而言，你现在就算是咳出了血，老陆也不得不说一声佩服。佩服，佩服，兔子急了也咬人，果然是至理名言。”

他的声音还是那般的别扭，仿佛一个汉化已深的胡人在说话。这人浓眉大眼，短短的头发，消瘦的脸庞，不是陆危楼又能是谁？

谢云流痛苦地曲起身子，嘴上道：“你……你不是……走……”

“怎么，你见不惯老子，连老子救了你，也看不顺眼？”

“你……咳咳……你不是要……重回……怎么会……”

“我这里，有一件非常非常恼火的事未了，”陆危楼坐直了身子，“我陆危楼将来是要做顶天立地之人，我可不想时隔四五十年后，有人出来戳老子的脊梁骨。”

“你要……你要干吗？”谢云流趴在地上，一边慢慢吞吐气息，苦苦将浑身乱走乱流的内息控制住，一边道。

“我从西域来，要做一件祖传的生意，有人帮了我一把，这个忙除了他，这个大唐万里江山里，只怕还找不到第二个人能帮我这么大个忙，”陆危楼道，“这份情，我不想欠着，不过那个大人物不肯要我还他的情。我打听到他有对头要暗算他，便在他府里头装成下等的侍卫，为他足足站了三个月的岗。”

“武三思？”谢云流大奇道，“然后呢？”

“然后，我又得到消息，说他的死对头已经在岭南病故，派来的杀手自然也就半途而废。那时候武三思和上官婉儿斗得厉害，我当时就想，若我杀了上官婉儿，说不定便可还了这份人情。我苦苦地等到上官婉儿出宫，可是莫名其妙的，她又被太子的手下劫了去，等我好容易找到，那时候你又冒了出来，我忽然没了兴致，这事儿就这么黄了。”

远远的一支箭飞来，陆危楼和谢云流都看清了箭，却同时犯了踌躇——谁也懒得伸手去拨那支箭，眼睁睁地看着它到了眼前，陆危楼才猛地一把抓起身旁的一名羽林军，那箭“噗”的一声将羽林军的肚子扎了个透穿，那羽林军惨叫一声，顿时了账。

陆危楼站了起来，谢云流也挣扎着站起。更多的箭羽出现在他们面前。看来李多祚已经决心不惜赔上周围所有羽林军士的性命，也要他二人完蛋。

两人同时亮出剑来。陆危楼瞥了眼谢云流手中的动魄，咽了

口口水道 :“他要去太子的寿宴上看热闹，我心里想着，这样闹起来实在是小家子气，将来未免遭人笑话，可是正好西内苑里有我想要瞧一瞧的东西，我便顺便帮他闹一闹，最后却碰上你这么个家伙，嘿，真是纠缠不清，晦气！”

谢云流道 :“彼此彼此。”两人说着话，手上一刻也没闲着。对面的羽林军阵不停向他们倾泻箭雨，两人随手挑、格，噼里啪啦噼里啪啦，两人周围转眼间就竖起一片林立的箭杆，离他们近的弓手十余人都被钉在地下，其余的人忍着脚腿寸断的剧痛拼命爬开。

“哈，哈哈！你以为我没办法了？我陆危楼，乃天上地下第一妖怪，怎么会没法子！昨天晚上，我忽然想起了一件事，这事儿绝对令他想象不到，但又是对他大有裨益的，做了以后，我便永不亏心，可以踏踏实实去做我的事了，”陆危楼苦笑道，“结果我前脚出门，后脚太子和李多祚这两个疯疯癫癫的家伙就屠了武三思的府邸，这下子，我就是翻起东江水，也还不了这个人情了！”

谢云流不由得苦笑。这家伙虽然一副霸气十足、傲气满盈、天下舍我其谁的架势，私底下却是个死心眼儿，以武三思权倾天下的势力，为别人做一点儿事或许并不在意，更有可能转眼即忘，甚至是根本就不知道。但陆危楼受人一恩，想尽了办法也回报，有这份儿心思，谢云流便觉得此人不俗。

“那你这下，打算怎么办呢？”谢云流拨开几支箭，问道。

“哈！哈哈！现下简单了！”陆危楼大笑道，“李多祚这个老家伙杀了武三思。我前头还念着他杀武三思是为国家除害，现在他既是追随太子反乱，那还有什么可说的？只消取下他的项上人头，我便永远也不欠武三思一分。如何？”

“确是好主意。如此，陆兄请。”

陆危楼瞥了他一眼，道：“我本来是要请的。可是你现在坏了我的好事，我还怎么请？”

谢云流奇道：“我……咳咳……我差点命都没了，怎么又坏了陆兄的好事？”

“我化装成他手下，已经接近了他，可是你小子在这里一再闹腾，现在我伪装也去了，他手下那帮子人也被你吓成了受了惊的兔子，再想轻易地接近他已不可能。”

“以你的能耐，万军之中取上将首级，只怕不是什么难事吧？”谢云流道。

“不是难事？你以为李多祚凭什么三十几年立于朝堂不倒？又凭什么平灭三国？”陆危楼冷冷地道，“他的武功，不在我之下，只怕比你老弟还要高上那么一点儿。”

“什么？！”谢云流大吃一惊，道，“那……那……那么……”

“呵呵，原来你也在奇怪，何以他只派手下的人来抓你，相当于放过了你和上官婉儿？”

谢云流终于也想到了此节，不由得背后生起一股寒意，道：“是啊——为什么？！”

陆危楼笑着摇头，好似看见了天下最可笑的事，道：“谢云流啊谢云流，在整个京师之中，人人都有目的，个个都有鬼胎，处处都是陷阱，你一个呆头呆脑的小子居然敢有胆闯进来，哈哈，哈哈哈，哈哈哈哈！”

谢云流臊得满脸通红，道：“我本无心，亦无欲，陷阱、人情，于我又有何祸害？”

陆危楼笑道：“你虽无心，但你这一身技艺，那正应了匹夫无罪，怀璧其罪这话。别人把你当棋子儿玩弄，你却总是不自知。太子要杀上官婉儿，李多祚这个老匹夫却不愿意杀她。这老匹夫当年被高宗皇帝和天后陛下看中，还差点把上官婉儿赏赐给他，现在上官婉儿虽然做了昭容，这老匹夫显然还念旧情。他既不肯杀上官婉儿，又不能被太子发现二心于他，正好就借你的手，来让上官婉儿逃走，你在这里拼命地杀，却如了别人的心愿，你说你是不是傻得可笑？”

“无所谓，”谢云流道，“反正我也想要上官昭容和重茂好好地活着，李多祚没有下杀手，我可得谢谢他。”

“恐怕你没什么机会了，”陆危楼道，“李多祚既然做了此事，就绝不会让你我活下去。小兄弟，这一回，你怕是玩不转了。”

玄武门的方向传来巨大的破裂声。不知什么时候开始，城头终于出现了防御者的身影，城上城下，矢如飞蝗，两军各自擂鼓喧天，时而爆发出轰然雷鸣。

广场上现在到处都是火头。进攻方与防御方都在放火，大团大团的浓烟不断低空掠过广场，将已西斜的阳光寸寸切断。已经过了申时，很快就要日落了。日过天黑时分还攻不下玄武门，情势必将大变。

李多祚不再等待。

一声响亮的号角声，他的本阵开始向着谢云流陆危楼压过来。这是超过一百六十名骑兵、二百名步卒、六十余名弓手组成的庞大阵线，谢云流虽然已经干掉了数十人，但眼前这阵线一望便知，李多祚不再给他留下任何机会。

风大了，裹挟着黑烟迎面吹来，吹得谢云流和陆危楼都有些睁不开眼，立不稳脚。隆隆的鼓声中，阵线开始扩展，将这二人可能出逃的方向和角度都围困起来。

陆危楼慢慢转动脚尖，身体倾斜，面向阵线，全身袖口鼓动，风吹到他身上，竟然无法将他鼓起的袖口吹动。忽然“啪！啪！”两声，脚下两块青石同时碎裂。

谢云流一脚弯曲，一脚微绷，右手持剑，左手剑诀。风吹动他的衣袍，他的身体也跟着晃动，仿佛随时都会被风吹走，可是风吹了又吹，他摇了又晃，始终都未曾挪动分毫。

阵线离他们只有二十丈了。一匹匹高头大马身披铁甲，通红的眼珠仿佛黑云中缓步走出的怪兽，数不清的枪、刀，都在黑云中闪烁着光芒。鼓声三步一停，三步一停，催动这座金属的山脉向他们逼近。

正是万众屏息之时，陆危楼却笑了。

他大声道：“谢云流！”

“嗯！”

“擒贼先擒王！”

“谢某正有此意！”

“李多祚与我的恩怨，你不要管，但我要靠近李多祚，就得你帮忙。”陆危楼道，“不白帮忙，我陆危楼平生最不会欠人一恩一惠。”

咚的一声，一个东西落到谢云流脚边，滴溜溜地打着转。谢云流拾起一瞧，却是一颗用黑色铁皮包裹的小铁球，不知内里填充了什么，拿起来沉甸甸的，像颗实心的铁球。

“这叫做百里孤焰，谢云流，我跟你说，你今日帮了我，他日只要你以内力催动此物，让它飞上百丈空中，无论身在何处，我必来帮你，”陆危楼道，“此乃危楼之承诺，你看如何？”

“你要我做什么？”谢云流好奇地道。

“咚咚咚，咚咚咚”三鼓一歇，阵线已经近到十丈之内。前三列骑兵的长戟寒光流动，马息喷吐着黑烟，阵列如墙，铁甲如电。李多祚骑在高出别人整整半个身高的大宛马上，冷冷地注视着自己这支铁军的行进。

“我要你想尽一切办法，让我接近李多祚，”陆危楼一字一顿地道，“我保证，一切都会很快。但我需要将所有精力都用来对付李多祚，所以在我能动手之前，我不能消耗一丝一毫的力气。”

“好。”谢云流毫不犹豫地道。当然，也没有任何时间给他犹豫了。

他稍微地向下蹲了一蹲，然后猛然向前扑出！

陆危楼没有料到他说干就干，连一眨眼的犹豫都没有，不由得大叫了声“好！”跟着他的身影向前扑出。

“啪啪啪啪啪”迎面一阵暴雨般的弓矢射来，这是骑兵用的十字弩的齐射，在十丈的距离上能够轻易穿透三重牛皮重甲。谢云流暴喝一声，身前爆发出一圈烂银光圈，重矢雨点般地向周围迸射。“噗，噗”两声，谢云流左肩中了一矢，身后陆危楼“哼”的一声，也中了一矢。

“抱歉！”

“好说，好说！”

第一排的骑兵举起长戟，同时催动胯下骏马，开始冲锋。谢云流仗剑直冲向那比自己高出整整一倍的骑兵阵线，十五丈、十丈……二十支长戟举起，寒铁如冰。八丈、六丈、四丈、一丈！

谢云流电一般地向前猛冲了三丈！众骑兵眼前一花，人人手上一震，十余支长戟端头向上飞起，竟无一人看清是如何被那少年斩断的！

下一瞬间——谢云流已身在骑兵阵的正中。

身在左羽林大将军李多祚身旁的人，看见李多祚猛地举起了手中的铁胎弩“动云”，无不大惊失色。李多祚性格稳重，即便于敌军重重合围中也不曾丝毫动容，为何前面第一道阵线尚在，老将便如此失态？

骑兵阵线轰然炸开。那少年不知作何武功，离他近的数名骑兵高高飞起，撞倒周围一片同袍，受惊的马群长声嘶叫，连连后退，带动骑兵队的马群乱成一团，连后面的步兵阵线都受到波及。

何处少年，如此勇决？！众人根本看不清楚，李多祚手中的“动云”便“嗖”地一声射出。

谢云流眼前一片血红，这已是他今日第六次用力过度，勉强将那两名骑兵震出，他双臂都已提不起来，一股一股热血直扑心头，耳中嗡嗡作响。周围人仰马翻，刀剑飞舞，明光铠上的珠串珞缨像血珠般满天飞散……

他都已看不清，听不见。只有一个破空声令他全身再度紧绷，本能地将“动魄”在胸前一立——

“哨”的一声，一直纯铁短矢正撞上动魄的剑身，来势之猛，谢云流酸软的双臂根本承受不住，动魄的剑身重重地撞上他胸口，一股巨大冲力从胸腔涌上喉头，噗的一口血喷了出来。

他向后退了两步，身体僵直地向后便倒。就在他慢慢后仰倒下、眼前的世界迅速陷入黑暗之时，他最后看见的一条矫健的身影，从自己身后跃起，高得不可思议，高入了云霄，高得……

然后他便什么都不知道了。

第七章

吕洞宾放下手中的捣药杵，注视着山外的云海，沉吟道：“云流，今年你几岁了？”

“师父，徒儿十七了。”

吕洞宾回头看着谢云流。从死人堆里把他拉出来，似乎还是昨天的事，白云苍狗世事如云，转眼间便已是堂堂的男子汉。他沉默了一会儿，道：“上个月我让你抄写心经全册，你抄到哪里了？”

“师父，徒儿六日前已经抄写完了。”

“抄完了就行了，你说什么六日之前？这要显摆你抄写得快吗？”吕洞宾皱眉道，“你的毛病始终都改不了，喜欢显摆，总是不实事求是、脚踏实地。这样怎么能行？”

谢云流讪讪地低下头，不敢说话。

“知道为师为何要让你抄写心经全册吗？”吕洞宾问。

“是……”谢云流哽了一下道，“是要徒儿学会心静，要徒儿学会克制。大象无形，大音稀声，至道者，无形无质，无欲无求，欲求之者……”

“好好好，”吕洞宾笑着打断他道，“你就是说不得。我让你抄写心经，是要在原本心经之外，再造一个经册出来，流传于世。你知道此乃何意？”

谢云流手中端着一筐草药，皱眉凝思，呆呆地道：“呃……呃……师父，你是要……要……要再去人间，向帝王进书？”

吕洞宾轻啧一声，道：“笨徒弟。心经早已立世数十年，为师要传与他人，还需要等到现在？”

“呃……”谢云流想要搔脑袋，但双手不得空，只好忍了，道，“徒儿……不知……”

“痴儿！那本经书抄好了，就是你的东西了。你说这是何意？”

“师父是要徒儿终日乾乾，常常温习？”

“胡闹！”吕洞宾一声断喝，捣药杵都扔到了地下。谢云流吓得连忙跪地，道：“师父，徒儿知错了！”

“胡说八道，”吕洞宾气得指着他的鼻子道，“你连自己错在哪里都不知道，还知错！知什么错！？你倒是给我说清楚？”

“……徒儿愚驽……”

“这倒是说对了，你就是愚驽，”吕洞宾见他老老实实低头认错，一肚皮“气”倒是散了，不由得又叹息一声，道，“你于武学的智慧，可以说卓然天授，造诣非凡，远远超出为师的预计，将来在武学上超过为师，那是不消说的。可是你于人情世故缺乏急智，就此而言，将来必败于此。唉……为师不知道这回是做对了，还是做错了……”

“师父……”

“我要你抄写心经，便是要你另立一册。心经上的功夫，你大部都已修行，如今心经于你，已是可有可无之物，”吕洞宾手微微一抬，让他起身，继道，“从你十八岁开始，你就可以代表纯阳，自行授徒，开创你自己的基业了。你懂了吗？”

谢云流又喜又惊，道：“师父，徒儿……可可……可还什么都没学会呢！”

“倒是无妨，我只问你一件事，你好好想清楚了再回答我，”吕洞宾提起捣药杵，叹息一声道，“将来你教授徒弟，你想要把什么样的魂魄注入你教授的武学之中？”

“啊？”谢云流茫然地道。

“我把你从死人堆里拉出来，又带着你这不说话、不会笑的活死人过了三年，才找回你的魂魄。所以这么多年来我只教你一件事，存世，”吕洞宾静静地道，“我没有教你仁爱、进取，这些东西你自是不缺。我希望我能教会你存世的信念，无论发生什么事，无论前路如何……都要好好地活下去。这便是我注入武学之中，传授与你的魂魄。”

谢云流心中酸楚。想不到过了这么多年，连他自己都已经记不大清楚当年死人堆中的过往，师父却永远耿耿于怀，决心不让他再入那样的地狱。他心中感动得发颤，低声道："师父，您教我说话，授我武艺，胜过把我从死人堆里救出来。徒儿斗胆，以后传授徒弟时，愿传授师门二字。"

"哦？"

"为我徒弟者，即为纯阳门人，所学武艺，一切皆要为师门所用，生死都要为师门而为！"

"狭隘！"吕洞宾喝道，"不过，无妨！这正是你这纯阳宫大弟子该有的态度！你身为大弟子，生死皆要以师门为重，懂吗！？"

谢云流浑身一颤，醒了过来，大声道："是，师父！"

一只温润的小手放在他的额头上，道："谢大哥，你醒了？"

谢云流大惊，转头一瞧，不是李华婉是谁？他茫然地坐了起来，道："我……我死了吗？"

李华婉长长地舒了口气，抿嘴笑道："纯阳宫的大弟子，想死，哪有这般容易？"

谢云流脑子里嗡嗡作响，仿佛还在玄武门前喧嚣的广场之上，周围尽是金戈铁马奔腾之声。李华婉见他兀自浑浑噩噩，道："不用瞧啰，你在皇姑的格车之上。"

"李……李多祚……陆危楼呢？"

"陆危楼已经走啦，"李华婉笑道，"他于百军之中，割下了李多祚的首级，就那么轻飘飘地飘走了。"

谢云流沉吟了一下，想想昏过去之前最后的印象，倒并不怎么意外。李多祚再强，也不过是名行军打仗的军人，陆危楼要取他首级不难。

“太子……重茂呢？”

“太子已经败阵，逃亡外地，”李华婉语出惊人地道，“多亏你，拼命救下了皇姑和重茂。皇姑回到内苑，便立刻召集了宫人，将躲在地窖中的陛下接了出来，逼迫他亲自上到玄武门城楼向攻城的羽林军士宣谕，赦免羽林军士，只要反贼数人之首级。陛下不过寥寥几句话，羽林军便即大哗，李思冲和李承况等都被部下所杀，李多祚已死，太子无可依靠，只带了沙陀忠义等数十骑逃出城去了。”

谢云流听得目瞪口呆。当时他激于义愤，以及对重茂、华婉的关切之心，才出手搏命，其实心中从来就不对天子报什么希望。玄武门下闹成那个样子，天子都没敢露头，当是时，对太子登基、天子陨于国难的结果，他已经全盘接受，只求能救出重茂和华婉、上官昭容等人，便死而无憾。

可是上官昭容不过让天子登城一呼，沸反盈天的太子造反便一败涂地。原来太子的野望，李多祚扭曲的忠诚，羽林军们丧失道义的蛇鼠两端，在上官昭容眼中，不过是可一口气吹散的飞灰而已。

大事已了，可谢云流胸中的块垒不知为何，仍旧无法松动。他动了动，才发现自己的肩头已经被包扎起来。好在双手、双臂都不过是受了点轻伤而已，内息略有受损，恐怕也无大碍。

李华婉见他目光四处搜寻，便双手将一柄剑捧给他，道：“谢大哥，你那时候实在是……太不要命了，不过你是命不该绝，你瞧瞧这个。”

谢云流接过，却是那把“动魄”。只见修长的剑身上鼓起一大团，他惊讶的翻过来，却是剑身的阳面上深深凹陷了一块。只是这把剑乃是用玄铁所造，又是以西域的折返锤炼法所造，刀品极为柔韧、富有弹性，凹陷下去这么大一块，剑身却依旧保持不断，实在是罕见。

谢云流看了半晌，猛然惊觉，道：“啊！这……这剑……”

“是了，”李华婉幽幽地道，“李多祚被杀，羽林军惊散，我找到你时，那支铁矢还牢牢地插在这剑身上，剑身上的凹陷也还嵌在你的胸口上。若无这剑，谢大哥，今日你便是金刚不坏，也必无幸理了。”

谢云流瞩目那剑一时，便轻笑一声，转过目光，道：“重茂在宫中吧？太子败了，重茂……可别出什么事。”

“重茂，他倒是好得很，”李华婉苦笑道，“陛下颁下旨意，以温王重茂为讨平大将军，奉诏讨伐废太子李重俊及其党羽，现下大将军已经统帅神策、天策各军，出城追捕废太子去啦！”

谢云流心口剧痛，不由得用手按住。李华婉道：“谢大哥，你怎么了？可是伤了经脉？你赶快躺下，马上就到我家，家父和三哥已经请了京中最有名的……”

“不！”谢云流挣扎起来，道，“停车！我要去见重茂！”

“谢大哥？”

“不能让重茂犯下杀兄之罪！”谢云流终于了悟自己胸中的块垒所为何来。如果重茂和太子兄弟手足相残，那必将犯下重罪，不仅纯阳宫再也不许他踏足，将来……将来天下人也必将唾弃他们兄弟二人！

李华婉叹息道：“我便知道你会如此说。”身后拍拍车壁，格车微微一晃，停了下来。

谢云流撑起来，只觉浑身酸软，双脚直抖，咬紧牙不吭一声。李华婉拉开车门，跳了下去，谢云流跟着出来，才发现原来格车又已转到了老地方——神道东厢的杏花酒楼。

天果然已经黑透了。神道东厢大道两侧点起了油灯，显得十分昏暗。若是往日，遍布大道两侧的杏花楼这样的大酒楼早就华灯高照，周围四下都热闹得不似人间。现在却几乎看不到行人，只有数十名天策军士守在车旁，见李华婉下来，忙一起躬身行礼。

李华婉也不客气，道：“把我的那两匹马牵来。”早有人牵来两匹神骏，正是霸红尘和李华婉的那匹黑马。

谢云流一见大喜，毫不客气地便跨上了霸红尘，霸红尘轻轻打了两个响鼻，似乎对这位骑士亦表示满意。李华婉骑在马上，大声道：“温王出的哪个门？”

“回殿下——安化门！”

“谢大哥，走！”

两人齐齐拨转马头，向着南门而行。长安城中大闹一日，此刻正是家家户户闭门避祸之时，宽阔的神道东厢上人畜无踪，两人胯下神骏几乎脚不点地般便直达长安城南边的安化门。

安化门前一片狼藉，门楼已经烧毁了一半，看来日中时这里曾有一场好战。现在数百名神策军士正在收捡满地旗帜、辎重和羽林军士的尸体，远远地望见城门洞里似乎吊着什么东西。

李华婉亮明身份，神策军将领立刻放行。神策军的消息一向灵通得紧，知道相王此次完完全全站在天子一边，又立下奇功，相王和他的子女们眼看在朝中红得发紫，谁敢得罪？

两人从门洞下经过，才发现几盏油灯照亮的昏暗门洞中，豁然吊着一具尸体！

那人披头散发，盖住了面目，全身的明光铠上插满箭羽，从上到下都染成了黑红色，地下还有一摊淋漓的血迹，显然死了已久，吹过门洞的穿堂风刮得他僵直的尸身甩来甩去。

两人策马屏息从那尸体下面经过，李华婉眼中忽然汪满了泪水，旋即又统统收去，冷冷地道："成王叔叔一世英名，到老却跟着太子作乱……这下身死家灭，只可怜了那些哥哥、姐妹们！"

谢云流这才知道，这是今早与太子——如今该叫做废太子了——和李多祚一起作乱，率先占据长安外城的成王李千里。看他的样子，是吊在这里活生生让人乱箭射死，谢云流不由得打了个寒战。

屈指一算，今早与太子同时起事的人，都是当今一时之选，人中豪杰，如今一个个或身首异处，或吊死都门，只剩下太子还在黑夜中亡命……自古天家骨肉，最难周全，天子下诏全国皇族进京参加七月七夕之会时，定然想不到会有如此惨烈的七夕在等待着他。

两人出得城来，沿着南下的道路一路追赶。参与叛乱的一万多羽林军，除大部分在玄武门下倒戈获得赦免外，位于九门、外城、各厢的军士，以及不在赦免之列的羽林将领们自是四散奔逃，神策军和左厢军奉命追捕，虽已是深夜，长安周围百里之内，到处都是火把在晃动着，沿途不时在荒野的农户、山谷边的林子中，见到数十甚至数百人在持刀对砍，神策军大声喝令投降，垂死的羽林军高声诅咒……田间地头，也不时见到成堆的无头羽林军士倒毙路旁。

两人沿着这血淋淋的路标，一路向南，走了大约二十里路，连神骏如霸红尘这样的名马都跑得浑身大汗，气喘吁吁。沿途出现的死马越来越多，与之相当的无头羽林军尸体也愈发多起来。前方黑沉沉的夜空中，出现一座高大黝黑的山脉，山中星火点点，传来阵阵号角之声。

听这声音，似乎还没有追到太子，两人松了口气，放松缰绳，让马缓缓前行。李华婉看着满山的火光，忽道："我八岁的时候，太子——大哥刚刚和天子一起，从房州戎所返回，有一天他带我们在京的兄弟姐妹几个出去游猎，玩耍了整整一天，到天黑的时候，太子，咳！我说惯了，怎么也改不过来。大哥下令参与游猎的人，每人点上一支火把，星星点点的火光，照亮了整个山谷……便和今日一样。"

谢云流不知该如何接口。今日这些星星点点的火光，猎杀的正是太子本人！可他看李华婉的眼中，既无悲伤，也无激动，不过是一些感慨罢了。她甚至还笑了笑，伸过手来，握住了谢云流的手掌。

两人逆着一条潺潺的小溪流往山里走。清幽的夜风，甘甜的水汽，侵润肌肤。无数萤火虫被惊起，照得小溪中蓝光盈盈，好似一条流淌的蓝色光河，马蹄踏过鲜嫩的野草，萤火虫便成群结队的追逐着马蹄，黑夜中两匹神骏仿佛踏星飞行。

谢云流又累又乏，消耗过度的内息实在难以支撑，便闭上眼，让霸红尘跟着李华婉的黑马走着，心中似睡非睡，只盼着这幽静甜美时光永不结束。

骤然间一声凄厉的号角，在山中深处响起，黑夜中嘶哑如鬼，谢云流吓出一身冷汗，整个人也清醒过来，看着李华婉坚决的表情，他顿时明白过来——太子，已经跑不掉了！

两人不再迟疑，打马便顺着号角的声音而去。一路翻山越岭，越来越多手持火把的天策、神策军士们，从各条小路上奔来，与他们会和在一起，不久便有数十人之多。看着前面的山谷，更多的光河向着同一个地方流淌而去，光看火把只怕也不下千人之多。太子爷这只老虎，终于落入重重罡网之中。

奔上一座山岗，前面豁然开朗，却是一大片平岗。岗前立着两根高大的黑色柱头，十分奇怪，奔得近了才发现原是一座木牌坊，只是年深日久，牌坊整个朽落在地，只剩下了柱子。看那牌坊的式样，隐隐还留着大社牌坊的痕迹。

大社，古时乃是一国社稷的重地，到后来逐渐演化，已变成了吉壤——也就是公共坟地——的代名词。而这大社既已朽坏，自然是一座毁弃已久的坟地。

这里已经集中了不下数百人，个个高举火把，猎猎作声。李、谢二人一到，自然人人恭敬闪避。谢云流看着周围，果然是座乱葬岗，遍地坟茔都破败不堪，有些陈年的尸骨、棺木散落在坟地之外。

太子逃亡，竟然慌不择路，逃进了坟地！想来真是令人扼腕叹息。李华婉拉住马头，厉声道：“谁吹的号角？太子——废太子李重俊，人在哪里？！”

一名神策军士忙上前来，行礼道：“殿下！前面大社深处，咱们已经围住了废太子和他的手下！温王殿下和统领李思慎都已经过去了！”

李华婉跳下马，将缰绳往旁边一人手中一丢，道：“带我过去。”

“是！”

谢云流便也跳下马来，跟着李华婉一脚深一脚浅地踩着乱坟头往乱葬岗深处走。有人在周围大声吆喝着，赶来的神策、天策军们不敢怠慢，一队队的忙着在乱葬岗周围布防，定要布下天罗地网，管教废太子决计无法逃出生天。

转过一座低矮的小山岗，阵阵霉腐之气袭来，已进入到坟地后段，一般是穷苦人乱葬之处，处处都能见到曝露于野的遗骸。神策军士们毫不介意地站在尸骨堆中，让二人从一条狭窄的小道上穿过，便见前面一座低矮的破屋歪倒在地——那当是从前坟地中的社庙，早已在风雨中朽烂倒塌。

数十名神策、天策军士高举火把，将破屋前的一小片空地照得亮如白昼。只有几名将领骑在马上。早有军士流水价报了上去，几名将领忙都下马过来行礼。为首的一人年纪已高，一双深陷的眸子在火把下闪闪发光，拱手道：“老臣李思慎拜见殿下。”

“大人辛苦了，”李华婉沉声道，“相王令我来瞧一瞧——废太子呢？”

李思慎稍一沉吟——如今太子毁废，天子暗弱，相王极有可能成为朝中举足轻重的权臣——便道："有劳相王殿下牵挂。老臣幸不辱命，已将庶人李重俊围困在此屋中。"

"重茂——温王呢？"

李思慎瞥了一眼着急的谢云流，没有开口。

"这是家父的座上宾，温王的师兄。"李华婉道。

李思慎这才道："温王念及骨肉手足之情，已经亲自进去说降庶人李重俊了。"

"什么？！"谢云流一听，举步便向那屋走去。几名神策军士一起举枪，李华婉喝道："干什么？本宫也要进去。此乃我李家家事，我管不了吗？"

李思慎慢慢地道："殿下既说是家事，那自然管得。不过废太子之事，既是家事又是国事，思慎不敢不慎。温王和殿下劝降庶人，老臣也只敢多耽误上半个时辰。半个时辰之后，无论降与不降，老臣都要冒犯了。"

李华婉冷哼一声，不再说话，与谢云流一起走到那屋前。谢云流见大屋倒了一半，门窗什么的都不见踪影，里面隐隐透出火光，便将动魄提在手中，带头弯腰钻了进去。

啪的一声，昏暗中一箭射来，谢云流用剑轻轻拨开，继续前行，眼前一亮，却又出了屋子，到了露天之中。

原来当年大社向一边倾倒，整个屋顶都倒在前面，倒把后面的殿堂都通通暴露在了露天里。此刻殿中七八支火把，火苗在风中忽闪忽灭，十余对饿狼一般的眼睛都在火光后面瞪着他们。

谢云流扫视一眼，已看清殿中众人——七八名狼狈不堪的羽林军士，或坐或站，有的持剑，有的弯弓，散落在殿中各处，两名神策军士倒在地下，已气绝多时。正中一堆高高的瓦砾上，一人赤着上身，箕踞而坐，一双血红的眼睛怒目而视，正是一日前的太子、如今的废太子、庶人李重俊！

见他们二人进来，李重俊“咯咯咯，咯咯咯”地笑了起来，嘶声道：“刚来了个好弟弟，现在又来个好妹妹，哈哈，好，真好！皇帝老子，待我不薄啊！华婉！你来做什么？难道是你的父王，相王他老人家，又想起了什么……”

“大哥，”李华婉冷冷地打断他道，“你失败了。”

“华婉，你……”

“失败了就认栽，不过一死而已，”李华婉道，“何必这番亡命？与其像这般灰溜溜地逃走，被人像狗一样的在路上猎杀，还不如当时在玄武门下，痛痛快快自我了结，那是何其的伟岸！现在又是何其卑微！”

谢云流心中暗叹。李华婉性格果毅，对自己，对家人都不会丝毫怜惜。不过她说得却是事实。李重俊若玄武门下死，还不失一世英名，眼下这般被野狗一般地追猎，死了也不过留下恶名而已，真是令人惋惜。

李重俊面色灰白，嘴唇哆嗦道：“华……华婉……你不懂！你小小的年纪，懂什么！我……我没有失败……我没有失败！”

李华婉冷冷地道：“动手的时候分不清轻重，完蛋了也不自知。大哥你空生了一生好皮囊，不过是个废物！重茂，我们走！你的大哥，今天早上在玄武门已经死了！”

那一团缩在李重俊身后的东西动了动，发出“呜呜”的声音，却是重茂，被捆得粽子一般，嘴巴也堵上了。

谢云流一动，李华婉早已伸手拦住他，道："大哥！不说重茂是为了救你，才孤身进来，他还是你的亲弟弟哪！"

"温王……重茂……讨平大将军，"李重俊喃喃地道，"他是讨平大将军……他讨哪门子的平！？他竟敢来追杀我，华婉！他要追杀我！"

"他奉天子之诏，追讨今日攻打玄武门的反贼，何错之有！"

"华婉！"李重俊面红筋涨地吼道，"这么说你也是来追杀我的，是不是！？"

"不，"李华婉道，"我来看我的大哥死了没有。"

"我不死，华婉……我不会死！"李重俊嘶声叫道，"我要活给你看，给天下的人都看看！我这就要走了……去……去……"

"去哪儿？"

"去——安西都护府！到了那里，我还是太子，还是太子！"

李华婉冷冷地扫视一眼众羽林，众人一个个垂头坐着，面如死灰，没有人敢抬头看上一眼。

"都起来，喂！都起来！"李重俊跳起来，在殿中冲来冲去，嘶声道，"我带了黄金，我有的是黄金！你们都是忠义之士，只要谁送我出了玉门，我便会给他一千两，不，一万两黄金！快起来！"

一片可怕的沉默。只有风声刮过破屋断梁，发出呜呜的哭声。

"你们都死了吗，啊？"李重俊披头散发，恶狠狠地踢了一名羽林军士一脚。那军士手握长戟，怒目而视，李重俊已经转到另一边，锵唧唧地将遍地的刀剑踢开，大声呵斥众人："起来！都起来！不要坐着，坐在这里只有死路一条，你们没听见吗，啊？李思慎就在外面，你们再不走……就大……大势去矣！"

大势已去，半日多了，谢云流心中悲叹。他虽不喜太子，却也看得出来这人心无城府，做事全凭着一腔子傻傻的热血，周围的人耍猴似的耍着他，终于把他糊弄上了这条绝路……他却还以为可以在千万人追杀中，逃到万里之外、黄沙漫天的安西都护府去！

所有人都以沉默应对着太子的狂怒。太子踢打一阵，见无人应声，终于忍不住指着一个个羽林军士的鼻子破口大骂起来，骂的都是市井之中最卑微恶毒的语言，有时候忍不住还蹦出几声谁也听不懂的方言，却是太子爷小时候随天子夫妻流放到房州，牙牙学语时学会的土话。

忽然，瓦砾堆上的李重茂挣扎着吐出了口中的麻布，尖叫道："大哥！大哥，你别骂了，快跑，快跑啊！"

"重茂，重茂！"李重俊声嘶力竭地吼道，"他们不跟我跑，他们都跟我从玄武门逃到了这里，可是他们不跟我走了，不跟我走了！"

"你是傻的，大哥！"重茂哭道，"他们跟随你到这里，不是为了保你逃跑……他们都随你犯下大罪，要等着拿你的脑袋去消罪请功呢！"

谢云流恍然大悟，李重俊却尤不自知，还在大喊着，脑后风声响起，重茂大叫："小心！"李重俊一回头，那一棒便没敲中他脑袋，重重打在了他的肩头。

李重俊大叫一身，顿时歪倒，旁边另一名羽林军跟着扑上来，一戟刺穿了他的后腰，血淋淋的长戟从小腹中透了出来。

重茂尖声惨叫，谢云流大喝一声，上前一剑将那羽林军士右臂砍断，那人扑地倒了，旁边几名羽林军拔出长刀，与谢云流对砍起来。谢云流激于义愤出手，却忘了自己左臂已受伤，且是内息消耗殆尽，普普通通的几名羽林军士，他竟无法一一打倒，反而被他们一起逼到了角落中。好在这几名羽林军士既是存心要投诚，自不敢真正对李华婉带来的人下手。

谢云流踉踉跄跄应战，这几名羽林军位份虽低，却也不是普通小卒，光是靠着臂力，便将伤重的谢云流压得死死的。谢云流不停地望向李华婉，可李华婉却好似没看见一般，默默地站着。

羽林军士们要太子死，太子其实已不算还活着。那一戟贯穿了肺腑，李重俊歪在瓦砾堆上，惨声嘶叫，手脚抽搐，两名羽林军士上前，一人踩在李重俊身上，另一人毫不客气地撕扯开他的袍服，从那血淋淋的内衣中掏出一个锦袋，打开看了眼，道："太子印信在此！我去引统领大将军进来，你们看好庶人！"

众羽林军士齐声答应。谢云流气得眼前发昏，见李华婉犹然不动，忽然间将动魄往地下一扔，叫道："一群无耻之徒！杀了我吧！"

众人哪里敢杀他？一起停手，却依旧将他拦着，不让他靠近垂死的李重俊。

李重俊仰头躺在瓦砾堆上，已经不在挣扎，喉头高一声、低一声地喘息着，眼中流下泪来，哭道："娘……娘亲……父皇……"

天上的重云缓缓流淌，一丝月光从云缝中透出来，投射到废墟上，可是那月光却始终离着李重俊有那么几尺远，照不到他的身上。

李重茂厉声道：“放开我，放开我！不然我要李思慎把你们一个个五马分尸，放开我！”

羽林军们一起跪下，当头的一人道：“温王息怒！我等原都是忠义之人，实在是受那庶人强迫……”

“住口！放开我！”

那人不敢再说，连滚带爬过去，一刀将重茂手脚上的牛筋绳挑断。重茂腾出手来，啪地一个大耳光甩在那人脸上，那人动也不动，受了这一掌。

重茂不再看他，从瓦砾堆边爬上去，爬到李重俊身边，张开双手，想要抱，却又不敢，生怕吓到他似的，呆呆地把他看着。

李重俊歪着头，渐渐失神的目光追着那道时隐时现的月光，艰难地伸出手，好像想要抓住那虚无的光芒似的。李重茂放声大哭，摸着李重俊满是血的脸庞，道：“大哥，大哥！姐姐，大哥要死了！”

李华婉静静地站着，哽着嗓子道：“我知道。”

“姐姐，救救大哥！姐姐！”

“不行，重茂。”

“姐姐……”重茂像不认识一般看着李华婉，低声道，“为什么，姐姐？”

“陛下派来诛杀十恶不赦之叛贼、废太子、庶人李重俊的人马，就在外面，”李华婉拼命忍住眼泪，慢慢地道，“救不了他。”

“我就是大将军，姐姐！”重茂疯了般地嚷道，“我能救他！”

“你不能。如果你不杀了他回去，你就不再是大将军，不再是温王，也不再是皇子……”李华婉道，“陛下委你此任，不，是皇姑，皇姑给你这个名分，就是要你亲手杀了李重俊！否则你无法向陛下自证清白，下一个死的就是你。皇姑拼了命也要保住你，保住陛下的这一点骨血，李重茂，你身为皇子，不要说你……不明白……”

李重茂仰面向天，无声地嘶喊着，全身抽搐。谢云流早已泪流满面。他自己也不知道为何。又不是重茂死了！可是为何他的心像被揪住一般难受？重茂，太子，李华婉，不过都是些十四五岁、十七八岁、二十几岁的孩子、大孩子，可是一个个却随时随地都在生死之间挣扎图存，这是什么样的日子……他谢云流哪怕是从死人堆里爬出来的，也实在无法忍受。

月光消失了。周围重新陷入几支火把鬼火般的昏暗之中。再也没有人说话。

李重俊喉头咯咯作响，眼睛已经直了。重茂终于俯下身子，将这个他又敬又怕了一辈子的兄长的头抱起来，紧紧搂在自己怀中。李重俊咕噜咕噜，想要说话，却再也说不出一个字来。

羽林军士们长跪在地，不敢抬头，不敢瞧这位曾经的天下储贰之死。

瓦砾嚓嚓地响着，李思慎带着数十名神策军士，从四面八方慢慢围了上来。见到李重俊在重茂怀中咽下最后一口气，他满意地点了点头，道："温王殿下宅心仁厚，废太子死得其所，泉下有知，也必感怀。"回头瞥了众神策军一眼，厉声道："太子去世，尔等安得不拜？"

众人齐刷刷地跪了一地。

李思慎略一停顿，又道："殿下。还请殿下节哀。夜，快要过去了，陛下还等着殿下回报呢。来人啊，护送殿下上马，把废太子的尸身带上，咱们回京去。"

"是！"

李思慎向身后微微一点头，几名神策军士同时起身，拔出长剑，齐齐地插入跪在地下那几名羽林军的身体。

众羽林军士嘶声长叫，神策军士下手又毒又狠，羽林军士们几乎无力反抗，很快便只剩下一具具抽搐不停的尸身。

李思慎长出了口气，道："这些无耻之徒，死得真是便宜了。要不是时间紧迫，该活活用火烤了这些背主之奴。走吧。"

两名神策军士上前，将重茂一架便抬了起来。重茂已经不哭，不闹，麻木地被人架着，从瓦砾堆上下来，直接送上了一匹高头大马之上。自有人将李重俊软软的尸身抬起，也放上一匹马背上。

李思慎向李华婉弯腰行礼，道："殿下，今日多亏殿下临危不惧，救了昭容，救了大唐，又救了温王殿下。老臣这便告辞，待废太子事一了，老臣当到相王府上，拜见相王、楚王和殿下。"

"你辛苦了。"

李思慎不再说话，转身出去。屋外响起低沉的号角声，待得李思慎上马，千军万马一起高呼“得胜，得胜，得胜！”大军向东而行，隆隆鼓声响彻原野。

月光又出现了，这一次月光不再躲藏，温柔地洒满大地。

李华婉踩着月光，走到谢云流面前。谢云流颓然坐在一堵断墙上，抬头看她，仿佛不认识她一般，眼中满是恐惧、疑虑、不解和愤怒。

李华婉哽声道：“谢大哥……”

谢云流心中百转千回，五味杂陈，实在是难以言喻。他忽然间觉得，那死去的太子其实最最像自己——什么都不懂，傻头傻脑，周围的人利用他也好，爱他也好，无论怎样，不过都是因为他是太子而他是谢云流。他们都被当作猴儿，耍了一次又一次，利用了一次又一次，看猴戏也看了一次又一次……到最后太子可能都不知道被人卖了，他谢云流又何尝不是？

李华婉见他不语，伸手去摸他的脸颊，不料谢云流像被砍了一刀似的猛然后退，躲开了她的手。

李华婉泪水泉涌而出，谢云流不敢看她，也不知如何是好，心头狂怒之下，大喝一声，手中动魄剑挥出，正砍在断墙边的一尊石狮子残台之上，“啪”的一声，一代名剑“动魄”断作数截，漫天飞起，反射着无数道月光，仿佛漫天都是烂银的光芒。

李华婉一动不动，一道断剑划过她的脸庞，斩断了她鬓边几缕长发，跟着一道殷红的血从她的脸庞上淌下。

谢云流大喝一声，纵身跃出断墙，向着月光照耀下的缓坡奔去，再不回头。

李华婉痴痴地站着，月光、萤火虫、鬼火，在她身边亮起又灭，然后又亮。终于，一个黑影从废墟后面慢慢踱了出来，走到月光下。

仔细看，这位豁然便是姚家老店的店主，老黄。

他看着谢云流和诸军消失的方向，叹了口气，道："这笔生意，总算是做完了。"

"这笔生意，说好了不是这个结果！"李华婉凄声道，"不是太子的命！"

"你说的，是太子爷的生意，"老黄淡淡地道，"太子爷要囚禁上官昭容，我们给他办了。太子爷要杀武三思，我们也给他办了。太子爷要造反，呵呵，我们也给他办了。我姚家老店办事，童叟无欺，可没有说到办不到的事儿。"

李华婉向他怒目而视，老黄浑然瞧不见，继道："至于别的人嘛，也没有消停。还有好些人要武三思的头，好些人要太子的头，连你那慈悲为怀、与世无争的老子，这次都一定要武三思的老命……真是乱七八糟。不过还好，反正都是一桩生意里头的事，我自然也可以帮忙一起做了。武三思的头，我给了，太子的头，我也给了。这笔生意真是做得！可惜又要等上好多好多年，才有下一笔这么好的买卖了，嘿嘿……"

"隐元会从此不做生意了？"李华婉冷冷地道。

"谁说的？生意从来不缺。嗯。事实上，最近这段日子里头，生意太好。人人都要别人的脑袋，不过只有一个人，要老黄做一桩不同一般的买卖。”

“谁，什么买卖？”

“你也会感兴趣的，毕竟你在隐元会中，总也得有自己的人情做，老黄便把这个人情交给你去。”老黄笑道，背着手往前走了几步。

东方的天空，渐渐发白，似是黎明正在到来。老黄走到破屋外，李华婉跟在他身后。老黄迎着朝阳走了几步，才道：“这一次，你做得很好，非常好。便如公孙大娘的剑舞一般，每一步都踩在点上，真是精彩。从今日起，你便是会中一员，我专程来通知你。”

“是……”李华婉低声道。

“这一桩大买卖，将来也会交予你去做，因为委托这桩生意的人，不是别人，正是你那三哥，楚王李隆基。”

“三哥？！”李华婉惊道，“他怎么？他……又看上了谁的脑袋？”

“不，他不要谁的脑袋，他委托了我们隐元会一桩大买卖，天大的买卖，数十年以内，无可匹敌的大买卖。”

“哦？”

“他要的东西，”老黄望着远方喷薄而出的红日，缓缓地道，“就叫做天下。”

本小说改编自《剑侠情缘网络版叁》网络游戏。

版权归西山居所有，未经西山居授权，任何人不得自行或授权任何第三方对本产品进行修改、制作、销售、复制、伪造等或任何其他类似行为。西山居保留所有对任何侵权采取法律措施的权利。

图书在版编目（CIP）数据

四海流云·壹／拉拉，剑网3项目组著．—北京：新星出版社，2015.12

ISBN 978-7-5133-1942-3

Ⅰ.①四… Ⅱ.①拉… ②剑… Ⅲ.①侠义小说－中国－当代 Ⅳ.①I247.5

中国版本图书馆CIP数据核字（2015）第244247号

四海流云·壹

拉拉，剑网3项目组著

策划编辑：陈　曦
责任编辑：陶凌寅
责任印制：李珊珊
装帧设计：阿　鬼

出版发行：新星出版社
出 版 人：谢　刚
社　　址：北京市西城区车公庄大街丙3号楼　　100044
网　　址：www.newstarpress.com
电　　话：010-88310888
传　　真：010-65270449
法律顾问：北京市大成律师事务所

读者服务：010-88310811　　service@newstarpress.com
邮购地址：北京市西城区车公庄大街丙3号楼　　100044

印　　刷：三河市兴达印务有限公司
开　　本：910mm×1230mm　　1/32
印　　张：10
字　　数：160千字
版　　次：2015年12月第一版　2016年2月第二次印刷
书　　号：ISBN 978-7-5133-1942-3
定　　价：36.00元

版权专有，侵权必究；如有质量问题，请与印刷厂联系调换。